U0132983

苏格拉底夫人
罪的还魂术

[法]杰哈尔德·梅萨迪耶　著

朱希睿　译

作家出版社

前传 辉煌的落日

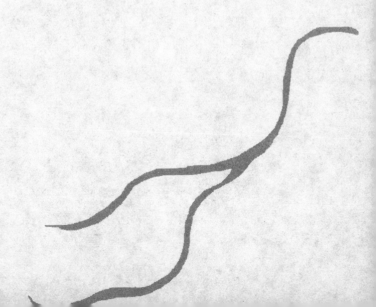

1 | 埃隆街凶杀案

　　所有的女人都是美丽动人的,至少在她们生命中的某一时刻是如此。有时这种美丽会是长久的,而女人们对美丽的眷顾取决于这种美丽为谁而绽放。

　　有些女人仗着自己的如花容颜,在大萨布里耶林阴道上引诱一些有魅力的男士。与此相反,另一些女人则认为这是轻佻的街头女郎的行为。由于对美丽的怀疑和轻视,很快她们就会发现自己脸色憔悴,下巴松弛,乳房变得干瘪,肚子上满是皱皮,而腰竟变得和谷商仓库中的麦袋一样粗。

　　人们一直相信化妆品是一个女人美丽常驻的秘密。但这是那些情场失意的女人的恶意攻击!殷勤而礼貌地要求被爱,就会美梦成真!因为您已学会了如何变得美丽。

　　粘西比,她呀,从不担心怎样看起来才叫优雅。她太清楚造物主对自己的"恩赐"了,甚至于她们家惟一的一面镜子(她母亲的)也只有手掌那么大:粘西比长得如同一个男人。不是男孩,是男人:她肩膀宽、脖子粗,屁股与肩膀一样宽大,大腿则像柱子。她的脸,如果我们能宽容一点儿地评价的话,还是显得很刚毅的:低额头、大鼻子外加正方形的下巴。她金黄的头发倒与她的名字相配(粘西比意为"黄色的母马"),显露出她那粗犷的线条。外形上,她应该差不多全承袭了她的父亲。她父亲原先是个伊洛特(即农民),现在已获得自由并成为了一个牧羊人。

　　但尽管如此,她依旧向往着男人的臂弯,这是真话;在所有年轻的独身女子脑中都旋绕着男人身上混有的四种元素:火一般的想象、风一般的狂热、水一般的性格、大地一般的肉体。她心中的男人应该有足以让她不再使用暴力的气度。不过这些也仅限于了解和她同境况的女孩的想法而已。对她而言，兴奋是那么短暂却又令人失望，欲望也只不过是虚无的幻影：尽管她对女人存在着吸引力，但她并不是同性恋。

她贫穷且缺乏魅力，为此她差点儿成为嫁不出去的老姑娘，直到将近 24 岁时，也就是在一个有名的犹太人（而后又遵循希腊说法被重新称为耶稣）假定诞生日前的 438 年，她终于迎来了求婚者。

她尚能记起那天直到最后一秒所发生的事，那天是塔尔捷利翁月（依据雅典历法大约在六月）上旬的最后一天。

求婚者有着一张希勒诺斯人特有的丰腴面庞，鼻子扁得像口锅，鼻孔撑得很大，嘴很宽，眼神极敏感。牧羊人早在 17 年前与克里特人的战争中消失了踪影。接待这位陌生来访者的是他的遗孀，也就是粘西比的母亲，赫拉。她眯起眼，打量着这位求婚者略带粗俗的微笑。他憨厚的神情不同于那些头饰古怪的街区男孩、奶酪商贩的儿子或教士，他们只会采取蠢笨的办法使人们相信自己是多么的富有——其实，简言之，他们只不过是新近从某个沿海村庄登岸的一群废物而已。

"你叫什么名字？"

"苏格拉底。"

"你几岁了？"

"31 了。"

差不多是到了一般人结婚的年龄。在 15 岁到 30 岁之间，人们总是不停地追逐无赖或妓女，但一过了那个年龄便该考虑生儿育女的大事了。因为这样做既可以为城邦提供士兵，也可以延续祖宗香火。

苏格拉底夫人
罪的还魂术

"你父母是做什么的?"赫拉继续问道。

"我父亲,索夫洛尼斯克,是个石匠。我母亲,斐纳莱特,是个助产士。"

"是谁向你提起粘西比的?"

"尤洛斯。"

那人住在顺雅典娜神庙大街往下走右手边第三条街上,他长着一口浓密的大胡子,并且是个知道何时该问自己的职责又何时不该问的智者。尤洛斯了解世上的很多事。紧接着赫拉又问道:"那么你又是做什么的?"

他大笑起来。一见他笑,赫拉不禁怀疑自己刚才是不是向他求了婚。他笑得像个肮脏的顽童,像那些在偷窃家禽时被人拧住了手腕或是幸运地被赏了一只鸡腿的小偷一样。

"那么至少你是雅典人吧? 我家可不欢迎外国佬。"

"我是雅典人,我有自己的房子。"

"但你总该告诉我你到底是干什么的。"

"我是哲学家。"

"哲学家? 那是个什么东西?"

他再一次大笑起来,解释说哲学是一门科学或是一门艺术——人们以前从不知道它存在两个支派。其一是诡辩学,目的在于说服对方。其二是智慧学,使人了解怎样说服自己。他本人,教授的正是智慧学。

"这可真是复杂。"赫拉评价道。

同时,注意到这位求婚者身着旧长袍,她便另加了一句:"你看上去可不像收了很多学生的样子……"

这一次,他俩一起笑出了声。

"喝一杯吗?"

"十分愿意。"他回答道。

他们相互碰杯之后，她便起身去拿面包和存于盐水碗中的橄榄。

"我们家并不富裕，"她用一种激将的口吻说道，"如果你的目的是入赘我家并从我这儿得到一笔丰厚的嫁妆，你一定会失望的。"

"我知道，光是看看就知道了。"他半带微笑地答道，"但我并不需要入赘，而且她的嫁妆将永远是她的财产。"

他点了点头，继续说道："我的每一天是这样度过的。早上起床，有朋友过来向我请教问题并请我吃午餐。然后我又碰到另一些人，他们也需要我给予建议。午后，我须向那些投身城邦事业的年轻人教授推理学。然后被邀请吃晚餐。就这样，日复一日，年复一年。"

这一番解释使赫拉放了心，并还隐约记起确实曾听人说起过在离斯托阿果蔬市场不远的广场上常有一位有声望的学者向人们提供建议的事。然而她还是斟酌了一番这个男人周围是否真有那么多年轻人。仅此而已。

"粘西比，你是见过了吧?"她问道，话中饱含弦外之音。

"我见过她了。现在她是丑了点儿，但也许明天就会变美的。谁知道呢? 难道你认为我是来娶阿弗狄洛特的不成? 我来是为了娶一个老婆。"

"那为什么选她呢?"

"恰恰是因为她不漂亮。像这样，没有人对她会有别的什么想法的。我其实也很丑。她穷，我也如此。我们真的很般配。"

"实际上，你真是明智的。"看着这位求婚者的眼睛，赫拉承认说，"这就是说你不会把她当成一个女人那样来爱，而是当作

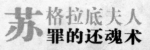

一位妻子。"

她把粘西比叫到了身边，女儿的神情极不愉快，还隐约显露着傲慢之气。她只看了一眼这个陌生人，便已明白母亲已把自己卖给了他。

"怎么了?"她低声咕哝道。

"这位先生来向你求婚，我已替你做了主。他叫苏格拉底。"

没过多久，粘西比便一下子发觉她母亲的决定是多么正确，尽管如此，她表面上还故作矜持。他那张略带轻浮的脸庞轻而易举地俘获了她的心，尤其是那双蓝眼睛，眼球微显突出，目光却饱含了游戏人间的意味。他应该笑啊，这个调皮的家伙! 在那些静待闺中的日子里，她看过的男人没有一个像他一样神情愉悦且亲切，就算这亲切只是她的假想也好。他，微笑着;而她，则发觉他那穿过金黄胡须的厚嘴唇犹如一连串灌木中的覆盆子一样令人心醉。

"那婚礼的开销怎么办?"赫拉问道。

"需要花多少钱呢?"苏格拉底回答道，他对这些只有些模糊的想法而已。

"确切地说，起码也得要 3 个斯塔特尔吧。"

"3 个斯塔特尔!"

但他说 3 个斯塔特尔时就像在说 3 个小石子似的，显然，他对钱没有任何概念。

"人只结一次婚，苏格拉底。"

"那好吧，我给。或者倒不如说，我的朋友和学生们会给的。"

"你是说过你有房子吧?"

"是的，在埃隆街，林内区。"

"真是个好地方!"赫拉惊呼起来,"是在缪斯山上吧?"

"是的。"

"是你继承的吗?"

"不是,是别人送的。"

听到这些,赫拉觉得有这么多阔绰的朋友能在那个区送他一座房子,这样的女婿还不赖。而看到粘西比对能在林内区生活早已两眼放光了,她便又问询房子是大是小。

"挺大的。她的闺房可以有 3 间屋。"

"3 间! 这样的话真是座宫殿!"

于是粘西比和她母亲便过去瞧个究竟。房子有 2 普赖特尔(1 普赖特尔约 30 米)长,面对着埃隆街。有八扇窗,一层还带有木质阳台,这就意味着此处的主人还得为这奢侈品缴税。地面面积至少也有 5 阿尔邦(1 阿尔邦相当于 70 平方米)。

此时正是伯利克里著名政权时代。5 年后,粘西比为苏格拉底生了两个漂亮的孩子,那么作为交换,她又得到了什么呢? 是结婚时那场世界性的演出。那个狡猾的家伙当初向她求婚时可没有将一切和盘托出。其实他还是伯利克里雅典十将军会议员之一,是民主党首领和城主。爱加冬贝翁月(大约是七月。此月的希腊名可以解释为每年在巴纳特内节时向雅典娜女神献上上百只牲畜作为祭品)中旬的第五日,埃隆街上,当开始经历婚姻的粘西比在晚餐时得知此事后,她大为惊讶。像她一样的妇女,永远都不可能见到,哪怕是远远地望一眼这样的一群人。起码有两百多人,他们均身着缀有金子和宝石的紫色长袍,头发被考究地整理过,而这些在千真万确进入她的眼帘之前竟一直被忽视了。这些优雅的男士们,他们能清楚地嗅到权力的气息,一如嗅到身上的香油味般容易。

还有那些奢华的礼品:伯利克里本人送来了一个精工制作的小牛头般大的银碗,当然还有盘子,同样也是精雕细琢。另一些人送来了整罐整罐的好酒,大块的猪肉、禽肉……光是装酒就用了14个大瓮!

原本应是她的父亲主持献祭并宣布典礼开始的,但牧羊人消失踪影已经很久了,也许是被流放到了某个小岛上或是在哪儿死了。所以这一任务就交到了粘西比一个兄弟的手上。他在母亲和最小的妹妹粘西比面前向家中的神坛献上了一只鸽子,这意味着粘西比与家庭的分离。新嫁娘的头发被考究地整理过并抹了香桃香,显得熠熠发亮。她化了从未化过的妆,胆怯地不敢去碰她雪白的长裙。她差不多可以用漂亮一词来形容了。她显得那么焦虑不安,眼睛一直死死地盯着门口:他会来,还是不会来?他终于来了,粘西比立马笑逐颜开。她向他伸出手去,跨过了那道已不再属于她的门槛。

有六个人,其中两个是婚礼组织者,正在街上等着这对新人,一人手中还拿着婚礼的火炬。他们口中唱着宗教的赞歌,簇拥着这对未来的夫妻朝埃隆街走去。到了家中,苏格拉底用强有力的臂膀灵活地抱起了粘西比,小心地跨过门槛,为的是不让她碰上。已有一大群人在里头等待了。一位尊者引领新娘来到祭坛前,他洒了圣水然后要求新娘去碰炉床。她将手置于滚烫的石头之上,那人见状便向火中倾倒酒与牛奶。这以后,他将一小块圆面包交于苏格拉底手中,新郎将它一分为二并把其中的一半给了粘西比,他凝视着她的眼睛,两人默默地将自己的那一份吃完。欢呼声随即而发,人们向他俩献上了鲜花,赞美与祝福之声不绝于耳。舞会可以开始了。

粘西比落了单,这样她便有足够的闲暇进行思考。如果她还像那些独身者一样已失去了等待的耐心,那至少她还有智慧。总而言之,她从不对自己说那些关于性事的空话。

正因如此,当婚礼的夜晚降临时,她心中的新鲜感远甚于激动之情。不管怎样,当她赤身裸体躺在床上看着苏格拉底褪去长裤时,还是着实被他身上特有器官的尺寸吓了一跳。她从未真正看过一个男人裸体,她对男性这一器官的所有了解仅限于对雕塑模型的观察而已。然而,雅典人在看待男性生殖器的问题上有一奇特惯例:尺寸小的才叫美。因此所有的雕塑家都赋予男性神灵及成年男子一个在现实生活中看上去是未成年的男孩才该有的阴茎(此惯例被历史学家广泛确立并解释了一些为今人所不认同的希腊艺术作品)。

这便直接引发了粘西比的恐惧。她在心中疑惑自己的丈夫究竟是不是个怪兽,正如她还惧怕他那希勒诺斯人的脸庞一样。

"噢,不!"看见他的一只膝盖已经放上了床,她竟大叫起来。

年轻的丈夫只好用尽他的一切巧辩术说服妻子自己并不是怪物,而且也不该拿那些大理石的雕像与真正男人的肉体相混淆。

是真的,她感到了兴奋,这一切足以补偿她的忍耐与失贞的痛楚。但当夜色越来越深,粘西比最终发现爱比性更能赋予她快乐,而且她轻而易举地证实了苏格拉底与自己有着相同的感受。

首次尝试了拥抱的滋味后,粘西比真真切切地感到了自己的存在,她开始扪心自问她用她的整个人究竟交换到了什么。她不得不承认除了对那些可观的女性塑像和对爱情的肤浅知识以外,自己还是回到了一般妇女的行列:她是女佣,是奴隶,是丈夫的邻居。平日的生活与往昔实在大同小异:洗菜、剖鱼、过滤

那些瓶瓶罐罐中的饮用水、晒衣服……只有一样是全新的：晾晒卧具和拍打那置于冰凉床上的草褥。而苏格拉底，不管有多少次晚归，总是在天蒙蒙亮时又一次溜走。就这样，一年年过去，终于有一天早晨，他告诉他的妻子自己将要出发去征战。

"去打仗？"

"我们要去围攻伯蒂德。"

他本来甚至可以对她说自己是要去月球攻打厄利尼斯人的。

"伯蒂德？"

"在夏尔西迪克。"

她并不知道夏尔西迪克到底是在哪儿。

"你为什么要去打仗呢？"

"因为伯蒂德背叛了我们。"

她觉得自己已然成为了寡妇。一阵凛冽的风吹过灰暗的天空。已经到了冬天了，时值安特斯特立翁 1 月初（差不多是在二月）。

她询问道："你什么时候回来？"

"直到伯蒂德投降。"

他给了她一小袋银币。

"这么多钱，"她说道，"你打算走很久吗？"

"我不知道，但这些钱够了。"

够什么？是够她过寡妇生活了吗？她哭了起来。他抱紧她，她愈加抽泣了起来。他放开她向着自己的卧室走去。她看见他将腿裹好，手持长矛和盾牌，还有一个小包裹——可能里头放有换洗的衣物。他走过来微笑着向她伸出手告别。她追他至门口，街上已有十来个和他同样装束的男人在等待着他了。不久这支小小的军队就在街的拐角处消失了。

她整整哭了三天，期间许多妇女都过来看望她。她等待着。

两个月后的一天清晨，她正煮着浓汤，忽然听到院子里有声响。她过去瞧个究竟，一个男人立在那儿，她几乎没把他给认出来。他是那么苍白消瘦，头发也蓬乱无章。当他见到她时，他将一个小包裹放到了地上并露出了初次见面时那熟悉的微笑。她冲上前去，两人相顾无言，只是紧紧地拥抱在了一起。他轻轻地拍打着她的背，而她则抽泣起来。

"你们战胜伯蒂德了吗?"她尽量哽咽着说了几句话。

"没有，他们还在抵抗。但他们马上就要投降了。"

"能对我说说事情的经过吗?"

"我会的。"

"来，让你看样东西。"她说。

她把他引到了内室，在那儿有一个用木质直角形架支着——她用柳条编成并挂有细绳的摇篮。

他弯下身朝里看，紧接着他喊了出来："粘西比! 是个男孩!"

他将这个与自己长的差不多的小家伙轻轻抱在了怀中。

"是你母亲斐纳莱特将你带到了这个世界上，"她说，"你应该是她最后的分娩吧。"

他向妻子转过身去，对她刚刚说那句话时用的方式和语气大为惊讶。

"斐纳莱特……她死了。"她说。

苏格拉底沉默了很长一段时间。他的眼泪在眼眶中打转，这个男人，他哭了。他看着孩子。一个人的生命换取了另一个人，他同意地点点头。

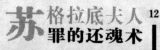

"我等着你给他取个好名字呢。"粘西比说。

"就叫他索夫洛尼斯克吧。"他决定道。

他将男孩重新放回摇篮中，温柔得像个乳娘，然后将妻子揽入怀中。

在人一生中有很多幸福的时刻。也就是说有一些时刻粘西比还有意识要做一位好妻子，有一个孩子还有一位受人尊敬、知识渊博的丈夫，一位贴心的丈夫。

两年后，他们又有了一个孩子，还是一个男孩，伊昂！但此时苏格拉底已经被雅典的诸多事务所缠身，而她见他的时间比以前更少了。他在前线展现他的无畏精神，同时被人们当成英雄和哲学家看待。

他又出去打了两回仗，一回对阵德利昂人，一回对阵昂弗波利斯人。像以前一样，粘西比接连几星期都想象着自己会成为寡妇。但必须要保护雅典，而不能让那些想毁灭它的人得逞。于是，她开始把世界看成一群男人征服另一群男人的战争。而她自己，则创造着男人。

她的男人，总是见不着面。以前他们夫妻二人曾一起出发去法莱尔海湾，他们带着装着西瓜的篮子、面包、白奶酪和一小罐酒来到港口那边。他们在沙滩上休息，或者脱去衣服在水中嬉戏。她看着她长着希勒诺斯人面庞的丈夫变成了梭尾螺在水中蛙泳，一会儿又靠近她将她满身溅湿。有时，他们也做做爱，因为没有人看见所以两人都心情愉快。但这样的日子已经一去不复返了。苏格拉底实际上并不愿意出雅典的城门。他心中的高山大海，其实就是他的城市。他的城市一点点地吞噬了他。直到最后，雅典人民只有了一个真正的妻子，那便是这座雅典城。

也有几天,她会问自己:她是嫁给了一个人还是一个人物?苏格拉底的脾气一如往常,他在她眼中已变得越来越抽象了:一张面具、一个名字、一种名望还有许多孩子,这些并不能构成一个男人。那么热情呢?

"这不会阻止我思考,但我也不会禁止你的感情。"他微笑着回答。

这永远贪婪的、嘲弄的微笑!

"那么野心呢?"

"什么野心?"

"我不知道……比如说,变得富有?"

"你以为我在一张镶满珍珠白银的床上会睡得更好吗?"

"那么我呢?"

"你会想要一张青铜桌和一把配套的椅子的……"

"权力呢? 你总对伯利克里和别的什么人充满了信心……"

"权力,"他严肃地回答道,"就是做那些命令我们的人的奴隶,而有时甚至是他们的牺牲品。我的野心就是保持我的自由。"

她思考了一会儿。还未到 40 岁,他就拥有了那么多的智慧和距离感……

"我知道,你是太好了。"她重又拾起话题。

"好?"他惊讶地重复道。

"是的,在处理事情的时候必须知道怎样变得残忍些。"

他耸了耸肩。

"仁慈是危险的,粘西比,因为有太多的人把这种感情当成是一种优势。至于残忍,每个人都明白那是对懦弱的坦诚。"

她温和了下来。对他是又敬重,又怀疑,又困惑。她不再继

续询问他了。从此以后,当她必须同他讨论家庭问题时,粘西比就会到他卧室门口喊他的名字,因为在得到允许之前她是不许进入那间屋子的。有时,他也会邀请她进来,或者他出来到院子里。

粘西比很清楚为什么他不让她进他的房间;那是因为他从不是独身一人。他在房间里经常会见就城邦问题来向他咨询的人,而关于这些问题他们是不愿在公众面前讨论的;他们为此向他支付薪金,这样他咨询办公室的面积便大大超过了他作为伯利克里第一大将军所享有的办公面积。但有时那些来访者也会宿夜不归,这便不难猜出他们所进行的谈话内容有多么的深刻。而所有这些使得粘西比更坚信苏格拉底不会因为另一个女人而弃她而去。苏格拉底十分尊重雅典的传统风尚,他认为有女人在身边只会使男人软弱,因此他更愿意跟男人呆在一起,但避免情感。对这一切她早就了如指掌:情感离不开愉悦,因此她认为,男人们对自己妻子的忠诚与对妓女的其实没有多大区别。

一般的惯例总是要求男人在长出胡子之前不许有任何情人,因此我们可以断言,两个自由的男人是成为不了情侣的,否则的话则必须要求其中的一个处于被动地位。无稽之谈!自由的男人们可以互相取乐,只要经常去竞技场海域看看就足可以证明这一点。

粘西比对此几乎感到满意,但她也想知道既然男人的身体是相似的,那他们在床上还能做出什么好事来。出于天真,她将一切都与母亲说了。母亲的回答既简单又令人信服,以至于粘西比大为吃惊且气愤不已。

"但……"她咕哝道,"那样岂不是不舒服?"

"你这样认为吗?"她母亲面带微笑回答道,"男人身后也可以说有女人的那个部位,两者虽不等同但作用相当。他们从后面也一样会获得我们从前面所得到的感觉。而且,这样不会生出孩子。像那样,他们还能避免子孙过多而分割财产呢。"

"不管怎么说,我是决不会这样的!"粘西比大声说。

一件事物的物理层面,正如人们所说,都十分清晰可见。于是粘西比又一次问自己,她丈夫的男性恋人又是哪些人呢?她养成了偷窥的习惯,终于有一次被她撞见一个男人大清早从她家离开:那是一个有着一头金发的矫健男子,十七八岁的样子,还护送着一条名贵犬。一切简单明了。那条犬是条猎兔犬,身上长着长长的金色卷毛,一副自命不凡的神气。尽管粘西比对权贵知之甚少,但最后她也能猜到那绝不是一条牧羊人所能拥有的犬。她去向经常往来于富人家的邻居—— 一位女裁缝还有一位女理发师讨教,结果理发师告诉她像那样一条犬最高能值 5 个斯塔特尔。5 个斯塔特尔啊!粘西比想想都觉得气喘。从另一些邻居滔滔陈述的细节中她可以描绘出这样一幅画面:一个富有且有名的年轻人拥有着那样一条犬;他成为所有谈话的中心人物,他叫亚西比德。他是阿尔梅奥尼德人,所以也是伟大的伯利克里第一大将军的远亲。粘西比暗自猜测那天她看见的清早离开她家的美男是不是就是这个亚西比德。既然苏格拉底是伯利克里的议臣,而且这是他们家主要的经济来源,她的怀疑也就慢慢变成了肯定。

这样她便对那些埃隆街的夜间来访者心存细微的宽容。

一天天、一月月的过去,她对这个亚西比德越来越反感。她不仅常瞥见他的身影,而且在某一天或某两天的夜晚还能听见那条著名的猎犬从她丈夫那里发出的吠声。她最后先是取笑苏格拉底的孩子们,然后又只好祝愿苏格拉底能找到一位既深情又忠

诚的男伴。但是,对一个牧羊人的女儿来说,一个会向窗外扔那么多钱的男子,那样一个没头脑的家伙不会是一个和善的人。要知道,那些钱可以买一条犬,买一条值5个斯塔特尔的犬啊!

她去找她母亲说知心话。那是一天清晨,她母亲正在缝补一件旧长衣。

"不管怎么样,"赫拉像只乌龟那样皱起眼睛对她说,"我们不会了解男人,更不会了解丈夫。几句话、几个成员、几把剑,这便是男人。"

她将针插在衣物上,然后呆呆地望着粘西比说:

"关于亚西比德,我的女儿,你有时应该听听外面的谣传。那个据说俊美异常的男孩曾经跟你的丈夫一起打过仗。"

粘西比再也说不出什么话了,这就是秘密所在啊。她用了点时间消化了一下刚刚得到的信息,然而不同于她丈夫哲学的是,她决定在忽视中寻求幸福。她的父亲,那个牧羊人有时说过:"那些你不能改变的东西,就忽略它们吧。"但人们总认为牧羊人与哲学是沾不上边的。

一天早上,天气不错,她的耳边传来了孩子们的叫喊声,她开始不安起来。她跑出去看个究竟。就像以前一样,孩子们在小巷里玩球。突然,他们全跑了回来,哥哥对她说:"妈妈,街上有个死人。"

一个才四岁的孩子怎么会知道那是个死人呢?

她把洗了一半的衣服扔在一边出去看看,没错,是有一具死尸。他的姿势像坐在大衣上,背靠着屋墙,目光紧锁一处。她看了看这是不是哪个死了几天的女人,离得远远的,因为没有什么比死尸更不洁净的了。那是一个30来岁的男子,很英俊。深色金黄的卷发柔软光滑,像是在早上刮风时应该还活着。当她将他的手臂轻轻抬起并放下时,还依然很柔软,看来他死了并没有多久。他的眼睛睁得大大的,没有失去光泽。她大着胆子将它们合上,心却因为希望和恐惧这一对矛盾的感觉怦怦直跳;如果他是亚西比德呢? 他的长衣已被乌黑的血弄脏了,不难看出致命的是插在左胸上的一把匕首。她仔细地打量着这个人,不,她并不认识他。她只是有印象曾在哪儿见过他,但也可能是搞错了。

他本应死在战场上的,但现在却死在了街上。这是怎样的差别啊?

苏格拉底此时早已去见伯利克里了。她派奴隶去叫他然后去通知邻居们。他们过来争先恐后地重复着同样几句话:"他真英俊! 但他是谁呢?"粘西比的心情很沉闷,这一发现似乎是某种不好的先兆。一只死去的鸟已然不是什么好预兆了,何况是一个死人呢……

两个钟头后,士兵们过来把尸体载上独轮车运走了。人们把他放在了宙斯斯托阿广场上,就在迪比隆门旁。这是处理无名尸体的一般风俗,为的是好让他的家人过来认领。事实上,一小时后,死者的父亲和几位近亲辨认出他正是菲利皮季,薛尼亚德的大儿子,是 500 人议会(本页涉及的雅典的主要民主行政机构:500 人议会,500 人分别由 10 个部落选出,每个部落 50 人——是最高的合法权威组织;10 将军会,由每年重新选出的 10 位议员组成,每个部落 1 人——由它确定帝国的对内对外以及军事政策并对官员进行监督,其职责相当于今天的民主行政机关。阿雷奥帕奇是民主雅典的私人法庭,只断谋杀案及亵渎神灵案)成员之一,与伯利克里同住于肖拉尔戈斯区镇。

粘西比刚从集市回来，人们便认出了她，说她正是发现被害者的人，并围过来安慰她。至少有 30 个妇女还流了泪。不管发生何种情况，人们总是蜂拥而上，粘西比对此异常地反感。一位金色头发的瘦小男孩注视了她好久，终于走过来拉着她的手问："这是为什么？"

"这孩子叫菲利普，是菲利皮季的儿子，"一位长舌妇告诉粘西比说，"他的母亲死在了床上，这回他可成了真正的孤儿了。除了爷爷，他的亲人只剩下姨妈和奶奶了。"

粘西比看着孩子的蓝眼睛，眼眶渐渐红了，里头满是泪水。她从他那儿看到了面对不公的痛苦，觉得十分震撼。

"我不知道，菲利普。"她温和地说。

话音刚落她又马上改变了主意：不知道其实也是另一种方式的受害。也许自己的丈夫所寻求解决的正是这种不公平的现象？但苏格拉底，他要解决的事实在是太多了！

在同一时刻，穆塞翁这一富人区一座别墅的二层楼上，熟睡者才刚刚苏醒。其中有一人，一位有着金黄头发和大下巴的年轻男子茫然若失地瞧了一眼绘有阿拉伯花饰的天花板，紧接着又看了看床。上面躺着两个人，一位年轻女孩和一位年轻男子，他们仍在沉睡着。他看了看那个女孩，耸了耸眉。女孩脸上的脂粉经过一夜已经完全褪去，要想辨认出她是谁着实有些困难。而那个男子仍在打着鼾。

金头发男子弯下身去，从床底下拿出一个夜壶放在身前准备小解，目光落在了他放在地上的那把剑上。他将剑捡起并置于附近的一张圆桌上。接着他走到窗户那里拉开了厚厚的窗帘向外张望。窗外明媚的阳光洒满了整个花园。

他又重新回到床边，绕开床仔细观察着熟睡者那一侧的地板。一个杯子被打翻了，许多金币银币从一个钱包里滚了出来，其中还有一把短剑。他拿起短剑，将它拔出并仔细地检查了起来。他似乎在护手处发现了什么，就用指甲去刮。接着他嗅了嗅刀刃，然后若有所思地将剑插入鞘中，穿上外衣光着脚便离开了房间。一条睡在门边的大狗起身向他探了探湿漉漉的鼻子并摇了摇它那条像鸵鸟羽毛般长的尾巴。男子用手拍了拍它。在平台值勤的两个奴隶向他问了好，他点了点头要了一份面包和一杯鲜杏仁奶。

2 清晨一次关于正义的谈话

第二天,粘西比早早地便起了床,从自己的内室观察苏格拉底的房间。

房门吱吱嘎嘎,院子里苍蝇疯狂地嗡嗡作响。粘西比在同一个小木桶里洗着自己最小的孩子和他的外衣。忽然在她面前出现了这样一幅画面:希腊最强大城邦里最著名的哲学家之一,除了肚脐下提了一条宽松的长裤以外几乎赤身裸体。他的肚脐挤在满是赘肉并覆盖着金黄色汗毛的肚子中间,几乎都快看不见了。

"早上好!"他喊道。

男孩显然被这一声音吓着了,在木桶里不停动弹。粘西比仅仅像是对待长官一样朝他点了点头。

"我想跟你谈谈。"她说。

他向她这儿走近了一步。

"还有葡萄吗?"他问道。

"厨房有。"

他穿过院子,中途拍了拍他儿子挂满水珠的脑袋和下巴,向篮中去寻葡萄。当他回来时,粘西比正把孩子擦干。

"那个死者……"她开始说道。

他在一条腿有长短的椅子上坐了下来,葡萄架下投射着屋顶长长的影子。他将一颗葡萄粒塞入嘴里开始咀嚼,似乎根本没听懂粘西比所说的话。

"那个死者,"她重新发起了攻势,"是你的朋友吗?"

"我确实认识他,怎么了?"

"因为听人说他曾经住过我们家。"

他开始吃第二颗葡萄，等待着她下头的话。

"这是他为什么会在我们家后面的小巷里被杀的惟一解释。"她说道。

"这是你的假设罢了。"他假装对着葡萄若有所思，只做了这样的回答。

但粘西比此刻的表情使他意识到自己不会这样就蒙混过关。她准备发起攻击了，对于苏格拉底来说，他宁可闪电打雷也不愿听到妻子的尖叫声。此时他的大儿子出现了，他奔向父亲。苏格拉底拥抱了他并问他是否睡了个好觉。小儿子，什么都没穿，在地上拖着一只脚底装有轮子的木马，嘴里还振振有辞地念着"吁"。母亲将他们带回房间，苏格拉底便又开始从篮中拿他的葡萄。

"苏格拉底，"她坚定地说，"据说菲利皮季在被杀几小时之前还跟亚西比德一块儿吃过饭，而亚西比德又是你的朋友，而且菲利皮季是在我们家后面被人杀害的。我想我的想法不仅仅是一种假设吧。"

见鬼的女人！她很少有那么几天能和他的逻辑推理能力一样好，她嘴里吐出的亚西比德这几个字警告着苏格拉底。这个名字太有名了，它属于受伯利克里监护的孤儿，属于一个他放在心底的年轻人。他从未轻率地喊出过这个名字。

"你当时也在跟他们一块儿吃晚饭吗？"她又问道。

"是的。"

"那么你肯定知道后来怎么样了。"

他揉了揉一只眼睛，接下来又揉了揉另一只，为的是拖延时间。

"我确实知道一件事，"他最后终于说，"那次宴会是在阿尔克罗斯的家里开的，而且亚西比德在第二天清晨前都没有离开过他家。我们谈话直到深夜，在场的还有另几个宾客。那时菲利皮季已离开好一会儿了。"

"他和亚西比德吵架了吗?"粘西比问道。

这个女人的疑心真是重!

"是的，你怎么知道的?"

"我判断的。"粘西比边说着边把桶中的水倒进了排水沟，水便沿着院子一直流到了街上。一个人是不会无缘无故提早离开宴会的。他们争吵的原因到底是什么，她所指的又到底是什么?

"我对你的洞察力十分赞赏，亲爱的粘西比。"苏格拉底尽量装作很冷淡地说，"而且我也十分赞赏你竟然对一件跟我们家毫无关系的事如此关心。"

"这件事跟我有关。"她坚定地反驳道。

他扬起了眉毛。

"是吗?"

"是的。菲利皮季儿子的悲伤深深打动了我。当他们把他尸体运走的时候我也在那儿。那个男孩就向我走了过来，因为他听别人说是我发现了尸体。他就简单地问了我一句：'为什么?'我知道你们在演讲中常说到公正和道德，就是你们，伯利克里的先生们。但我也同样清楚这座城里充满了不公正。想到那个小男孩感觉自己是在雅典不公正的社会基础上长大，我心里就不是滋味：要知道他可能会失去自尊的，苏格拉底。我想知道菲利皮季为什么被杀，还有是谁杀了他。"

苏格拉底若有所思地考虑着他妻子说的话。他被这些话所震动，几乎是被感动了，同时他觉得再用那些不可捉摸的假话来搪塞或冒失地说漏了嘴都是那么的不合适。

"我敬重你刚才说的话，粘西比。但是如果你知道了杀人者的名字后，你会怎么办呢？"

她愤怒地注视着他。

"我会向议会揭发他！"

苏格拉底从椅子上站了起来，神情十分焦急。

"我不知道杀人者的姓名，粘西比。但我不想让你卷进这桩正如你自己所说的会动摇雅典基础的事件中来。你会有危险，也会遭遇到十分厉害的敌人，而且因为你是我的妻子，我也有可能被你拖下水。我不想对你隐瞒，那样会令我非常讨厌。"

"你的意思是……"她激动地问道。

"听着。在雅典有两个政党，他们水火不容。一个是民主党，他们希望以人民的名义行使权力。另一个是寡头政党，他们觉得权力应该掌握在少数有经验的人手里。菲利皮季，就跟他父亲薛尼亚德一样，曾经是寡头政党的拥护者。他强烈反对亚西比德，因为后者虽身为寡头政党却玩弄民主权利。他本是亚西比德的朋友，但自从认为他是个伪君子后便不停地辱骂他。亚西比德的朋友便起来抗议而且用过激的手段进行报复。当时大家都喝了酒，而且周围乱糟糟的。有几个宾客起身去骂坐在不远处的菲利皮季，他就站起身来离开了。后来的事我就不知道了。可能有一个亚西比德的朋友去尾随他，后来争吵恶化了……不过我确实不知道为什么菲利皮季会来这儿，因为他走时我还在阿尔克罗斯家呢。你瞧吧。"

粘西比认真地听着她丈夫所说的每一句话。

"你不知道谁有可能跟踪菲利皮季吗？"她又问道。

"不，而且我也不想知道。因为如果我知道了，我可能会被迫将他告发出来，那样可能会引起500人议会和十将军会的危机。我们正在打仗，拉栖第梦人已在阿提卡发动了进攻。选择这个时候挑起一件涉及受伯利克里监护的孤儿的丑闻是错误的。这对民主党和整个雅典来说是十分危险的。"

　　"打仗，打仗！你们总是在打仗，就是你们这些男人们！所以说，如果我没说错的话，你的意思是应该以民主的名义包庇一个杀人犯。"粘西比边说边向她丈夫投去了严厉的目光。

　　"如果女人也被允许参政，我会尽我所能把你选入500人议会的，粘西比。"苏格拉底回答说，"我这么说可是认真的。"

　　"你爱怎么说就怎么说吧，但我可接受不了一件不公正的事，而且更糟糕的是，一个杀人犯竟以正义的名义干着坏事。"

　　从眼角苏格拉底看到奴隶正在厨房生火。油炸大蒜的味道混入了空气中。苏格拉底站起身结束了这场比平时安静但却比他想象中更令人不安的谈话。情况是不可预见的，而且他从中还品出了讽刺的味道：他妻子对于一个孤儿的同情恰恰证实了哲学的道德正义。他总是庆幸于自己的小心谨慎；他没有告诉粘西比受害者是亚西比德的情人，而且争吵的起源既有政治原因同时也有关于两个男人间的私密关系。女人对此总是一无所知。

清晨一次关于正义的谈话

3 游客之见

有一种传说中记载,曾经有一位巨人急急忙忙登上天际,他身形巨大,身体变成了石头而且被压碎肢解了,但人们还能认出他原来的轮廓:他的右腿在今天组成了阿提卡和卡亚至米洛斯之间零散的小岛,这些小岛代表了他的脚跟。他的左腿则组成了由俄贝到那科索斯之间的地区。伯罗奔尼撒代表了他盾牌以外的部分。他左手臂的曲线则被猜测为是现在的斯波拉泽斯。至于他的脑袋,据说被埋在色萨利山上。

巨人的脚之所以对着亚洲的方向,其中也许另有隐情。辽阔的波斯帝国事实上就虎视眈眈地位于希腊国旁,而面对的则是一片居住着被征服人民的前沿地带:其中便包括弗里吉亚、里蒂昂斯、卡利昂。披挂五彩衣裙,身着锁子铠甲,手持青铜武器,波斯人自诩为世界之王。他们觉得整个宇宙是个统一体却忽视了其中的水域部分,同时也误解了雅典人的霸权;直到公元前480年地米斯托克利在他们的国王薛西斯眼皮底下摧毁了他们的舰队,他们这才认清了雅典的实力,接受了这桩奇耻大辱。

巨人身体最庞大的构成部分莫过于他的大腿了,差不多能和宙斯的相媲美。这也是迄今最宝贵的遗址,因为雅典娜女神就是在这里诞生的。这便是阿提卡,而不远就是雅典城。北边是维奥蒂亚,住满了粗鲁的野蛮人,再过去便是色萨利和埃托利了。更高处是厄辟尔、马其顿和夏尔西迪克。面对亚洲的方向,也就是说面对着波斯,延展着色雷斯的疆土。巨人的盾包括了三个国家:北边是小阿夏伊,阿尔戈里德海湾深处是阿尔戈斯,另一个则是雅典人的强劲对手斯巴达人居住的伯罗奔尼撒了,

正是斯巴达人即将给雅典城带来灾难。

在这些国家海岸线周围遍布有为数众多的海湾意味着两件事。首先，海对于希腊人来说就如陆地对于其他人一样熟悉。其次，当海上风浪大作，陆地便会为他们提供数不胜数的避难地。稀少的土地与易怒的大海铸就了希腊人既粗鲁又勇敢的双重性格，既像犁铧般的不协调，又如浪中孤帆一样起伏不定。这灵活和谐的艺术与这雄辩的口才和智慧并非朝夕得之，而是获于极端的斗争。

他们生活节俭：除了少许居住于城市中的人有能力拥有一匹马或一艘船以外，其他人均节衣缩食。他们的食物大多为烤鱼，腌制的或风干的都行，还有奶酪、橄榄、水果和酒。

从公元前5世纪初开始时，所有这些国家便战争不断。当它们为解放受波斯奴役的艾奥尼亚人而进攻波斯时，那已是世纪末的最后一年了。30年后，随着波斯被打败，米堤亚战争也结束了。紧接着，因为畏惧彼此之间的实力，他们发动了内战。尤其是雅典，它着实让斯巴达人恐惧不安，因为它太富有、太强大了，而且时刻威胁着要征服伯罗奔尼撒人。与此同时，斯巴达的强大也令雅典惴惴不安。于是伯罗奔尼撒战争依势而发。

在这石子地上，充满了像是即将满溢而出的阳光，但同时却浸透了鲜血。成万成万的士兵在这儿长眠了，他们甚至不知道他们同为希腊人，更别提他们都是人类这一事实了。让我们为这些骁勇却天真的灵魂哭泣吧，这些美丽强壮的躯体因为那安详和蔼面具下隐藏的虚伪而化为僵尸，引起这一切的罪魁祸首就是我们所称之为的城邦，称之为的伯利斯，孰不知它的内部早已因相互间的仇恨而变得面目全非。因此我们认定是今后的时代创造了这些战争引发的残暴行径。

游客之见

为什么会有战争的存在？是因为这些引起战争的永恒原因：竞争，那些由人类狂热本性引起的竞争。酿制毒酒的不是别人，正是人类自己。狂热使他们认为既然自己是那样的强大、美貌、年轻、聪慧，那么就应该与日月同辉。希腊人为这种狂热付出了最残酷的代价：他们失去了自由。首先在马其顿·亚历山大的奴役下，他们的自由遭到了削减，而后又被罗马人所瓜分。自从那时起，一切都完了：罗马也变得像那些自以为能传唤春天的疯子般目空一切。

公元前 5 世纪时，雅典的实力达到了顶峰。在希腊所有的城市中，这是面积最大，人口最多，而且是最富有，兴许也是最具智慧的城市。在同一时代，也就是后来被人们所称之为的伯利克里时代（它才经历了不到 40 年的时间！）——在世界哲学史、文学史和艺术史中就已经有如下记载了：苏格拉底、柏拉图、亚里士多德、迪奥赫内斯、埃斯库洛斯、欧里庇得斯、索福克莱斯、阿里斯托芬、菲迪亚斯……人类灵魂的所有幻想已被描绘得淋漓尽致，关于美的图像早就一次性被确定了。就算在最不起眼的陶器上，我们也能发现那些代表了所谓时尚元素并为大众所向往的男女演员模特。第一位异教徒的出现被人们看成是巫师，他动动手指就能使图像在屏幕上活动起来，就好像柏拉图的石穴深处骚动的影子。

不久，对权力的狂热追求使雅典陷入了困境。但无论如何，当时城邦已在城墙与五座山中被舒适地建立了起来。这五座山分别是西北边的塞拉米克、神圣雅典卫城和其掌管下的高利托斯，东部的里卡贝特和伊梅特。雅典卫城，是西方思想的心脏地带，是几世纪来人类生存条件的确立中心：神灵都是脆弱且无法预测的，但尽管这样我们仍不能将他们遗弃，正如我们不能遗弃

苏格拉底夫人
罪的还魂术

父母与子女一样。

巨人的手臂加强了两堵城墙的保护作用,而它的尽头是著名的长墙,正是这一只宽大的手掌将大海揽入其中,这便是比雷埃夫斯。著名建筑家希伯达摩斯德米莱不久前刚描绘出它的蓝图。比雷埃夫斯广场脚下的海港叫冈塔罗斯,那儿停靠着与亚洲及东方岛国做买卖的商船,它们的经营利润正是雅典的经济来源。在另一边,是泽阿,穆奇,尤其是法莱尔的港口,战船从那儿出发,为雅典帝国的强大军队传送军情。

但千万不要弄错:雅典并非是座金城,是落日的余晖使新建大理石雕帕尔特诺斯和普罗比雷蒙上了柔和的色彩,保护女神雅典娜的巨型雕像在其中也显得熠熠发光。

有智慧女神雅典娜和海神内普丘恩的保护,也就是说拥有以优越的技术展现世界的能力和在风浪中航行的艺术,城邦本应是永垂不朽的,但归根到底,希腊人也只不过是群普通人。

游客之见

4 洋葱头

"有一件事困扰着我。"一个40多岁的男子说道。他坐在新建的公共喷池的台边上,身边坐着的那位年龄差不多的男子不时地将手浸入水中来弄湿自己已谢了顶的脑袋。"我们的城市是希腊最富有的城市,但却有那么多的穷人;我想我们甚至可以移民斯巴达。"

另一个点了点头:"当我们将他们打败时,我们会这样做的。但当下,却是斯巴达人在入侵阿提卡城。"

"我们一定会获胜的。但目前,我们却受制于这些穷人。"

"那是因为我们富有所以才引来了那些穷人,正如蜂蜜会吸引苍蝇一样。"

"那么,我们会被斯巴达人打败的。"

"还得看看再说,我们可是海的主人。"

"可现在外国佬和本地人可是一样多啊。"第一个人仍坚持己见。

"没错,但他们不是法律上的雅典人。"

"那又怎么样呢?要我做什么?如果要我跟那些外国佬来往,那当个被法律所承认的雅典人还有什么用?"

另一个耸了耸肩。

"总而言之这有什么差别呢?他们和我们都说同一种语言。"

"看吧!"第一个人喊道,"这就是财富带来的后果。它只会没落我们的思想!你对你的城邦已经再也没有感情可言了,德米斯!"

"塔基,"另一个说,"你用不着为这些事生气。事情原本就是这样。我们已经是20多年的朋友了,现在犯不着为这些撕破脸。来,我们去阿里斯提德酒馆,我请你喝一杯。"

雅典卫城以西,在以阿雷奥帕奇法庭命名的阿莱斯山上,有一片宽广之地,那里自然地汇聚了众多居民:那就是阿格拉。不管是火灾、传染病或是地震都未能使他们迁走,3世纪以来,人们从那里带来了消息,还包括一些流言蜚语,这些正是雅典人所贪求的演说材料,比如说某某父亲因为想得到一个女人动用了他儿子的财产而遭到暴打,或是某某政客给他最大的敌人设了个大陷阱什么的。

人们对这些事发表了一通见解或是将这些想法告知他人。四分之一个世纪以来,阿格拉因为在其境内建造的那些庄严的建筑物而占据了重要的地位:比如火神赫菲斯托斯的神庙,阿波罗神庙,还有一些被称为梅特鲁的公共档案馆,500人议会的新议会大厅、法院,这些建筑物在某种意义上来说就组成了政府。还有公共法庭,它的长度就像没有面包挨饿的一天般看不到尽头,日夜燃烧着城邦圣火的多洛斯、英雄纪念碑,更不用说矗立着官员们的行政办公建筑的场所了。

这一建筑狂潮一时激起了众多苛刻评论,并且也将带来许多更令人痛心的后果。

不远处矗立着一座极其长的建筑物,差不多和公共法庭一样长,但却没有它看上去那样令人忧虑不安,它只是简单地由一长串立柱和一个斜屋顶组成。它的厅廊面对着那些绝大多数用来做买卖的房间,这就是南斯托阿(另外在西边和北边还有三个)。在那儿除阿里斯提德外我们还可以见到阿里斯提斯、裁缝夏拉朗比斯、羊皮纸商塔拉苏梅诺斯,同时他也担任着书商的角

洋葱头

色(他不仅卖一些格言警句或几何之类的书,主要还经销诗集:奥德赛的二手抄本就值一个特特拉德拉克马,如果是本新抄本,能卖到三个特特拉德拉克马呢)。还有金银器匠阿莱克西奥斯,他根据顾客要求制造些金银餐具并在中间做上顾客的头像;陶器制造商伊夫哥尼有时会高价出售一些绘有装饰的陶品,要价甚至比银器还高;大众作家梅莱希亚斯,他的一首仅20行的短诗对于那些没头脑的求慕者来说就值10德拉克马,如果是一首讽刺短诗,他们还愿意出20德拉克马呢;梅莱希亚斯很懂得怎样用诗向男女青年们献媚并由此吸引住他们的心为自己赢得学者的名望,但往往这些名望均有待下文验证。另外还有特希米斯,自从他为几位头面人物制作了几双缀有银片和蓝宝石的便鞋后,便一跃成了全希腊最著名、最富有的鞋匠;油商梭伦,他也出售醋、盐和香叶;律师米洛尼德斯,在这座满是商贩和政客同时也充斥着争吵的城市中他总是事务缠身,正因为如此,他拥有着斯托阿四所通风最好的房屋,间间对街而建。

我们在那儿同样也能觅着理发师埃克索尼的身影,他的理发店永远只接待家境平凡的顾客,因此其他人,比如高级妓女一类的只能将他召至家中,以便在每顿晚餐前能换个发型;不仅如此,埃克索尼也为那些老来俏制作些精巧的假发。我们还能遇见那个出名的货商德米斯,他卖腌货、奶酪、橄榄、风干的沙丁鱼,还有干果。药剂师奥尔多索斯,他店里用油和丁子香干花蕾制作的一种能治风湿病的面制品使成群的巴勒斯坦人不惜代价远道而来求购,不瞒您说,他其实还卖避孕棉。科拉齐奥斯,葬礼哭丧妇的出租商,他的店面正紧挨着药剂师的商店,尽管他相貌平平,可却是个人物,在战争年代他还着实积攒了一笔钱呢。阿纳西斯是伊梅特或是里卡贝特的蜂蜜商;阿里斯提德则是个

酒商(他会根据您的体质和情况向您推荐合适的酒:比如说大瓶装的萨摩斯酒适于宴饮,而轻度希俄斯酒则适于一次愉快的餐会),他卖酒用大口杯装,也不贵,同时还卖啤酒和蜂蜜酒。那一带还有两位面包商、三位杂货商和两位水果商。

最后登场的尼科拉奥斯和皂比利斯,他们的店铺正好位于店廊的两端,因为做的都是同一种买卖,两家也是死对头。他们都制造长笛和竖琴,而这些东西的主要买主都是年轻人。真是难以想象一个小学生没有这些会怎么样,因为音乐是三门基础教育课程之一。尼科拉奥斯肯定他对手出售的乐器给绵羊来用是再好不过了,而皂比利斯则认为尼科拉奥斯的乐器才是为山羊量身定做的。

同样是在斯托阿我们还可以发现那儿还有些专门从事小行业的人,比如用蜂蜡给人除毛的人、编花篮的人、杂技演员或舞蹈演员出租商,甚至连巫师都有。黄昏时,妓女和妓男们就拖着凉鞋四处晃悠,期盼着能混得一顿晚饭或一个房间。广场上,卖果酱和沙拉的店铺早早的就开张营业了,直到夜晚来临时才闭门谢客,它们的信誉都不错。事实上,一向节俭的希腊人常常自诩自己与这些一日三餐荒淫无度的梅代斯人间有着天壤之别。一个受人尊敬的雅典人总是有着扁平的腹部,宽大的胸脯,坚实的腿肚和灵巧的舌头。尽管如此,还是有为数不少的人大腹便便、胸部下垂得和那些奶娘差不多,正如我们在喜剧片中看到的那样。这些人被那些身强力壮者看成是雅典的灾难和虚荣的产物。

一年四季,城中那些有点头面的人总是来斯托阿会面。不过显然比老百姓少(他们总是在处理政事或在自家宅院中密谋事务),主要是一些即使在苛政下也能在一星期内将你捧上天堂

洋葱头

或打下地狱的思想家们。这些人的祖先如果今天还常去斯托阿的话一定会对您说：伊帕尔克（他是雅典的一位暴君，在公元前514年被革命家阿尔莫迪奥斯和阿里多奇顿谋杀）害怕斯托阿的民声简直比出汗的人害怕蜜蜂的困扰更甚。在距今两千多年的伯利克里统治时期，阿纳克萨格尔诡辩派经公共法庭下令被雅典人驱逐，原因是他们在阿格拉关于共和国的言论和法律已经开始刺激领导者的耳膜了。

我们的这两个伙伴忽然出现在斯托阿，就在距阿里斯提德酒店几步远处。在一张长凳上坐着一群人，他们嘴里一边大嚼着煎饼与无花果，一边还小口喝着啤酒。两个伙伴立即加入了他们之中。

"这么说，你们是'伙伴'喽？"一个30岁左右瘦瘦的青年带着嘲笑人的口吻问道。他是行政议会里的记录员，叫克雷昂提斯。"你们晚年会结婚吧？我们可从没见你们两人什么时候分开过。"

大伙都微笑着或干脆大笑起来，但即使这样，这两个男人还是没有被丝毫激怒。

"哎，克雷昂提斯，"塔基说，"如果你到了我们这个年龄还能腰板笔直地站着，你一定会很高兴的！依我看，就凭你成天向你上司阿谀奉承的样儿，你的屁股马上就会长得比脑袋还高的！"

两个伙伴坐了下来，一个男孩按照吩咐给他们拿来了两大杯啤酒和一叠蜂蜜煎饼，这个男孩是阿里斯提德的仆人。

"话说回来，关于薛尼亚德儿子那桩谋杀案，你的法庭是怎么处理的？"塔基问道。

"我工作的法庭只处理民事案件，至于凶杀案，你应该知道得很清楚，那是阿雷奥帕奇的事儿。再说，法庭只处理国家对手

间的冲突,可不是用来做调查的。"

"薛尼亚德说他认识凶手。"

"薛尼亚德爱怎么说就怎么说,但他什么也不知道。如果他再敢说那些疯言疯语,他就会因为诽谤罪吃官司的,而且必输无疑。"

"似乎那天菲利皮季被杀前几小时还跟亚西比德一起吃晚饭。"一个被称为索斯德纳的人也参与进这场谈话中来。

"听着,当时我不在场,就算情况真是那样,我也不会发表任何意见的。这几年中薛尼亚德一直在恨着亚西比德。他觉得他是流氓,是妓院的老主顾。这是政治事件,我不想把自己搅和进去。"

"这都是意料之中的事,"塔基边说边把他的啤酒放在膝盖上,"自从几年来我们的领导者身上开始充斥着那种强大的疯狂情绪后,这座城市就开始变成了戏院,最疯狂的虚荣在这儿遍地横流,可以说这座城市甚至就是被建成了一座戏院!我们建设,到处建设!在雅典卫城,根本就没有自由的立足之地:看看这些蒂昂索斯剧院、帕台农神庙、莱斯普罗比雷斯大广场、雅典娜神像吧!"

"你不该批评帕台农神庙!"索斯德纳反驳道,"再怎么说它也比座秃山好看些。"

"所有这些只不过是洋葱头的光荣碑罢了,其他什么也不是!"塔基喊道,"五千个能工巧匠只为了一座庙!用的还是从盟国财富中抽取的钱!想想他还将自己的像雕刻在雅典娜的盾牌上!我倒很想知道是谁请了这五千个人,还有洋葱头这所有的财产都是从哪里来的……"

"你说的到底是些什么废话啊!"克雷昂提斯显得很不耐烦,

"伯利克里只不过是重新修建了帕台农神庙和那些被波斯人烧毁的庙宇罢了！这些都是微不足道的事啊。如果你是在影射他本人是通过这些发财的，那你就错了。伯利克里本来就很富有。他是阿尔奇梅奥尼德斯家族的，他们积聚财富差不多已有两世纪之久了，而且他们亲族联姻，这样可是钱滚钱。再有，他现在有那么多钱也多亏了他的老婆都利亚，她是伊卜尼克斯家女性中的第一次婚嫁，并且嫁给了个像所有阿尔奇梅奥尼德斯家人一样的富有男子。这可与帕台农神庙没什么关联，这些还是 25 年前的事呢。"

"你总是站在权贵那一边。"塔基低声抱怨道。

"你呢，总是反对那些拥有权势和金钱的人。"克雷昂提斯反驳道。

这下塔基可受不了了。

"你是想告诉我洋葱头是出于什么原因又有什么权力动用我们备战的资金和盟国缴纳的捐税，然后用这些来保证我们的军事防御的吧？"他情绪激昂地说道，"那他为什么要用我们的财产来修建那些目前根本就没有迫切需要的神庙和雕像？如果就算只有帕台农神庙，那所有这些我们周围的建筑，它们都是用原本留下来作保证防御的款项建造的呀！这些可是用来发放给军队的军饷，是组建部队的资金，要用来建造堡垒和战船的啊。所有这些大理石神庙，当我们真正被拉栖第梦人或别的什么人包围时，可是毫无用处的。除非之前就来一场地震把它们全毁了！就在我与你说话这会儿，拉栖第梦人就正在进攻阿提卡，你认为帕台农神庙或是雅典娜神像会成为我们的围墙吗？"

克雷昂提斯已经差不多听了一百遍这样的指责了，他也说不出什么反对的话了。

"是伯利克里给我们带来了民主，而你们却把他当成了一个暴君。"他只好这样说道。

"塔基也没有完全说错。"索斯德纳过来假惺惺地当调停人，"现在我们正处于战争之中，这些钱极有可能会落入他人之手。"

"我们并没有打仗！"克雷昂提斯抗议道，"只不过是个世界尽头的小国宣称要反抗我们你们就以为在打仗吗？"

"伯蒂德可不是世界尽头的小国，克雷昂提斯。而且我们很清楚斯巴达人总有一天要攻打我们。伯蒂德的反抗只不过是战争到来的征兆罢了。"

"不管怎么说这种民主还真是漂亮！"塔基咕哝道，"所有的权力都掌握在一个人的手里，要是有像我这样的人张张嘴表表惊讶，就会被当成是反叛！我还没说这个大人物的私生活怎么样呢！他同一个妓院老鸨住一块，是市场上的一个外国佬，而且他们还不小心生了个孩子！"

"再说这些也没有用，"另一个抗议道，"阿斯帕吉已经在一桩诉讼案中受到了保护，我们反而会因为暴乱罪被起诉的。看看阿纳克萨格尔因为话太多得到的下场吧！"

"我们之所以指责阿纳克萨格尔的原因不是他说得太多了，而是他竟然说上帝是由人创造的。"

"不管怎样也得承认，"索斯德纳说，"洋葱头确实是大大挪用了备战资金，而且他将自己的像雕刻在雅典娜的盾牌上也真是太虚荣了！"

"但我们并不知道这些是真是假啊，"克雷昂提斯反对道，"那盾牌的位置这么高，我们怎么去确认呢？"

"用一双好眼睛看看就知道了。"塔基反驳道，"脚手架被撤下来之前，大家还能爬上去看，结果千真万确。"

洋葱头

"不管怎么说,这也没给那个雕塑家菲迪亚斯带来什么好运。"另一个说道,"他也将自己的名字刻在了盾牌上,结果只好被迫逃亡。快看!刚才走过的正是洋葱头!"

所有的人都把头转向了一队快速朝议政厅走去的人马上,他们要去的地方是每年选举出雅典十将军的行政场所。洋葱头走在这一小队的最前面。他也就是我们所称的伯利克里,因为他的头前面扁后面却呈球形所以外号叫洋葱头。为了掩盖这一缺陷他也曾长期尝试过将自己的头发梳得鼓鼓的,但现在他秃了顶,于是就更像个洋葱了。此外,随着年龄的增长和烦恼的增加,他也早已不再卖俏了。

但他的脸在 63 岁这个年龄看来,显得还是很英俊。椭圆形看上去有些笨重的感觉,但很有棱角。鼻子显得既刚毅又精巧。嘴唇浑厚又像是被精心地雕琢过,嘴边总是挂着一丝嘲弄的微笑,大大的棕色的眼睛像是在沉思着什么似的。其余的地方,他都生得很好,宽肩、壮腿还有精细的脚踝。尽管如此,那些阿格拉广场的诽谤者和讽刺诗人还是继续将眼光停留在他的那个洋葱头上。

有 30 多个人护其左右,其中有朝臣、乞求者、拉皮条的人和奉承者,总而言之,都是一些权贵周围的常客。因为雅典的第一大将军可不仅仅是最受人尊敬的政客,而且还是个富人:他拥有大片的农田,在城市也有不少土地。就在这座城周围有一大片耕地都归他所有,他在雅典和比雷埃夫斯的土地,有时甚至覆盖了整整几个区,这些是保证了他在阿提卡雄厚经济收入的其中之一。

此时,伯利克里挤出在他经过时总是在身边形成的包围圈,在里头总有几个敌人的间谍,他们从头到脚紧盯着他不放,窥探

苏格拉底夫人
罪的还魂术

着他那张苍白的脸,这脸昭示着他内心的脆弱,也将他头天晚上过度耗费精力的事出卖得一干二净。但他的脸庞还是有光泽的,脚步也充满了活力,高傲的仪表一如既往。像平常一样他带着冷漠的面具,眼睛从议会厅那儿时不时移向斯托阿的石喷泉。这是一幢全新的建筑,自从 40 多年前城市被波斯人烧毁后,我们就没有停止过重建工程,依据希伯达摩斯德米莱的规划从马拉松门直建到比雷埃夫斯的尖顶。街道感觉上就像研钵,将大理石的尘土都染上了臭味。载着大块大理石的小车喧哗不堪,脚手架上人们上上下下,工人们叫嚷着,周围都是震耳欲聋的嘈杂声,即使在阿洛加也是这样。但那些追随伯利克里的人对这些毫不在意,他们每个人都在等待机会能为情愿说上哪怕一句话,那建造赫菲斯托斯神像产生的工具撞击的声音也没能使他们退却。

伯利克里向每月上中下旬都第一个要求召见的人走去,准备裁决那些日常事务,比如去面对向国家卖出土地却没能收回全部偿金的抱怨声,或是一位妇女有失礼仪地要求与自己丈夫离婚,原因是她那位身为战场英雄的丈夫并没有给她夫妻间应有的尊重,还有一些对在狂欢聚会上不小心失言声称要举行暴动的检举什么的……伯利克里就这样听听这个,听听那个,时而还点点头,翘翘眉毛,耸耸肩。所有这些私人请求之后都会无一例外地提交 500 人议会处理。第一将军的决断总在一发而起的辩论中徘徊不定:他必须讨论出一个能用来抵御拉栖第梦人进攻阿提卡的兵略。局势十分紧急。雅典城已经开始面对顽强的伯蒂德的叛变,它是夏尔西迪克的一座城,与其说是雅典的同盟不如说是它的附庸,现在它已经开始反抗宗主城了。议会从去年春天开始已经持续辩论了 7 个月了,但雅典看上去还不像快要胜利的样子。伯蒂德由北方供应军需,它高高的城墙没费多大劲就挡住了雅典军队的进攻。更为重要的是,斯巴达联军也对雅典发动了进攻,拉栖第梦人也开始入侵阿提卡了,那里许多小城市的居民、农民纷纷涌向雅典避难。

伯利克里很清楚:与斯巴达人的冲突开端给雅典带来了强大的影响与担忧。

当列队到达议会前厅的时候一个律师忽然大声吆喝道:"将军大人,我来这儿是为了我的委托人卡洛米利斯·德·布雷阿。不管是在生活上还是思想上,他都是个好人。但他被他的身份所困,因为他是个外国人……"

伯利克里面带愠色地抬起了一只手。

"布雷阿是我们的一个移民,伯利克里,"另一个坚持说,"难道你不认为一个移民来雅典而且富有的人有权利享受比从米莱或弗塞来的穷光蛋更多的尊重吗?"

"那就向 500 人议会提出你的请愿吧,我们还有另外的事要处理。"

"将军大人,卡洛米利斯在我们买战舰的经费里出过一把力……"

伯利克里停住了,他向律师转过身来问道:"他真的那么富有吗?"

他的目光落到了三步以外一个秃顶的大块头男子身上,他正焦虑不安地听着他们之间的谈话,他应该就是那个所说的外国人了。

"我已经对你说过了,"律师重又说,"他是个好人,现在需要你对他抱有好的看法……"

"我也说过了,如果他想申请国籍的话,就让他向 500 人议

会提交申请书。"

正当伯利克里将脚迈向台阶的时候，另一个人又走上前来，这个人伯利克里可相当熟悉：这个瘦瘦的，身形小巧皮肤稍黑的绅士是米希洛斯，他的间谍队队长，我们也称之为"芦苇丛中的老鼠"。那是因为一切声音传入芦苇丛中都能被如实重现，而他也在听着。他用眼神向他发出了质疑。

"将军大人，我有一句特别的话要说。"这个告密者小声地说。

伯利克里把他叫近身边。

"薛尼亚德是被怒气和痛苦冲昏了头脑。"米希洛斯开始轻声说道，"他要求你将杀人者的名字公之于众。他的朋友们和他本人宣称杀人犯本应该在凶案当天落入法网的，可是最后没有，那是因为他受到了议会的保护。目前他们正在策划一个阴谋行动。"

作为500人议会的成员之一，并且本人又有钱有权，薛尼亚德事实上是有能力实施一项阴谋的，而且他曾经还是寡头政党那边的拥护者。

"那在他们看来，是谁在维护杀人犯呢？"

米希洛斯犹豫着该不该回答。最后他总算是把受伯利克里监护的孤儿名字给吐了出来。

"亚西比德？"将军重复道。

米希洛斯点了点头。

"那么你对这件事怎么看？"伯利克里问道。

"我猜这也不是不可能的。"

"菲利皮季也是亚西比德的男伴之一吗？"

所谓的男伴就是一群有着自己行为准则、语言、笑话和节日的年轻的雅典人。

"不，但亚西比德是决不会和他们中的任何一个唱反调的。"米希洛斯的眼中饱含言下之意。

"这其中你知道什么事吗?"伯利克里问道。

"菲利皮季曾去过一个宴会，当时亚西比德也在那儿。但他在亚西比德之前好久就离开了，而亚西比德则滞留到很晚，然后又将朋友们带到自家喝酒。"

议会秘书此时出现在议政厅门口，他向伯利克里使了个眼色告诉他将军们已做好准备可以开会了。

"我们过会儿再说这件事。"伯利克里一边匆匆忙忙地走进会议厅一边说道。

正当米希洛斯走下台阶时，他与苏格拉底擦身而过。

"你看上去有心事啊，米希洛斯。"哲学家观察到了这一点。

"我只是有点烦心事，苏格拉底。今晚我要去参加菲利皮季的葬礼，你也去吗?"

苏格拉底微笑着回答道:"今天晚上我必须一直留在伯利克里这儿做我将军的工作。而且我跟薛尼亚德关系并不算亲密。"

米希洛斯点了点头走远了。苏格拉底目送他远去。

伯利克里已经站在半圆形阶梯一级的正中间了，会议厅里坐着他的将军们。像往常一样，这些人会互相问好致意，互相恭维对方的气色是多么的好，谈谈某人儿子的婚事或是捡到了什么便宜，可这天早上，这些个客气话都不见了;他们忧心忡忡地与秘书说着话，时不时焦虑地瞥一眼那些诉状、记录还有材料。议员和秘书都站在后方，苏格拉底则坐在伯利克里身后五步远的地方。

将军中资历最老的一位是提马尔克，他已有六七十岁了，那一口灰色的大胡子被精心梳理过，正是由他宣布了会议开始。

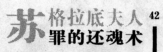

"早上我们的议程还和平常一样,主要是处理城邦的事务。"他说道,"而下午我们要讨论的是一些私人事务,这些不属于法庭的管辖范围。今天早上首先要处理在阿格拉植树的问题,还有为此我们应该分给他们多少地;接下来就是增加新住宅区的问题,因为雅典的人口在不停增加;最后是北方堡垒加固问题,这些都是用来抵御梅加拉的进攻才做的。在此我建议我们先把植树和建新区的事放一放,我们今天的议题是相当紧急的,那就是面对拉栖第梦对阿提卡进攻我们议会应该采取什么样的措施来加以抵御。"

所有的目光都投向了伯利克里。

也就是说今天是不可能再提及杀害薛尼亚德儿子的凶手了。不管怎样,这毕竟不是一件需要议会处理的案子!

无论如何,伯利克里的儿子粘西比和帕拉洛斯还是要出席葬礼的。

洋葱头

5 ▌阿斯帕吉家的晚餐

"她就住在那儿。"一个过路人停下来说道,他此刻正站在缪斯山上,面前那幢玫瑰红的别墅像毛皮上一件不雅的珍宝似的透过阴暗的橡树丛呈现在众人眼前。

是别墅吗? 还不如说是一座宫殿呢。这半带幻想半带讽刺的声音是由一个运动员发出的,因为他长着一头短发,人们自然这样认为。

"要想得到这样一座房子,那她可真得有个大屁股才行啊!"他那个也是运动员的伙伴说道。

他们一起放声大笑起来。不难发现他们的讽刺中饱含嫉妒之情。他们才刚20出头,在这一年龄段的人已经不再满意见到不同性别的乌合之众相混在一起,但还没到关心做兔肉的调料甚于关心兔肉的年纪。总而言之,如果一切可能的话,他们倒是十分愿意能被邀请去这家做客,但事实上,没有介绍信的话谁也进不了这家门。这可不是那种比雷埃夫斯的水手出入的妓院,在那儿人们总会去浴室前先做点什么;这儿可是住着一个高级妓女,晚餐总是做得精致无比。而且,这两个过路人可是听说一顿六人份的晚餐在这儿得花上一个金斯塔特尔。而他们,就跟其他运动员一样,尽管不是奉承她就是对她慷慨送礼,每月到这儿来的机会是越来越少了。

"她现在可不收礼了。"一个年轻人说道,"这几年她都跟伯利克里生活在一起。你想想她可不会在家中再邀请一大帮言谈粗俗的家伙,因为我们的第一将军在那儿呀!"

"我还以为他们都结婚了呢……"

"确实是这样，他和他妻子间达成协议可以休妻。前妻为他生了两个儿子，而这个女人为他生了第三个。"

"他的大儿子叫粘西比(举个例子说，这就像法语中的多米尼克，男性女性的名字都是一样，只不过有一些细微的变化)吧，是吗？"

"是的，你认识？"

"他可是个暴躁的家伙。他往窗户外扔钱还自认为是伯利克里的儿子。"

他们笑了起来……

这座位于南弗斯山上的两层楼房是贵族优雅性的首要体现：虽然只是一座简单的建筑物，但内部却有两根立柱，台阶也由七级组成。这种比例正是它的与众不同之处：它的精确和雅致极受那些不爱奢华排场的新贵们的青睐。

"有两位妇女继承了它。"青年中的一位说道，"我想我可以说服我认识的某个人让他邀请我们进去。"

"谁？"

"亚西比德的一位朋友。"

"等一下，我可不需要他来追求那些男孩。"

"这不关男孩的事，他照样也追求女人。"

正在这时，一个女人出现在窗口，她狠狠地向这两个走远的过路人瞪了一眼。

一个小时以后，当一小部分紫色的天空被染成了金黄色时，伯利克里终于拖着疲倦的脚步来了，他只带了两个随从，这两人在花园门口停了下来，花园里夹竹桃树随风摇曳。伯利克里独自一人向几步之遥的台阶走去。

她在门槛处等着他。他凝视着这张熟悉的脸庞，几年来仍

阿斯帕吉家的晚餐

然依稀呈现椭圆状。她的褐色大眼睛柔情似水,小巧的嘴微微带笑,在他们共同相处的18年里她几乎不曾有改变……他将手放在她肩上。

"劳累的一天,是吧?"她对他说。

"一天就这么过去了。"

"洗澡水放好了,佣人已经在等你了。"

这所房子惟一的一个男仆是服侍将军洗澡的。他40多岁,有着厚实的后背肉,手腕既柔软又有力,满身的肌肉能将疲劳、年龄和烦恼一并排出。伯利克里下了三级台阶便到了那放满香薰水的大理石池旁。佣人跟随主人一同走下,他的大拇指顺着浸湿的三角肌方向不停地擦着,接着揉了揉颈部使其活动开来。两只手搓着大腿,将他的脚弯成弧形又拉了拉脚趾以便放松他的脚腱。伯利克里轻松地长嘘了一口气,让佣人将他的全身涂满柏树香油,然后他换上了干净的长袍,穿上了轻便的拖鞋,穿过那种满了茉莉花的院子,走上平台来到了她的身旁。平台中央摆放着一张放有日晷的方桌,此时阴影部分已占了一大半;房子正面架着一个葡萄架,上面爬满了紫藤花,就在它散发的圣洁的芳香下坐着这房屋的女主人,她正弹着竖琴。一个年轻的男子背靠着栏杆,带着庄严的表情仔细地欣赏着这琴声,他长得和伯利克里一样英俊非凡。他转向将军,那双眼睛长得与那演奏竖琴者一样。他向他跑去,满脸微笑,他们拥抱在了一起。

"你今天都做了什么?"伯利克里问道。

"就跟平常一样。前几小时在综合教师(这是公元前5世纪时在雅典开始盛行的给近8岁孩子的教育课程,一般来说它包括三个部分:文学<阅读、协作、计算>,在综合教师家上课;音

乐,由奇特拉琴师授课,被认为会对孩子的性格与思想都产生深刻的影响;还有体操)家里,我让他教我论证学,但他却告诉我这已经超过了他的学科范围。"

"我会同苏格拉底说一声的。"伯利克里说道,"那么你在健身房里做了些什么?"

"我跑步了,"年轻人回答道,"老师说我是所有学生里最出色的!"

"好,好。"伯利克里说。

然后,他转向了那个少妇。

"阿斯帕吉,帮我们叫一些酒来,今天要为伯利克里的成绩干上一杯庆祝庆祝。"

这个年轻人叫伯利克里,就像他父亲一样。

至于阿斯帕吉……去问问海尔米普,那个喜剧诗人,他会这样告诉你说:"那是个 20 年前从米莱来的妓女。就像所有次亚大陆来的人一样,她十分狡猾,她知道怎样用骗术获得自己无法用实力获得的东西。她野心很大,而且家中的钱又满足不了她,于是就在雅典定居了下来。在雅典,她开了一家客店,还准备些精致的晚餐。为了提高自己的名声,她常邀请些肯为她说话的人来:比如诗人、戏剧家、诡辩家,总之是些多嘴多舌的人。还没算那些贵族和权力家呢。对我们来说不幸的是,她还会看书,记忆力也不错。于是她就把那些最喜欢的诗烂记于心,在她的小舞蹈者们向客人露屁股的时候背出来给他们听。这些天真汉真的把她当作是有学问的人,但您去看看她到底有多么狡猾:她很快就迷住了第一将军,伯利克里。她本来很想和他结婚的,但无奈他已经结过婚了,而且,正是他 18 年前亲自制定的法律禁止雅典人与外国人通婚。她只好为他生了个孩子。她对伯利克里的影响很大，而且我敢肯定，就是听了阿斯帕吉的建议伯利克里才投身进与伯罗奔尼撒的战争中去的。她用感情拴住了他，但就像许多男人一样，如果伯利克里要求改变，她也会为他提供其他的女人。这是我们赫丘利的新奥穆法尔！"

海尔米普，实际上，还没这么奇怪。他对阿斯帕吉心怀憎恶，两年前，对这个女人他就以有伤公共风化罪向公民法庭提起过诉讼。是伯利克里本人维护了她，是他含着眼泪要求法官们对她从轻处理。阿格拉广场为此事在几星期内一直讨论不休。海尔米普在法庭前诉讼失败，但却在民众面前赢得了支持：对雅典人来说，城邦的英雄首先带了夫妻间不忠诚的坏头是相当不合适的，而且他竟然还与一个富绰的妓女同居更是让人不能容忍。于是城中就开始投海尔米普的赞成票，而对伯利克里与他的情妇报以同样严厉的指责。

对此，哲学家普罗泰戈拉耸了耸肩膀说："如果伯利克里只是个陌生人，你们就不会问同样的问题了。是因为你们把他当成了英雄，你们认为英雄就应该与其他男人不同。但如果他连男人都不是，那他怎么成为英雄呢？你们对阿斯帕吉的憎恶充斥着中庸思想的痕迹。是她点缀了雅典，她的名声早已超越了国界。"

这天晚上，伯利克里便把普罗泰戈拉邀请去吃晚餐。将军希望他的儿子听听他说的话；他甚至期望普罗泰戈拉能收他做学生。

前厅里回响着说话声。所有的客人都准时到了：他们是两位律师，李奥克里特和帕尔达洛斯，将军会的议员，40来岁，大腹便便，面色红润；阿莱特，脸上总带着嘲讽表情的富有船主；建

筑师梅希克莱斯,是个脑袋长得像白鼬的瘦子,他为普罗比利斯做过伟大的设计,附带还设计过阿斯帕吉的别墅;他年轻的助手阿里斯提,人很甜美,头发也被精心梳理过;希波达奥斯,一个50来岁的诗人,虽秃了顶但气色不错,他向阿斯帕吉表示了祝贺;最后是普罗泰戈拉,他长得很高大,灰色的胡子被精心梳整过,头发也一样,他有着一双非常敏锐的眼睛,看上去有时像在幻想,有时却像在挖苦。

苏格拉底也在那儿,他是以将军会议员的身份出席的,但也是因为想秘密窥探普罗泰戈拉的智慧。他们将房间装饰满香料,有玫瑰、紫罗兰和水仙,以此证明他们是刚走出浴池不久。仆人们为他们脱去大衣和鞋子,然后给每人送上了一杯鲜酒。

晚餐在餐厅供应,那儿的窗户都面朝大海。宾客们的眼睛向四周环顾,他们中的大部分还是第一次被邀请来此。我们可以猜想一下他们预计到了这样的穷奢极侈。阿斯帕吉知道普罗泰戈拉不喜欢过分的奢华,她的直觉肯定地告诉她今天晚上应该选择些朴素的东西。于是白褐相间的房间里,花饰被去得一干二净。壁画被白色的床单遮盖了起来,其中有几幅还被认为画得十分放荡。剩下惟一的华丽之物就是壁炉了,里头燃烧的是香桃木的小树枝。宾客在架在马蹄铁的床上两两坐下,伯利克里和他的儿子坐在普罗泰戈拉、李奥克里特一组和阿莱特、帕尔达洛斯一组中间。阿斯帕吉当然也参加了晚宴,但她坐在分开的一张小桌前。

仆人们穿着朴素,他们都很年轻而且讨人喜欢。两名律师是带着自己的奴隶来的,他们向女孩们大献殷勤,想的是能抓住一次机会也好。宾客们发出了惊叹:餐桌上铺着带刺绣的桌布,

阿斯帕吉家的晚餐

上面摆放着莴苣沙拉,上头还淋着一层野浆果酱,为的是使其冷却和开胃。浸泡在鱼精中的鳗鱼片上涂有大蒜乳和香油。还有油炸鱼,包着香叶烘烤制成的鲈鱼和用禽肉、畜肉炖的蔬菜浓汤。一道道菜之间还放满了红色或蓝色的鲜花,餐盘都是银质的,因为如果只是用上釉的餐盘的话会被当成是一种虚伪的谦虚:这些餐具被阿斯帕吉称为是"小小的服务"。伯利克里又一次称赞了女主人的高尚品位,而她像是一位贞节的妇女般点了点头,这也是她最喜欢的动作之一。

"我们的哲学家说什么了?"阿莱特指着普罗泰戈拉问道。

"换一种方式问:那位值得敬重的船主想要些什么呢?"普罗泰戈拉反驳道。

"从普罗泰戈拉嘴里掉出的每一句话我们都应该像食品一样好好储藏,否则以后的日子我们连看它一眼的荣幸都没有了。"阿莱特显得不慌不忙。

"这样的恭维会使你身价倍增的,我亲爱的阿莱特。"普罗泰戈拉回答说,"你知道,实际上我只知道自己在说些什么,既然你那么富有而又对我的话充满了渴望,那我们俩晚饭后就小谈一会儿好了。"

小伯利克里笑了起来,接着所有的人也跟着摹仿他。

"那么,"普罗泰戈拉继续道,"我猜想我应该显得高兴才对,不是吗?我受到因为美丽和智慧而名声远扬的女主人的邀请参加这次晚宴,我还坐在雅典最伟大、最富有的人身边,就是你,我亲爱的阿莱特,还有你们这些我们社会里最受人尊敬的精英代表:梅希克莱斯,他知道怎样为一块无生命的石头赋予生命,李奥克里特和帕尔达洛斯,他们知道怎样将一个个词整合起来然后使其混乱法官的思想,希波达奥斯,这个诗人

却懂得怎样混乱妇女们的思想。我绝对没有忘了苏格拉底，大家可是都对我说他对公共事务的辨别有着非常敏锐的嗅觉。看吧，像我这样一个只有辩理这一晦涩技能的人今天是多么荣幸能享用如此精美的菜肴、美酒和这般优雅的奴仆。在市场上，我见不到运动员的身影，那帮人就像烟灰一样令人厌恶。这儿的空气中充溢着薰香的味道，温和的气候正适合于我这种老头啊。"

"然后呢？"伯利克里觉得他的话逗人发笑。

"然后，伯利克里觉得我的思考只会带来灾祸，但是，思考者总会连续不断地倾向于往坏的方向想，这也正是他惟一思考的内容。他总是理想地认为总有一天自己将会代表现实，不幸的是，他所想的其实跟现实毫无联系。为什么会这样？那是因为他的理想总是永久地建立在过去的画面之上。所以，他总是感到沮丧。如果你允许我向你提建议的话，伯利克里，你应该将所有会思考的人驱逐出境，并且要将苏格拉底置于严密监视之下。他们这些人充满忧伤，心头永远愁云密布，而且很明显心怀歹意。"

伯利克里和苏格拉底一起大笑了起来。小伯利克里，他也笑了，而且充满好奇。阿斯帕吉，塞了满满一口食物，腮帮子鼓鼓的，因为偷偷笑而左右摇摆。其他人都在嘲笑着这有时像是滑轮吱嘎声有时又像驴的嘈杂声。只有普罗泰戈拉一人，也许是意识到了刚刚那番话的后果，显得神情严肃。

"我亲爱的普罗泰戈拉，"梅希克莱斯微笑着回答说，"如果要我驱逐那些给都利奥城定宪法的人的话，别人会认为我考虑事务不周全的。可能你的思想不适合强制管束，但正是你这种自由才体现了你的价值。"

为了看起来有那么一点严肃，接下来恭维的话语显得句句真诚。大家都明白将军以高薪聘请哲学家做他的议员而普罗泰戈拉虽满口奉承却拒绝了这一职位。

"既然你没能保护到阿纳克萨格拉斯，我希望你能更好地保护我。"普罗泰戈拉说道。

这句话引来了一片寂静，小伯利克里冒失地问道："阿纳克萨格拉斯是谁？"

"年轻人，"哲学家回答说，"阿纳克萨格拉斯和我的处境差不多。他是艾奥尼亚人，有着崇高的美德，他教会了我们在对一件事物断然下定义之前先要仔细观察。他还指明了日食月食现象的真正原因：它们可不是大家一致认为的超自然现象，它们是一种自然现象，是在月亮挡住太阳或太阳挡住月亮时产生的。除了这些真理以外，他还宣布太阳不是神，而是一个大火球，可能比伯罗奔尼撒也大不了多少。我们城市的那些上层思想家们对此则显得十分恼火并心存歹意，他们抨击他亵渎了神灵并起诉他要将他驱逐出境。他教授你的父亲雄辩术，而且你也可以凭你的能力判断出来，因为我们的第一将军保护了他，使他免于受放逐的苦刑。"

"但为什么他还是走了？"年轻人坚持要问个水落石出。

"因为，小伯利克里，雅典人享有很高的名誉，但与此相反，他们既不喜欢哲学家也不喜欢自由的思想。"普罗泰戈拉大声说道，"因为他是你父亲的朋友，所以那些你父亲的敌人就将他强制赶出了城。他在兰萨克德米莱安顿下来，自由之民在那儿可受欢迎多了。"

"你显得很沮丧啊，普罗泰戈拉。"船主说道。

"你想象一下我的诚实吧，阿莱特，"哲学家回答道，"我会事

先告诉你,我会给你送上苦草来代替沙拉。"

"不管怎样,今天晚上你都受到了我的热情款待。只要你愿意,我们家随时欢迎你!如果你想喂我吃苦草,我也会吞下去的,因为我知道你是出于对我的友谊才会这么做的!"

"我们家也随时欢迎你!"其他人异口同声地说道。

普罗泰戈拉转向阿斯帕吉,显出一副痛心的样子说:

"阿斯帕吉!这就是你对我的热情款待吗?你邀请我来吃晚餐,为我准备了美味佳肴,我张嘴说话,但我听到了什么?这些人想要让我沦为奴隶!我身上的惟一优点便是我的谈论自由,但却要我放弃它!你笑什么,阿斯帕吉?你知道得很清楚,这些人向我提供晚餐和房间,为的是控制我的言行!啊!我的命运怎会如此!只有索福克莱斯会给我公正啊……"

阿斯帕吉控制住了自己的笑声。

"你为什么要这么说呢,普罗泰戈拉?他们邀请你正是为了你的谈话自由啊,就像我一样,也正如伯利克里对你说的,如果剥夺了你这方面的权力那他们实在是考虑得太不周全了。"

普罗泰戈拉靠向她,胡子向着艾奥尼亚人的方向翘了翘。

"想象一下某一天晚上我会对他们说出我的真实想法!说他们的菜肴是何等的丰富,而他们的话语是何等的平庸。说他们理论上说的是一套但行动上却没有丝毫改变,说他们的思想已经迟缓得如同一个长期卧床不起的老人了。你想象得到他们会向我投来何种目光吗?你真的认为第二天我还是照样受欢迎吗?如果我想吃,那我的话就再不能咄咄逼人,但即使我做的遂他们所愿,或至少能让他们觉得愉快,那么我也就丧失自由了。"

一下子,宾客们都变得严肃了起来。伯利克里问道:"普罗泰戈拉,你是想说哲学家都是城邦的敌人吗?"

"将军，我并没有那么说过，其实城邦才是他们的敌人。"

"你对此作何解释？"

"因为城邦中确立的习俗要求适用于大众，这就是我们所称之为的虔诚。还因为思想活动再一次提出抗议，正是如此，那第一位到来的占卜者就显得比你还要强大！"

"你到底想说什么？"梅希克莱斯满脸狐疑地问道。

"你可能忘了那个叫迪奥佩特斯的占卜家，梅希克莱斯，"普罗泰戈拉耸了耸眉毛继续说道，"他掌控着内心的灵魂，尽管他对雅典的贡献不及伯利克里十万分之一，但毕竟他是个占卜家啊。也就是说他招摇撞骗，心术不正，还使得议会选举产生了一项法令，依照它我们可以以破坏城邦罪追捕那些不相信上帝的人和那些教授上天教理的人。是不是以这部法令之名才使得阿纳克萨格拉斯被捕的？阿纳克萨格拉斯与这座城市是多么不相容啊！"哲学家为此勃然大怒。但每个人都清楚，这部法令其实正是伯利克里同迪奥佩特斯的正面交锋啊！

"那你想要怎么办呢？"阿斯帕吉温柔地说道。

"我们应该将占卜者看成是城邦的敌人并禁止他们再出来活动了。"哲学家说道。

"如果要废除神灵的话，"伯利克里忧心忡忡地说道，"那再建这些神庙就没有任何用处了……"

"我们可以想象一下那些没有占卜者的神庙。"阿莱特建议道。

"不管怎样，总有一天我们要在占卜者和哲学家中间选一个，"普罗泰戈拉说道，"将军，正是由您来决定这两者中谁对城邦更有用一些。"

"但是在我看来，尽管有占卜者的存在，雅典可是不缺哲学

家的。"伯利克里反对道,"事实上,你在这件事上也不是那么倒霉。"

"那是因为我时时小心没有使自己卷进城邦的诸多事务中去。我只关心那些实在的东西。"

"难道就没有任何办法让哲学家为城邦出点力吗?"伯利克里坚持道。

"这很困难,将军,因为当我们思考的时候,我们是独自一人。我们是自由的,但当我们与民众在一起,我们就不能自由地表达出我们的思想。民众可不愿宽恕我们与其不同的想法。哲学家们的话语在他们听来完全不异于山雀音乐会上乌鸦的呱呱叫声。我再跟你重复一遍,正是因为我维护自己的言论所以才不融于雅典。"

"你到底想说什么?"

普罗泰戈拉凝视了一会儿伯利克里,他的目光是那样沉重,那样坚定。

"将军,你用一样建筑的杰作代替了被波斯人损毁的帕台农神庙,难道这一做法没有招来指责吗? 更甚者,这一杰作是雅典最为渴求的建筑师菲迪亚斯所为,他可是能将石头变为肉体,还能激起贵族情感的人啊。难道没有人控诉你私自挪用我们盟国本来用于奖赏雅典卫城那出色建筑群的财产吗?"

"你说得没错,"伯利克里对这一质问显得很不快,但也只好承认说,"那又怎样呢?"

"如果我真的能对你的敌人们说出我想说的话,如果我对他们说那有着令人厌恶的华美外表的只不过是些低等生物,是他们这些平民使人民丧失名誉,并且还不知廉耻地自吹自擂,难道你还相信我接下来的命运会比阿纳克萨格拉斯要更令人羡

阿斯帕吉家的晚餐

慕吗?"

伯利克里吸了口冷气。

"可能不会好到哪里去。"他最后承认道。

"任何人,"普罗泰戈拉继续说道,"如果他们出来反对那些定论、那些习俗,那么最终就会以亵渎神灵罪被起诉。阿纳克萨格拉斯就是这样问我们大家'上帝'这个词对我们来说究竟意味着什么。如果我们仔细考虑一下这个问题,它本身并没有任何罪过。对一个理性的人来说,对未知的东西大加崇拜这样做到底合不合适呢? 但对于他的说法我们并没有给予宽容。由此我推断只要在大众面前提出一个没有人能够回答的问题就足以将他以亵渎神灵罪论处。"

伯利克里深吸了一口气。

"这是民主,普罗泰戈拉。是人民判决了阿纳克萨格拉斯。他是我们的朋友,而且我也曾尽我所能保护过他。"

"所以,人民是反对言论自由的。"普罗泰戈拉反驳道,"他们甚至都不清楚他们选举了怎样的政府。我们美其名曰的'民主'也只不过是大部分人对少数有思想人的专制。"

苏格拉底什么也没说,只是静静地听着。

"看吧,这就是最为叛乱的言论啊。"律师中的一个李奥克里特突然用一种愉快的语调说道。

"你看,"普罗泰戈拉第一次微笑着说,"我只是简单地概述了一下雅典生活中的一些问题就有人要将我驱逐出境了。"

"你可不会这么轻而易举地就被驱逐了,哲学家!"伯利克里一边笑一边说道,"起码不会是因为你那些发自内心的话。"

"我感谢你,将军。我感到阿斯帕吉待客的热情与她的名声真是相得益彰。"

接着他转向了律师："但是，李奥克里特，如果当将军要驱逐我的时候你愿意为我辩护的话，那么就谢谢你，我不需要。我自己一个人就可以保护自己。必要时，你可以凭你的才能为将军出份力。"

"我为什么就需要李奥克里特的帮助呢？"伯利克里用一种听上去毫不担心的语调问道。

"你不知道吗，将军？"律师反驳说，"你成了民主的人质，而且你已经不是个专制君主了！"

阿斯帕吉笑出声来，但这笑声似乎太响了些。小伯利克里在他的座上开始显得坐立不安了。显然，他完全忽视了刚才所提的所有问题而是急于想问些问题，只是出于礼貌刚才并没有问出口。

"每一分钟，将军，你都对城邦中发生的事负有责任，即使你并不是负有直接责任。"

"你想说什么？"伯利克里激动地喊起来，但马上他又对自己当时的失态后悔了。

"伯利克里，"普罗泰戈拉简单地想了一会儿回答道，"在雅典，菲迪亚斯作为你身边最著名的红人已有 7 年了。他完成了他那俯临城市的代表作，他指挥着工程的实施，尤其是，你也知道，是他来监督雅典娜帕尔特诺斯雕像的完工。他是你的朋友，他与你分享着同样的梦想，那就是要赋予雅典最卓绝的建筑物来显示它的实力、它的富有和它的才能。你们比两兄弟还要亲。但一些人对他恶言相加说他在这建筑上为自己保留了一小块黄金，而这部分黄金是可以拆卸的。于是他就命令将那部分黄金拆下，结果证实他并没有偷窃任何黄金。所以他的罪行也随之洗清了。是这样吗？"

"是的。"

"于是公众中又传出了另一条对他的指控:他将代替你,而且出现在女神盾牌上作为代表的将是他。这就犯了亵渎神灵罪了,但大家都明白这种断言毫无根据。人们可以在很多人物的盾牌上认识你或不认识你,然而,菲迪亚斯,伟大的菲迪亚斯,他还是被流放了,只是因为那些对他心怀妒意,不安好心的说闲话者指控他有罪,而你又没能保护他。你因此很痛苦,不是吗?"

伯利克里点了点头。

"是这样,但我希望你不是来这儿赞颂专制的伟大的。"阿斯帕吉插话道。

"不,美丽的阿斯帕吉。即使我这样想我也绝不会在你的屋檐下这样做的。"哲学家回答道,"我只是想说要对美化民主加以提防,因为它包含了那么丰富的民主,那么丰富的披着民主外衣的可怕的民主。"

梅希克莱斯的脸色显得阴沉可怖。伯利克里则若有所思地听着。他抬眼看了看普罗泰戈拉:"那么你的意思是我对那些不公平的现象负有责任喽,不是吗?"

普罗泰戈拉点了点头,将杯中的酒一饮而尽。一个仆人急忙为他加满。

"值得肯定的是,"帕尔达洛斯律师说道,"像你这样精明的头脑,普罗泰戈拉,一定是在影射某一种很明确的不公正现象。"

"说说,普罗泰戈拉。"伯利克里说道。

"我是想说薛尼亚德儿子菲利皮季的谋杀案。"哲学家说,"此刻,他可能正在地下,但谣言,却像地狱的怒火一般从墓穴中升起,而且不久就将覆盖整座城市。因为这些谣言本身不能出

庭指证谁是凶手,所以它们会像大群的胡蜂一样围绕着执掌权力者嗡嗡作响。"

"那我能怎么做呢?"伯利克里疲惫地问道。

"总之他们不会指控是我父亲杀了菲利皮季的!"小伯利克里满脸涨得通红地喊道。

"对,小伯利克里。"普罗泰戈拉回答说,"但人们会指控他企图维护阿尔奇梅奥尼德斯家族的亲戚或成员的。你应该知道,他父亲的第一位妻子与亚西比德的母亲是姐妹关系。而你父亲的母亲,阿加里斯特,是同一个梅加克莱斯的姐妹。"

这时女仆过来为宾客们送上了装有醋水的小碗和毛巾,供他们清洗手指所用。然后她们搬走了桌子,另一些女仆则端来了甜点:有配有碎面包的无花果蛋糕、埃及糖渍无花果和精制蜂蜜蛋糕,因为太精致的缘故,它们看上去已显得半透明了。

"为什么你不愿意收我的儿子做学生呢,普罗泰戈拉?"阿斯帕吉问道,目的是想转变一下话题。

年轻人停下了手中正准备吃的蛋糕。

"美丽的阿斯帕吉,我十分荣幸。"哲学家回答说,"但我的学生只是那些不管在怎样的危险中都跟随我听我说话的人。而且,我恐怕不能教好你的儿子将来有一天怎样治理好城邦。既然你付我钱要我教育你的儿子,那肯定是因为你希望我的教育对他有用。"

"但你可是有一位非常著名而且忠实的学生,就是那位特奥多尔。"伯利克里说,"难道你会说你对他的教育将来有一天会使他对城邦变得毫无用处吗?"

普罗泰戈拉微笑了。

"特奥多尔可不是我的学生,他是我的伙伴。他不付钱给

阿斯帕吉家的晚餐

我;他只是帮我赶走孤独。如果有一天城邦在某桩事务上要征求他的意见,我想他一定会用自己惯有的聪明才智给出建议的。但这些意见可不是城邦某一天也会向你儿子征求的:你的儿子只要下命令就行了。恐怕哲学正是教会人不要下命令,因为在它被智慧制定出来后并没有被大众所理解。民众只是一群猛兽,但却是一群特殊的猛兽。他们只对利刃和雄辩低头。所以我很遗憾,小伯利克里,我无法使你所拥有的知识更加完美,只能拒绝你父母本想给我的一万银币报酬。"

"那就请你教我雄辩术吧!"年轻人大声喊道。

"雄辩术?在这方面我可不是最优秀的教师。你应该去向索福克莱斯请教才对。"

伯利克里用肘推了儿子一把;这件事情就这样结束了。

"那么我呢?"苏格拉底第一次开口问道。

普罗泰戈拉用逗弄的眼神看了这位从军的贵族子弟一会儿,回答道:"来,苏格拉底,就是你了,你浪费自己的智慧来付钱向我请教?再有,我可不相信你有必要让我做你的敌人……"

苏格拉底咯咯地笑了。

阿斯帕吉向女仆主管使了个眼色,便有一位年轻的舞者走进了大厅,她身后跟着个年轻的男孩;两人穿得都很单薄,那是为了尽量适应宾客们的口味。男孩臂上挂着许多串小铁环,手上还拿着笛子。他开始演奏起他的乐器来,既明快又节奏分明。女孩则跳起了第一步舞。男孩用一只手演奏了一会儿后,便将自己臂上的三个铁环抛给了女孩。她开始边跳舞边玩起了杂耍。男孩又向她抛出剩下的铁环,一只接一只,最后,女孩一个人耍起了一打铁环,但却从未将一只掉在地上。

最后,她还与男孩共舞了一段,后者则还是不间断地吹着笛

子。节目末了,掌声四起。船主大声叫道:"如果照我今晚听到的来看,我的朋友,我想这个姑娘应该做将军才对!"

全场爆发出一阵笑声,其中甚至包括伯利克里本人。

阿斯帕吉家的晚餐

6 涅墨西斯是多么支持我啊!

祭品的轻烟在家中祭坛上方袅袅升起,祭坛设于薛尼亚德家大屋的内院中。

"涅墨西斯(复仇女神),你主持正义的复仇,就请抓住那个杀害我儿子的凶手吧,然后让他承受最残忍的痛苦死去!"

当聚在院中的人纷纷上街组成送葬队伍的时候,刚才这屋子主人的话语还回荡在他们脑海之中。抬尸人将菲利皮季的尸体抬出,他身上盖着那件死时所穿的衣服。他们将他的身体头朝前放置于大车的平台上,在火炬的微光中,他前额缠绕的那条金色发带正残酷地在他那苍白的肉体上微微发亮。此时哭丧的哀歌响了起来,左邻右舍们都停下了晚餐趴在窗台上静静地看着。死者的妹妹一袭黑装走在葬礼大车前,手中捧着装满祭酒的瓶子,这是用来在她哥哥的墓前祭酒的。死者的父亲紧随其后,他手中拿着长枪,满脸恐吓的表情。身后,他的另外两个儿子看管着小菲利普,接下来是叔伯们、姐夫小叔和表亲们。

丧歌唱团走在妇女队伍的前头,她们把自己裹在灰色的大衣中,神色忧愁。我们知道,复仇的心理使她们害怕会再夺去其他人的性命。正如习俗中要求的那样,所有人都在捶胸顿足,但这些姿势本身却毫无意义。应小菲利普的要求,粘西比也加入了这支队伍,因为事发那天她本人十分感动并给予了小菲利普无限同情与安慰。菲利普的母亲马上接受了她,而薛尼亚德也只好默许了,因为她是哲学家及伯利克里顾问苏格拉底的妻子。

然而,粘西比并没有用劲大哭,因为毕竟人们只在事情关己的情况下才哭泣,但她却从别人不幸的命运中自然而然地读到

了自己命运的不幸。

原则上,队伍的末尾应是由六名笛手组成。但那一天,走在最后的却是薛尼亚德的朋友和顾客。其中我们还能发现伯利克里的两个儿子走在妇女的后面。这支送葬队伍钻进了迷宫一样的街道,走出它们便是通往里卡贝特大门的主街。过了主街,队伍便向村庄走去,而目的地是城墙外的三座公墓之一。掘墓人已经在那儿等待了。他们将尸体从车上抬下,随行人等便左右散开站在挖好墓穴的墓地周围。做弥撒者望着先逝者们那已被泥土弄脏的裹尸衣沉思了一会儿,眼眶中满是忧郁,仿佛是对这位年轻人过早地加入他们的行列表示惊叹似的。

小菲利普转过身不再看这阴森的场面,而是环顾四周想找个人去躲进他的大衣中。他认出了粘西比,于是便蜷缩在她的怀中抽泣起来,好像一个外人给他的温柔比他亲人们的更弥足珍贵一般。直到人们将尸体放在土坑中他还是没有过来,于是他的爷爷便叫起了他的名字,他只好走上前去,满脸泪水,去喝那惟一的一杯为死者灵魂而做的祭酒。

正如希腊人所相信的那样,这可怜的灵魂从此将流浪漂泊永不停息。妇人们将玫瑰花蕾撒于坟墓上,所有人都悲痛难当。

午夜降临了,队伍又一次组建了起来,但不同的是这次毫无秩序。当大伙来到城门口,这时菲利皮季的母亲也已把参加丧宴的名单重新确定好了。粘西比前来告辞,她不能再让自己的孩子独自留在家更久了。

"你是好人。"菲利皮季的母亲对她说,"当然你的爱不会是多余的,这可怜的孩子早已没有了母亲……我们觉得你把这失去亲人的痛苦实实在在地当成自己的了。"

"确实是这样,"粘西比回答道,"当我发现这样一位漂亮的

涅墨西斯是多么支持我啊!

小伙死在我家门前时,当时就觉得像失去了亲生儿子一样。他们都是我们的儿子啊。"过了一会儿她又加上了这最后一句话。

紧接着她压低了声音:"告诉我,你真的相信薛尼亚德的指控吗?"

对方点了点头。

"下一次我会好好跟你说一下这件事,来看我吧。"她被人催促着只好轻声说道。

菲利普不由自主地去拉粘西比的大衣。她弯下身去抱紧了他。他给了她一个小小的木质盾牌,那是一个手掌大小的玩具。接着他便向他的亲人跑去。

"涅墨西斯是多么的支持我啊!"她轻轻地对自己说道。她将大衣拉紧了些,独自一人朝自家走去,漆黑的街道上晃动着漆黑的影子,不时还传来了几声猫头鹰的鸣叫。

7 两个情人的夜话

他,赤裸着身子,闭着眼平躺着;她,也赤裸着身子,躺在他身边,背靠着一个垫子。依照房间尽头铜桌上正滴着水的漏壶显示,现在正是午夜一点。天花板上斜挂着的小银钟散发着昏黄的光,突然她看见伯利克里那张脸变得越来越陌生,这把她着实吓了一大跳。这张脸上,颔间包含着沉重,上唇下唇间却又带一丝苦涩。整个面部浮肿着,在眼睛下方尤显得明显。

这是被爱所累的结果吗?或是忧虑过度了?抑或是意识到这个世界将产生变化的征兆?阿斯帕吉抓住了那一股并不能被明确证实的强烈的愁绪。

"你为什么这样看着我?"他闭着眼问道。

"你又没看,怎么知道我在看你呢?"

"我听见了你呼吸的节奏,"他懒懒地说,"你的左乳放在我的手臂上,我知道你正歪着身子,所以我确定你的目光正投向我的方向。"

她坐了起来。

"在……一些事情的形式上我有些不喜欢的地方。"她说道。

"那是因为你是东方人。你太相信神秘的东西了。你是在担心对亚西比德的指控吧,对吗?"

"大家认为是你在保护他……"

"事实上,我确实是这么做的,那是因为他是我的家庭、我的区镇、我的氏族中的一分子,而且我还是他的监护人。但我保护他这一事实并不代表他就是罪犯。有 10 个人证明亚西比德在阿尔克罗斯家的宴会上一直呆到天亮,而那时菲利皮季早就离开了,是单独一人而且酩酊大醉。"

"他们间发生了争吵。"

"我知道。菲利皮季是亚西比德的男宠之一,他指责亚西比德挥霍无度破坏了贵族的形象,而亚西比德则反驳他这么说是出于妒忌。然后另一个回答说过分妒忌最终会组成一个党派扰乱城邦的秩序,而亚西比德也会因公然的道德败坏吃官司,另外对这一道德败坏现象的指责会影响到所有雅典富有的青年,其中也包括菲利皮季本人。当亚西比德抛给他这么一句话时争吵便一下子激化了:'你是害怕别人知道你这么一个自由的人竟是我的情人吧?'紧接着菲利皮季又开始反攻……"

伯利克里停住了,他显得很尴尬,因为当他涉及关于性的事情时还有点廉耻之心。

"我明白了。"她说。

"总之他还说,内部的敌人远比外部的敌人更可怕,因为对于后者我们能用武器保护自己,而对于内部的敌人我们只能交于司法处决。"这时亚西比德起身扇了他一耳光,于是菲利皮季就离开了。

"你知道的可真不少……"

"是啊。"

阿斯帕吉起床去喝那放于漏壶旁边小罐里的水。这时伯利克里睁开了眼。他望着金色灯光下她优美的胴体,不,她已经不再年轻了,可依旧是那样的性感。

"我的感觉是,"她说道,"亚西比德一定又派了某一个人去跟踪菲利皮季然后把他给杀了。"

"那么就让这种感觉只停留在你自己身上吧。已经有太多的人和你一样这么想了。但我们不能在这样一件严重的事上只

凭感觉作出决断。薛尼亚德，菲利皮季的父亲，与我来自同一区，但也属于反对寡头政党那一氏族，而寡头政党认为民主只不过是一种缺乏效率的制度，而且还是虚伪的添加物。对他们来说，我是一位暴君。我们不需要任何一桩丑闻使政治形势趋于复杂，因为它本身已经足够复杂了。我请求你，把你的这种感觉放在这件事的一边吧。"

"我这么想是因为我恨海尔米普控告我伤风败俗！难道恨不代表一种感觉吗？"她喊了起来。

"但他的官司打输了。"伯利克里提醒道。

阿斯帕吉赤裸着身子在桌边想了一会儿，然后说道："伯利，你难道都没有想过为什么凶案会发生在苏格拉底的房子后头吗？"

"没有，怎么了？"

"因为菲利皮季曾试着到里头去避一避。"

"他为什么不直接回家呢？"

"可能那儿比他家要更近一点儿吧。男孩是被亚西比德派的刺客一直跟踪着，因为他喝醉了酒，他无法跑快一点儿甩掉凶手。"

"这只是猜测罢了，然而却很让人困惑。我知道亚西比德是个急脾气，但我不相信他会犯罪。"伯利克里企图为他辩解。

"菲利皮季的诉讼案足以使亚西比德担忧了，"阿斯帕吉坚持道，"而且酒也帮了他……"

"你想让我怎么办？"

"与亚西比德尽量保持距离。"

"如果别人公开起诉呢？"

"那就让公正去决断吧。不要保护他，就像你以前保护我一样。我们正处于战争的边缘上，当前你并不需要卷入这样一桩事。"

"在围攻伯蒂德时，亚西比德表现得相当英勇。"伯利克里回答道，"他是城市的英雄，我保证他并没有焦虑不安。"

他起身上厕所，并喝了口水，脚步显得十分沉重。

"我刚刚向你说的一切，"阿斯帕吉继续说道，"你早就是知道的，承认吧。但你却并没有对自己这样说过。不管怎样，难道你还不结束对亚西比德的保护吗？"

他给了她一个微笑。

"我曾经一直这么想。他确实已经到了能对自己行为负责的年龄了。我马上就照你说的做，但现在应该睡觉了。"

他重新上了床，将床单拉在身体上。

"我明天会很忙，"他嘘了一口气说道，"我必须决定对付斯巴达和它联盟的战略，而且我还得向那些指责我为什么对拉栖第梦进攻迟迟不做出回应的政客们做出回答。"

她也躺了下来，但久久没有闭眼。当她正准备再说两句的时候却发现伯利克里的呼吸已经很沉重了，于是她也开始试着找回些困意。

8 流言与巫术

两张在岁月中深陷的脸庞,由直觉产生的烦恼和安身立命的陷落。四周的墙被粉刷成了白色,白墙前本可以站着悲剧的朗诵者吟诵凄美的哀歌。

两个女人,粘西比和阿加里斯特——菲利皮季的母亲,站在房屋的阴暗处。此次是粘西比前来拜访,为的是要继续她的调查,可能也可以说是她的复仇吧。阿加里斯特为防家中隔墙有耳将她带到了门外,因为她的丈夫薛尼亚德,对苏格拉底几乎没有什么好看法。

"我们认为你们与他是朋友关系,你明白我要说什么,就是亚西比德这个家伙……薛尼亚德会觉得你会把我告诉你的都拿去汇报给他听……"

"你以为我疯了吗?"粘西比惊呼道。

"不,不,我相信你。但我的丈夫……"

"我们在哪儿?"粘西比打断道。

"什么地方也不是。所有那些曾听薛尼亚德说过疑点的人都认为这只不过是推测而已,没有任何证据。我的儿子是比亚西比德早离开晚宴的,这一点非常肯定。"

"我知道,"粘西比再一次打断道,"是有另一个人离开晚宴去跟踪他。"

有一个问题久久地停留在粘西比的脑中:苏格拉底在伯蒂德会议上便开始与亚西比德有所联系了。而菲利皮季又是在他们自己家后被刺的,那就是说在苏格拉底和凶手之间还有着某种联系。但她又觉得要是这么跟被害者的母亲说,那就等于在背叛自己的丈夫。

此时她觉得她就像只猫头鹰一样。难道她能读懂这位来访者心里的想法？

"令我感到好奇的是，我可怜的儿子正是在你们家后面倒下的，就像他正准备敲你们的门寻求庇护一样……"

"为什么要躲到我们家来呢？"粘西比问道。

"也许他觉得苏格拉底能给这个无赖讲讲道理，你丈夫是个理智的人吧，不是吗？"

"对，他是个智者。或者……比较具有智慧。他确实可能给那个凶手讲点道理，但他那时还在宴会上，根本不能赶来救人。至于我，也不会去开门。而且既然亚西比德直到你儿子走后还一直留在晚宴上，那跟踪你儿子的人就不是他了。"

"是的，不是他，但可能是他手下的人。"阿加里斯特嗓音深沉地说，"他可以随便雇一个凶手。"

"但那样的话，我的丈夫怎么才能让一个陌生人听他的道理呢？"

"我不知道，我只知道在亚西比德、杀我儿子的凶手和被杀地点之间肯定有一种必然的联系。"

粘西比没有再说话，但她也在想同样的问题。她点了点头起身告辞，这件事在她看来既肯定又荒谬。可以肯定的是，亚西比德在某种程度上一定和凶手有联系；而荒谬的是，他又不可能犯罪。只是猜测是亚西比德的心腹干的这件事还远远不够。在酒醉者身上插上匕首，如果是亚西比德那么狂妄的人下手做的，那么这一动作倒没有使她惊讶。雇凶深夜行凶犯罪？粘西比显然对这些事毫无经验，但她想要在大半夜雇到一个凶手是不可能的。

这只不过是她想问的问题之一,而所有的问题只有那惟一出众的人才能给出答案,可她偏偏不能向他说这些,那个人正是苏格拉底。

粘西比叹了口气便往斯托阿果蔬市场走去,她要买些东西:蚕豆、黄瓜、莴苣和给孩子的几块蜂蜜蛋糕。她本想到那些坐着的男人身边听听他们的闲话,可这样做是不合礼仪的。她满足于向那些商贩打听这几天来令她一直担忧的问题。

"战争,"他们中的一个边称那两斤蚕豆边说道,"年轻人都要去参战了。他们去会拿到钱,我的两个儿子也要去的。"

粘西比的思绪又飞到了两天前那个发现尸体的清晨,这次战争不知道又要带回多少尸体呢!

"战争……"她悲伤地重复着这个词,"已经决定要开战了吗?"

"妇人,甚至在我们宣布前战争就早已开始了。这也是亚西比德最后的疯狂。"

"哈!"她颤栗着说道,"是阿尔奇梅奥尼德家的亚西比德?"

"还会有谁呢?"

"他做了什么?"

"我们也刚刚知道,去年在他养伤的那段时间,他一直呆在阿比多斯,在海勒斯邦特那儿。"

"海勒斯邦特?"她重复道,但并不知道那是哪儿。

"是的,就在那儿,海的那一头,在弗里吉亚。亚西比德和他叔叔一起呆在那儿。你相信吗?他们两个娶了同一个女人!"

"同一个女人?这怎么可能!"

"但确实是可能的,有事实为证。他把这个女人带到了雅典,她就一个月跟叔叔住另一个月跟侄子住。"

粘西比目瞪口呆地看着他,商人正把蚕豆倒进她的口袋中。她的眼睛得大大的,他一边等着收钱一边大叫说:"这些富家子弟没有一个能管好自己!"

当她买齐了东西后,脑子里突然冒出个想法,于是就穿过大街小巷来到了雅典南部的一个区,接着又走过法莱尔门,从那儿,她一直向着南长墙和法莱尔墙走去。她走到了几年前建的一堆破房子前,波斯人战争大火后遗留的碎瓦砾随处可见,湮没在残砖碎瓦和荆棘丛中,空地上羊群吃着草,鸡群觅着食,与之相分离的便是被遗忘了的雅典人的住所。这是墙外的一个区,永久地被贵族与当权者、被建筑师和商人所忽视。民间叫这儿佩里穆加索,但事实上它并没有名字。小偷和强盗在这儿安家,议会总是提议将这个脏地方清扫清扫,可从没有照这样做过。

粘西比想找个人问问路,她的目光落在一个独眼的老妇身上,她正蹲在地上给羊喂草。也可以说是一只羊在给另一只喂草。

"你知道安提戈涅住在哪里吗?"她问道。

独眼妇人嘴里反复咀嚼着一种让人不知是什么的暗绿色的东西,她用一只眼上下打量着粘西比,这让粘西比觉得她是不是也同样丧失了知觉。

"那个巫婆呀?"这个人终于用一种尖刻的腔调说道。

"如果你是这样称呼她的话,那么她正是我要找的人……"

"一直向前走。你会走到一根断落的立柱前,再远一点儿的地方,在你的左手边你会看到杏树下有座房子,那就是了。"

粘西比按她说的话一直走,最后来到了一座破房子前,这座房子要比其他的更大些,也没它们那么破,一只看上去像狗的动

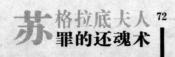

苏格拉底夫人
罪的还魂术

物,当然不像亚西比德的那只猎兔犬,对着她叫个不停,看来它具有一般公务犬的排外性和愚笨性,一味只是重复着让人惹不起的吠声。一个妇人出现在门口,她从前一定很美丽,尽管现在臀部变大了也出现了双下巴,但身上还是保留了某种东西。她曾经一定有过炽烈的爱情,来访者暗中这样想道。她那带着黑眼圈的眼睛在粘西比身上游移不定。

"你找谁?"妇人开口问道。

"安提戈涅。"

"我就是,是谁让你来的?"

"我的母亲,赫拉。"

其实这只对了一半。老卡里斯塔,那个被人们说成是男人的著名女巫已经去世很久了,赫拉也只不过说了一下安提戈涅的名字而已,同时也告诉了她住的地方在哪里。

"进来吧。"

那只凶恶的看门狗停止了叫嚣,用鼻子不停嗅着她的裙子,可能是在检查她究竟是不是一只伪装的动物。一进内室,粘西比发觉这间屋子不是真的那么破。地板是石板铺的,第一间房间正中摆放着一张黑色的石拱桌,正位于天花板上的一个洞下方。另一个洞在壁炉上方,壁炉里放着一口锅,一小簇火苗在里面跳跃着。房里还摆着几件用镶嵌有象牙或银器的乌木和橡树制成的好看的家具。通过门的缝隙,粘西比看见了一张铜床,然后她便坐了下来。

"你要我为你做些什么呢?"安提戈涅立即问道。

"我不知道。"粘西比小声说道,突然她有些胆怯了。

当她与另一个世界的强者对话时心里就像有一面小鼓似的敲个不停。"有个男人被杀了,而我很喜欢他的儿子,我想……"

到底想什么呢,她不知怎么说。

"复仇。"安提戈涅平静地说。

鸟儿们在欢唱,狗也蜷缩着身子睡着了。粘西比有些犹豫:复仇这个词听起来是多么可怕啊。

"复仇,是的。"

"你是被害人的亲戚吗?"

"不。"

安提戈涅向粘西比靠过去。

"你有什么他的东西吗? 或是他儿子的?"

"没有……不,等一下……"

她想起了菲利普送她的那个木质小盾牌,她向口袋中搜索,一边希望着没有丢了才好。终于她在裙子的褶缝中找到了它并把它交给了安提戈涅。

"一个小盾牌?"安提戈涅说,"是个好标志,是他儿子的吗?"

粘西比点了点头。不久她又担心起来:安提戈涅会向她收多少钱呢?

"我并不富有……"

安提戈涅微笑着。

"你袋子中装着什么?"

"是蚕豆。"

"新鲜的?"

粘西比点点头。

"我们来烧一半吧,你毕竟是赫拉的女儿。"

粘西比想她的母亲到底和这个女人有什么联系以至于让她受到这个人如此的关心。

安提戈涅站起身向嵌在墙里的一个格子走去,那儿放着许

多盒子。那条狗一直朝她望着。她胳膊下夹着个盒子,弯腰从地上的柴火堆里捡了几粒豌豆,把它们扔进祭坛里,然后她用几块燃着的碎屑在里面生了火。

"你认识那个死者吗?"安提戈涅问道。

"不认识。"

"他叫什么名字?"

"菲利皮季。"

安提戈涅久久凝视着粘西比。

"是薛尼亚德的儿子? 他的母亲已经来看过我了。她给了我一些钱,地狱的神灵已经给出了回答。不应该再次去打扰他们。"

她想要把盒子放回原处。

"施两遍魔法难道不比一遍强吗?"粘西比坚定地问道。

"魔法? 向谁施魔法?"安提戈涅反问道,"凶犯不是我们所想的那个人。"

"神灵们说了什么?"

"凶犯将会死在舞台上。马上。"

"亚西比德? 在舞台上?"粘西比不禁惊呼起来。

安提戈涅沉默了很长一段时间,眼神也很漠然。接着她笑了并向粘西比转过身来。

"不,不是他。是另一个。我们看见他了。地狱的神灵已向我们展示了他的样子:他的头发是褐色的,而亚西比德的是金色的。"

粘西比惊讶得说不出话来。她想知道这位占卜家对此事了解的是不是比她嘴里宣称的要少,是不是她借听来的流言胡说是地狱神灵的意志? 死于舞台这件事到底是什么呢?

"就是说凶手会在没有丝毫惩罚的情况下死去?"她最后说道。

"如果你觉得敌人的长枪不算一种惩罚的话……它跟人类的正义无关。"

突然女祭司的眼睛一下子变得空洞了,就像里面有什么东西把眼球给抽走了似的。她空荡的胸腔里发出的嗓音听起来也是那么忧郁。她张开双手大喊了一声。

"这真是转折性的一刻……我看到了我们可怕的灾难……我们所有人的……雅典……"

"雅典?"粘西比用沙哑的声音问道。

"雅典……遍地死尸!"

她的声音蹦到了最高点,接着咽了口唾沫。

"太阳将变成黑色……"

她发出了一声呻吟,倒在一张凳子上,就像身体被抽干了一般。粘西比平静地看着她,过了好久。然后,她发现在窗台上放着一个罐子罩着的凉水壶。她走过去将罐子倒满水给安提戈涅端了过来。她一饮而尽,显得精疲力竭。她重新来到来访者身边,抬起眼痛苦地看着她。

"雅典遍地死尸?"粘西比用不轻不重的嗓音重复着这句话,好像还怕听见自己在说什么似的。

女祭司点着头。

"我看到的就是这样。"

她吸了口气。

"现在让我一个人呆会儿,我想要休息了。你把你的蚕豆都吃了吧,替我向赫拉问好。"

粘西比走在回家的路上,天空中太阳放出灼热的光芒,风吹

动着的她的衣裙,独眼老人依旧坐在路上,用她的那一只眼睛望着天空。

人怎么去理解神灵? 粘西比想着,脚步渐渐疲惫了。

流言与巫术

9 亚西比德或爱情和哲学的婚礼

"不管是谁都应有天赋英俊的外貌。"亚西比德说出了这么一句话,他正坐在餐厅的床上,抬脚让一个奴隶帮他脱鞋。他的鞋是用缀有绿松石的皮革制成,上头精心缝制着银片,这是由鞋匠特希米斯专门为他设计的。"体操馆里挤满了年轻人,他们每一个看上去都像一尊活的雕塑。"他将目光投向宾客中的欧克利内,跷起一条腿继续说道。欧克利内因在最近一次的帕纳特尼斯比赛上取得了掷铁饼第一而受到奖赏。亚西比德特意将大腿这样放着以便使大家都能看到他腿上的伤疤,那是在一年半前围攻伯蒂德时受箭伤留下的。他解开上衣的搭扣,用一根镶金的石榴石和绿松石小别针别好。衣服只是一块简单的方布,一直敞到腰际,腰带是用金制成的。他那光滑的、由角力场阳光精心着色的胸膛暴露在众人面前,这一胸膛说服了菲迪亚斯为他雕刻了一座立身像,另一些小艺人也过来献殷勤,为的是想复制它的尺寸和模型。大家都知道,正如亚西比德说的那样,他的光滑如缎的皮肤是得益于牛奶浴。

那些坐在床上的宾客们入神地听着他们中的一位名叫阿莱克西奥斯的恭维。能够参加其中包括亚西比德的宴会已经是一种优越了;而得到他本人的邀请这种权力更是近乎神授。而且,这顿晚宴更是举世无双;这是他们中的一位为庆祝这幢房屋的主人加入玛耀拉而设。在 18 岁的年纪,刚摆脱伯利克里的监护不久,亚西比德便拥有了巨大的财富,搬进了这座豪华得令所有雅典人瞠目结舌的房子。而它的富绰在几周内也

一直是人们话题的焦点。屋里的两个厨师被认为是有能力为上帝献上佳肴奇观的人。除了菲迪亚斯为他雕刻的立身像以外,他还为别墅中拥有的久负盛名的壁画骄傲不已。雅典贵族献上的鲜花,还不算那些诗人和运动员,整日地围在他身边转个不停。

年长宾客中的一位一直贪婪地注视着他,这就是苏格拉底。注意到哲学家也是第一将军的顾问对自己慷慨献出的爱慕的注视,意识到苏格拉底提出的建议对自己的影响,亚西比德狂热的内心渐渐滋长着对他的友谊,甚至是爱情。另外七个宾客均是年轻人,都在 20 岁左右,都具有自己独特的魅力,一些人长着一头金发,另一些人的头发则是褐色或栗色;他们同是他的男宠。他们习惯光着上身,看起来就像是刚走下帕台农神庙的浮雕来尝尝人间的美味似的。而他们那在无数灯光照耀下闪着光的琥珀色的皮肤,更是为这些雕塑的生命增加了诱惑力。苏格拉底的眼睛在这些人身上漂来游去,像是能从他们的目光中得到慰藉一样。

"长得英俊出身又好,"亚西比德继续说道,"是很罕见的。长得英俊,出身好,头脑又跟身体一样的精灵,拥有这种条件则是世界巅峰啊。"

"那如果既长得不好看,出身也不好呢?"苏格拉底说。

"你是在说自己吗?"金黄头发的克里底亚喊道,"我来替我们的主人回答你吧。英俊还可以用另一种形式来表现,那就是通过思想。那个说思想赋予尊贵、赋予品格的人也算得上出身高贵,这就是为什么你会在我们中间的原因。"

亚西比德和其他人一齐鼓起掌来。

"我明白了,克里底亚,你确实曾认真地听了我的话。"苏格拉底微笑着说，"但在这么多差不多拥有一半神权的男孩们中间我还是感到惶恐不安。除了你们有权向他人展示自己的英俊外貌以外，你们实际上还拥有另一种权力，那就是你们生来便拥有的财富。如果当你们获得政治权力后却一天都没有使用过它，那我可会感到万分惊奇。你们想要摆脱财富是相当困难的，即使你们会被权力所麻醉。"

"为什么我在你的这些恭维声中听到了忠告?"克里底亚问道。

"因为这事实上就是忠告。"苏格拉底回答说。

"你不信任我们吗?"

"胜利是上帝赐予我们的一件危险的礼物。根据不同性情的人，月桂香可使其沉睡或陶醉。"

仆人们将第一组菜放在铺有刺绣的亚麻桌布的餐桌上：用小茴香浸渍的小鱼、由黄瓜和冷凝牛奶制作的带有乡村风格的沙拉，另一盘沙拉是由小鳗鱼和浸在月桂香醋和油中的辣菜根制作而成，第三盘则配有撒满洋葱的鱼片……酒壶均是银质的。仆人们向其中倒满了清亮甘醇的美酒。饮干了美酒后，亚西比德又叫上了用山野调料烹制成的鲻鱼，它看起来像是一股液化的和风。

"告诉我们吧，苏格拉底，"阿莱克西奥斯问道，嘴唇因为沾满了沙拉中的油而显得闪闪发亮。"在围攻伯蒂德时，你救我们的主人的时候到底发生了什么事?"

"是他救了我才对。"苏格拉底反驳道。

"不，是他。"亚西比德说。

四周爆发出一阵笑声。

"总归有一个救了另一个吧。"阿莱克西奥斯说，"快

苏格拉底夫人
罪的还魂术

说说。"

"我们共有六个人，"苏格拉底开始说道，"当时是下午三点，我们大概离城墙还有一普赖特尔的路程。我们的弓箭手试着向躲在雉堞后的敌人瞄准，我们也准备向那些从伯蒂德中出来驱散我们的步兵发起进攻。我发誓亚西比德为保护我挡在我面前，可突然间一支箭向我们飞过来，亚西比德大叫了一声，我看见血从他大腿上喷出来……"

"然后，"亚西比德打断道，"他将我推倒在地上，躲在矮树丛小山岗下，因为这时第二支箭又飞过来了。"

"是的，但如果你一开始没有上前保护我的话，那么被那支箭射中的应该是我才对。"苏格拉底说道。

"如果你没有将我推在地上，我就会第二次中箭的……"

"但当你们返回雅典时，"阿莱克西奥斯说道，"将军会要给你们颁发荣誉勋章。此次倒是苏格拉底占了上风，是你，亚西比德，是你最终获得了勋章。"

"你倒想想看，"亚西比德说道，"他比我会雄辩多了！"

笑声又一次响起。大家的胃口出奇的好：桌面上的菜肴已被一扫而空。仆人过来收拾然后又端上下一组菜。塞满葡萄馅的鹌鹑、用百里香烤制成的鱼、用茴香和小扁豆炖制的羊肉浓汤、用橄榄蜜制成的上头铺满芝麻的小蛋饼。酒壶中也被重新装满了用树脂酿制的更醇香浓厚的美酒。

"你是从那时起开始爱上亚西比德的吗？"一个叫埃里斯提的客人问苏格拉底。

"自从我第一眼见到亚西比德时我便爱上了他。"苏格拉底严肃地回答道，"在这世界上我只爱两样东西：哲学和亚西比德。"

亚西比德或爱情和哲学的婚礼

"对你来说，一个像哲学一样抽象的东西和一个像亚西比德一样俊美的男孩间存在着什么关系？"埃里斯提问道。

"仔细想想吧，埃里斯提。哲学帮助你认清人类行为的动机，由此来引导你自己的行为。同时它也使你看清了自己是谁。而爱情，它使你认识到自己的欲望所在，也就是说使你了解自己。所以我的想法与我的感觉两者间是再和谐不过了……"

"但亚西比德比我们多了什么呢？"阿莱克西奥斯插话道。

亚西比德一动不动地听着，若有所思。

"我不会拿他与你们做比较的，"苏格拉底微笑着回答道，"因为你们中的每一个都代表了我所憧憬的理想，就是说我爱你们每一个人都甚过其他人，但这显然是不可能的。当我看见亚西比德的时候，他头顶燃烧着的那一团天堂之火一会儿将他抬升至半仙的行列，一会儿又将他带回人间。"

这些年轻人一边听着一边撕开手中的鹌鹑和鱼。他们年轻人固有的热切的目光放射着渴求的光芒，他们渴求了解世界、接受教育，就像身体渴求食物一样。

"那么你呢，亚西比德？"埃里斯提问道，"你也爱苏格拉底还是你就这样让他爱你？"

房屋主人向仆人使了个手势，后者便迅速地拿来了一条餐巾。他擦了擦嘴，喝了一小口酒。

"埃里斯提，你这个问题问得不好。当我们被一个像苏格拉底一样的男人爱时，除了回应他的爱，我们别无他求。如果这就是你想说的，那么对，我是在让苏格拉底爱我。现在，我想你该问我是不是第一眼就爱上了苏格拉底，那么我告诉你：不。我爱上他是在第一次谈话后，因为他的思想真是太有魅力了。而且

我懂得了如果一个人的思想不亲切那就不能称其为思想。苏格拉底是惟一能给我欲望想要不停超越自己并发掘自己身上最好潜能的人。苏格拉底的爱与父亲的爱和我给予他的爱一样高贵，但却比后两种爱更强烈，也比儿子的爱更具有活力。但我们是情人关系。"

四周寂静无声。

"你不爱其他男人吗，苏格拉底？"运动员问道。

"你是指感情上的还是肉体上的关系，欧克利内？"苏格拉底微笑着反问道。

他们集体爆发出一阵哄堂大笑。

"你还认不认识另一个苏格拉底把他介绍给我呢？"运动员又说道。

笑声更大了。

"告诉我，苏格拉底，"埃里斯提问道，"你是怎么样才把你对于民主的感觉同你对那些更美的、更高贵的、更勇猛的事物的爱调和在一起的呢？因为你也承认过人民都不是美的，也几乎不高贵更谈不上勇猛了。"

哲学家久久注视着这个谈话者。

"这是别人向我提出的问题里最难回答的一个。"他最后承认道。

大家都在等待他能更进一步回答这个问题，但他只是迷惘地笑笑。于是大家开始了别的话题，尤其是关于拉栖第梦人的进攻的事。我们会不会不用打仗呢？雅典要忍受斯巴达人的进犯到几时呢？

只有苏格拉底才知道答案，但他无权将它泄露出来。

夜渐渐深了，关于白天的记忆已消失无踪了。美酒、奢华、

亚西比德或爱情和哲学的婚礼

美景使那些酒醉的人兴奋不已。上帝有时带给人们的残酷礼物莫过于在他们脑海中留下一段回忆了。

10 让仆人开口的艺术

粘西比气喘吁吁地醒了过来。她将身上的床单扔到一边侧耳倾听着。没有任何可疑的声音来解释她为什么会从梦中突然惊醒。房屋另一端的台灯将光柔和地洒在天花板上。她起身打开那扇朝向院子的门。什么也没有,只有宁静。一只猫头鹰突然从屋顶飞起,惹得她抬了抬眼。她轻轻打开了孩子们的房门,跨过睡在门槛边上的奴隶,向她的小男孩们弯下身去;他们静静地睡着。她重又走了出来,然后沿着院子的长廊走到她丈夫的门前,她仔细听着,里头鼾声大作,她放下了心。她重新回到自己的卧室里,无所事事,于是又躺了下来。

没过多久她脑中又出现了相同的梦。菲利普,在她面前一动不动地站着,眼眶湿润,沉默无语。她想过去抱住他。他是她的第三个孩子,命运就是如此安排的。

她很难再一次重新入睡,感到不是太热,就是太冷。清晨,她将几张洋苏草的叶子搓皱倒进滚烫的沸水中,然后舀起一勺尝了一口,琢磨了一会儿。命运将她抛弃在一边,就那些难以捉摸的危险来看,苏格拉底是再不会来插手了。对于他们毫无理由的行为,男人们总是有一大堆理由来解释。但说到神灵们,就像安提戈涅说的那样,他们可不会理会一件刑事案件。

她心中反复思考着几天前在斯托阿市场听到的关于亚西比德的事。

"有一天,"药剂师奥尔多索斯对她说道,"亚西比德遇见了一位教师,便要求他拿出荷马的一部作品让自己瞧瞧。那位教师可没有听他的,于是他便给了他一记耳光!"

"但那位教师没有也还他一记吗?"

"呃,谁会去打亚西比德的耳光呢?"

另一次,当她在梭伦那儿买一罐醋(当时的奢侈品之一)的时候,巧妙地向他提了提亚西比德。梭伦耸了耸肩:"那个男孩子太富有了,他还相信自己拥有特权不用遵守法律呢。"

"真的吗?"

"真的。听着,就在一个月前,由他保护的其中一人,也是他正热恋着一个运动员,名字我不记得了,偷了一家商店。店主十分生气,于是便拟了起诉书要求捉拿小偷。那么好吧,你猜亚西比德做了什么? 他来到梅特鲁要求看一看起诉书,当人们刚刚将它交到他手中的时候,他竟然将它一撕两半!"

听了这话,粘西比手痒痒的恨不得给亚西比德一耳光。

"三个月前,他在自己的鞋匠那儿见到了鞋匠才 15 岁的美丽女儿特希米斯,她长得像个天仙一般! 他便请她将自己刚刚买下的一双鞋送去他府上。当女孩到了他们家,他却再也不想放她离开了。后来的事你就自己猜吧!"

"特希米斯做了什么?"

"你认为她会和她最富有的顾客闹翻吗? 她为自己辩解,她等待着,但最后,亚西比德又突然爱上了别人,于是他把她送回到她父亲那里,当然,起码她没有失掉童贞。"

"难道你们就没有对这个混蛋做什么吗?"粘西比大声喊道。

"你想要我们怎么做呢? 他是受伯利克里监护的,他能摆脱一切惩罚。我有时常会问自己,我们真的是生活在民主之中吗? 那些人,亚西比德和他的那一帮人,还有别的一些人,他们做的事就像我们其实处于寡头政治体制下一样,而他们却有享受一切的权力!"

这个男孩正是被她丈夫用心选中的那位！是他的门生呢！事实上，这真是苏格拉底智慧的完美映现！这样一个流氓肯定与菲利皮季的谋杀案有关，粘西比的怒火又一次燃起了。

将孩子们和屋子都安顿好了以后，她将三块蜂蜜蛋糕用餐巾包好，穿上一件轻质披风后，便向菲利皮季的母亲阿加里斯特家中走去。她在门前停了一会儿，喘了几口气并且仔细看了看这座房子。它是那么富丽堂皇，但也不失庄重朴素。她叫住了一个仆人让他去向房屋的女主人报个信。

两个女人拥抱在一起，友好地碰了碰胸脯。尽管女主人显得比实际年龄更年轻些，有着宽大正方形的脸庞，突出的嘴唇像塞了过多的羽绒，但粘西比还是在这位年老的女人脸上看到了精心打扮的痕迹。她们的说话声惊动了小菲利普，他出现在房间的门槛处，模样就跟粘西比在梦中见到的一样；她记得那个样子。

"菲利普……"她喃喃自语道。

阿加里斯特转过身来。"来呀，"她对她的儿子说。他便向两个女人冲了过来。粘西比将他抱在怀中举了起来。她深深地看着男孩的眼睛。他微笑着。她热切地与他相拥，把他紧紧靠在心坎上。过了一会儿她重又把他放回地面上并给了他事先准备好的蛋糕。

"我一直在等你呢。"菲利普说道。

"你在等我?"粘西比惊奇地说。

"是的，我早就知道你会来的。"

粘西比没有说话。这个时候选择加深她从此在这个孩子身上体现的那种无法说清的温柔似乎还没到时机。

"大家还以为他是你自己的孩子呢。"阿加里斯特说道，"或者就是你从来没有过自己的孩子。然而实际上你却有两个。"

"现在是两个半了。"粘西比微笑着回答道。

看着小男孩打开纸包拿起一块蛋糕大啃起来,两个女人都陷入了沉思之中。

"阿加里斯特,"粘西比用一种坚定的口吻继续说道,"我们必须有所行动了。男人什么也不会干的。"

"行动?"阿加里斯特重复道,"怎么行动?为什么行动?"

"找出凶手,阿加里斯特!凶手!"

菲利普停下了大吃手中的食物,抬眼望着粘西比。"现在让我们安静一会儿,"他的祖母说道。男孩跑开了,她又重新向粘西比转过身来,"我们怎样才能找出凶手呢?薛尼亚德尽管有很多关系,但最后还是一无所获。别人什么也不知道或是不愿意知道。你的丈夫,他自己不就是伯利克里的顾问吗?难道他不能做些什么吗?"

"阿加里斯特,我已经告诉过你了:男人什么也不会干的!他们不会将一桩对他们自己害大于利的丑闻公布于世,只有靠我们来行动了!"

"但是你想要怎么做呢?"

"我们知道你的儿子和那个凶手一起在阿尔克罗斯家的晚宴上出现过,当时我的丈夫和亚西比德也在场。亚西比德一直到晚宴最后也没走,所以不会是他杀了人。"

阿加里斯特一边听着一边点着头。

"可能有一个男人,是亚西比德的朋友,在那场你儿子和亚西比德的争吵过后也离开了晚宴,你懂我的话吗?"

"我儿子和亚西比德之间有过争吵?"

"是的。"

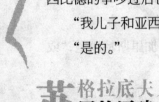

"你怎么知道的?"

"苏格拉底说的。"

阿加里斯特的脸阴沉了下来。

"为的什么原因?"

"我不知道。"

"这对我们来说有什么用呢? 我的儿子已经死了! 就算知道这些他也不会回来了!"

"阿加里斯特,你到底想不想找到杀你儿子的凶手?"

另一个拭了拭泪水。

"这问题真是好笑! 我会用我的两只手杀了他!"

"一只手就够了。"粘西比说道,一边还对自己的冷酷感到奇怪,"听我说,在那个晚宴上有一些仆人,我们必须找到他们并且从他们口里探出到底还有谁在晚宴结束前便离开了。"

"你认为他们知道吗?"

"仆人们知道一切事情。只要付他们钱就行了。而这钱不应由我来出,应该是你付。"

"那么我们怎么做呢?"

"去阿尔克罗斯家将那些仆人挨个问个遍。"

"你觉得他们会回答我们吗?"

"听着,"粘西比耐心地说,"我们不应该老是问自己到底能不能成功。不入虎穴,焉得虎子!"

"那当我们知道了以后呢?"

"就向法庭揭露凶手。"

阿加里斯特又一次陷入了沉思。

"我们只不过是些女人,"她终于说道,"那些男人会反对我们的。"

"那就等着瞧吧。"粘西比斩钉截铁地说道,"去取些钱来,我们出发吧。"

"马上吗?"

"马上。"

阿加里斯特去取了些钱然后回来了,她将自己裹在一件暗色的大衣里,脚上穿着很大的一双鞋。她将大衣口袋里的钱包塞满了钱,两个女人就这样上了街。

"你带了多少钱?"粘西比问道。

"5个斯塔特尔银币和100个德拉克马。"

"这足够了。你让我来还价。"

"那儿肯定有很多仆人。你知道地址吗?"

"知道,那儿不远。"

"你意识到了吗,"阿加里斯特边说边躲避着一辆摇摇晃晃的运输整大块正方形大理石的车子,"像我们这样的两个女人竟然要去询问那些仆人!我们看上去会是什么样的呢?而且如果阿尔克罗斯也在那儿呢?"

"在这个点儿男人们都不会在家中。"粘西比说,"如果你感到不好意思,那就让我来做吧。"

她们来到了一座房屋门前,这幢房子与薛尼亚德的一样大,有两层高,那许许多多的窗户看起来比薛尼亚德家的还要悦目。四周的围墙上配有许多的石制花瓶,里面插满了茉莉花。透过敞开的门,可以看见宽敞的院子里有个花匠正在修剪小灌木。粘西比第一个走上前去,她看见一个年轻人手上提着水桶朝着男卧室走去便命令式地对他喊了起来。

他转过了头。

"你们这儿有女仆吗?"她问道。

"是的,有三个。"

他一定认为她是想来找工作的。

"她们的主管是谁?"

"雷多。"

她向阿加里斯特转过身来,对她轻轻地说:"给我一个德拉克马。"阿加里斯特胆战心惊地将自己藏于大衣里的整个皮包都交给了她。粘西比打开从里面取出一个银币,迎着仆人漠然的眼光,她走上前去,手中将那个银币掷得叮当作响:

"你能帮我把她叫来吗?"

仆人点了点头,放好了水桶走了。

不一会儿他又回来了,身后跟了个女人,看上去像个女佣。她穿一件咖啡色的长裙,两手不停地在抹布上擦拭着。仆人完成使命后又重新拿起他的水桶去干活儿了。粘西比快速地瞧了瞧眼前这个年轻的女人:她有 23 或 24 岁的样子,很漂亮,但还没有到扰人心扉的那种程度,她的脸坚定又显得深沉。

"你叫我?"雷多一脸很吃惊的样子问道。

"是的,我需要你。"

她抬了抬眉毛。

"你需要女佣?"她问道,"还是你是来找工作的?"

"不是,我只需要一个聪明的女人。"

"你怎么知道我就不笨呢?"雷多笑着回答道。

粘西比又一次打开了钱包,这一回她从里面取出了两个德拉克马。但她没有马上给这个女仆;她明明白白地将它们放在手心里。她心里明白,这些是像她这一等级的仆人一星期的工资。雷多紧盯着这两个银币看了一会儿。

"我现在已经准备好当个聪明人了。"她说道。

让仆人开口的艺术

粘西比微笑着点了点头。

"我想最好我们上街谈。"她说道。

在女仆的带路下，三个女人来到了离屋子不远的一块空地上，那儿的荆棘丛中生长着一棵野无花果树。

"在晚宴中是你当的班吗?"粘西比开始说道。

"是的，我帮宾客们洗脚，照应那些搬来搬去的桌子，衣物寄存，清洗盘子，还有第二天整理床和客厅。我同时也负责铺床和洗衣，等等。"

"我感兴趣的是晚宴。你一直待到最后，是不是?"

"是的，因为我要负责客人的衣物寄存，直到最后一张桌子被搬走我才离开。从那刻起，是司酒官开始供应那些客人们酒了。但当他们走时是我来给他们拿大衣、鞋子和随身物品。"

"很好，就在六天前在这家曾开过一个大型晚宴……"

雷多的眼中闪过一丝光亮。

"等等，让我回想一下。"她边说边做出努力挖掘记忆的样子。

"你应该记得很清楚，雷多。在这次宴会上有一个既英俊又著名的人物，你不可能会忘记;他的名字叫亚西比德。还有一个长着一张希勒诺斯脸和一口金胡子的哲学家，他叫苏格拉底，另外还有个年轻人当天晚上就被人杀了。"

"我现在知道你说的是哪个宴会了。"雷多说道。她注视着阿加里斯特，后者已战胜了自己的恐惧并向粘西比和女仆靠近了一些。

"你知道那个年轻人的名字吗?"

"是的，他叫菲利皮季，是薛尼亚德的儿子。他急急忙忙地过来拿了他的大衣和鞋子。你想知道什么?"

"急急忙忙地?"

"是的,看上去好像在生气。"

"有另外的宾客在他之后也离开了,是吧?"

雷多低下了头,"我的主人禁止我回答一切关于晚宴的问题。"最后她说道。

"就是说你的主人隐瞒了什么事,对吧?"

阿加里斯特抹了抹眼睛。雷多没有回答。

"你自己也在怀疑,"粘西比继续说,"怀疑人们最终会知道那天晚上究竟发生了什么,那样你就成了凶手的同伙了。法官和阿雷奥帕奇向来不对女人温柔,更不用说身份低下的女人了。"

雷多又一次低下了头,很明显她困惑了。

"你向我问这些问题的原因是因为你想要我的回答为你服务。但如果被别人知道了,我的位子就保不住了。"她回答说。

"在这儿你能挣多少钱?"阿加里斯特问道,在这之前她还没有开过口。

"12个德拉克马,还有我的衣服。"

"我们家很大,而且我还是议会成员的妻子。我保证你来我家干活我给你15个德拉克马,外加你的衣橱。"

女仆动了动睫毛。

"你不放心吗?"粘西比问道。

雷多舔了舔嘴唇,犹豫着。

"既然这样,"她对阿加里斯特说,"就快点把我带回家吧,因为这样就没有人会责备我对我的主人不忠了。"

"我会的。"阿加里斯特确定地说,"你什么时候能来? 我住在海尔梅斯二街那座大白房子里。"

让仆人开口的艺术

"后天吧。"

"太好了。"粘西比说道,"你有一位新的女主人了。现在把他们的名字告诉我们吧。"

她说话的语调让人无法辩驳。

"有两个宾客在菲利皮季之后离开的。特雷克里德斯和克提米诺斯。"

"谁先走的?"

"特雷克里德斯。"

"你能描述一下这个人吗?"

"他长得很小,很瘦,头发剪到额头下,短短的,还有一个大鼻子。他应该有 22 或 23 岁了。他带了一把短剑,来的时候寄在寄存处了,走的时候又把它拿走了。他看上去很不安分的样子。当时房间里刚吵完一架,我听见了他们的声音但也只能迅速地扫过一眼。他们每个人都被酒和争论弄得很热,其中有很多人站起来了。一些人连站着都很困难,但仍继续破口大骂着。菲利皮季脸上好像充了血,走路也摇摇晃晃的。我的主人试图让这些人都平静下来,他甚至还让司酒官帮忙把他们都弄回到座位上去。"

阿加里斯特忍不住颤抖起来。

"特雷克里德斯当晚是坐在谁的旁边?"

"他的床在亚西比德的旁边,后者坐在我的主人身旁。"

"那克提米诺斯呢?"粘西比问道。

"他长得比特雷克里德斯更高大一些。头发是金的或者是亮栗色的,也很短。他很健壮,我想他一定是赢得了上几届奥林匹亚的拳击摔跤比赛。他与亚西比德坐在同一张床上。我印象中他离开是去找特雷克里德斯了,因为他是几分钟后离开的。"

"他也带了把短剑吗？"

"不，他是到晚宴最后才来的。"

粘西比和阿加里斯特互换了一个眼色。

"他来干吗？"

"他来是要把亚西比德带回家，当时他还带着一个舞女。亚西比德是真的站不住了。克提米诺斯问我要了点水洗手，我看到那上面沾着……"

她犹豫了一会儿。

"那上面沾着血。"

三个女人都沉默了。粘西比将两个德拉克马交给了雷多。

"我该回屋去了，女主人会担心的。"她说道。

"你的女主人对这一切也了解吗？"

"我觉得不会，晚宴上没有女人。总之，我想说的是……没有一个正经的女人。然而她知道菲利皮季曾参加晚宴，当她得知他死的时候我正在场，她十分生气。她大叫说所有的男人都是堕落的孩子。"

雷多快步走远了。

"我后天等你来！"阿加里斯特向她喊道。

她蓬头乱发，她用手面整了整头发使其看上去光滑一些，然后便久久地注视着粘西比。她脸上的表情既惊愕又神秘。

"难道你不满意吗？"粘西比问道，"我们已经知道谁是凶手了。"

阿加里斯特沮丧地摇了摇头。

"你怎么了？"粘西比问。

"你不知道的是，特雷克里德斯是菲利皮季的表兄。"她最后终于说道。

粘西比呆住了。

"这可真把事情弄复杂了。"她承认说。

因此,这些事应该在家庭内部解决。难道还需要向天下人昭告说凶手就是他吗?

"这很可能会引起家庭战争,"阿加里斯特边说边把头靠在粘西比的肩膀上,"那样就会流更多的血!"

她又一次哭泣了起来,粘西比发现这些贵族要流眼泪还真是件容易的事。

"另外还有一个原因,"粘西比坚定地说,"要想让这件事得到阿雷奥帕奇的裁决而不是在家庭会议里解决,我们仍要继续我们的单独调查,关于这件事不要对你丈夫说一个字。"

阿加里斯特抬眼望着天空,摇了摇头。

11 梅加拉的晚会

埃夫尔尼科斯小酒馆坐落在梅加拉的市郊。这个小城在伯罗奔尼撒的边境上，或者说至少在几周前那儿还是边境。从斯巴达发动进攻以来，这个边境早已经不存在了。军队打那儿路过时，自然要从这个小酒馆所在的马路走过。于是他们便会在酒馆里休息，尤其是那些从远方的斯巴达、泰热或科林思来的军队。那天晚上，酒馆里充斥着喧哗与谩骂、笑声以及斯巴达士兵的歌声。酒馆里有 6 张桌子和 12 把长椅，里头汗水的霉味儿混着煎鱼的腥味。在这种浓重的味道中，步兵们高声叫嚷着，把一杯杯的劣质酒直接倒进空荡荡的胃里。从他们的口音，人们可以分辨出其中有一些彼俄提亚人。他们不时地走出去，直接就把尿撒在了酒馆后面。

一个弓箭手叫道："老板，来点腌咸鱼。这能叫人忘了你的酒的怪味，而且酒能盖住鱼的臭味。"

周围响起了哄笑声。

"先付钱再说吧。"店主反唇相讥。他把一个罐子和一个大碗端到了大兵的头上。

几个硬币被扔到了桌子中间的盘子里，叮叮作响。店主把钱收起来，然后端上了罐子和盛着咸鱼的碗。

"明天，我们就会在雅典人那里呕吐个不停。"有一个人叫道。

"明天，我们就会跟雅典人亲密接触了！"另一个扯着嗓子喊道。

"听说他们那有婊子中的女王，一个叫阿斯帕吉的，她有一大帮姘头。"

"对！她甚至是雅典人统帅伯利克里的情妇。"

"因为伯利克里是个靠妓女养活的人？"

"就是这么说。老板，来点面包！"

"甚至就是因为她和她的窑子我们才打仗的。"一个中尉说。

看到士兵们把这当玩笑，露出怀疑的神情，他解释说："三个月前的某天晚上，那时我们还没开战，一帮雅典的年轻人来到梅加拉。他们喝得醉醺醺的，就去了当地的一个妓女阿尔西娜家，开了个狂欢节，并到处喧嚣。然后他们劫持了阿尔西娜，把她带到了雅典，并且到处宣扬说这是宣战。不过我们当时还没有开始打仗。"

"婊子养的！"一个士兵叫了起来，"我们要向他们还以颜色！"

"等我说完嘛。几天后我们这儿的三个小伙子正是这样干的。他们去了雅典，到了阿斯帕吉那儿，然后突然闯进去，把她的两个姑娘劫持到了梅加拉。"

"太好了！我们要把他们的姑娘都绑来，让她们做婊子！"

一个士兵问："这件事又怎么会变成一场战争的呢？"

"阿斯帕吉对此勃然大怒，而伯利克里又是她的情人。于是他制定了一项法令，规定梅加拉人不得进入阿提卡的码头和市场。"

"这不是让我们破产嘛！"

"所以我们要跟他们打仗啊！"

旁边那桌士兵开始唱起一首下流的小调，引起了哄堂大笑，甚至连店主、仆人和奴隶们都跟着笑起来。刚到下午，这群利戈的士兵就上了路。第二天又来了一群彼俄提亚的增援部队。

斯巴达的步兵方阵在阿提卡的村庄里行进两个星期以来，简直就如入无人之境。除了少数还没逃走的农民以外，他们没遇到任何抵抗。他们毫不怜悯地把这些极少数进行抵抗的农民送入了鬼门关。甚至那些看起来不是很热心地迎接他们的人，也被他们毫不留情的长矛和剑刺穿了胸膛。而生还者都成了他们的奴隶。有时，他们会突然停下来，纵火焚烧已被洗劫一空的田地和农舍。第一批到达普拉蒂亚西部村庄的士兵杀红了眼；他们发疯一般扑到农民身上，将他们撕成碎片。村里无论年老年幼，哭声震天。女人们被强暴后，也免不了被砍头或被肢解的厄运。浓烟遮住了半边天空，到处一片昏天黑地。

有一些侥幸逃脱的人绕小路逃到邻村去报警。因此，得到讯息的阿提卡的村民们背着包袱，赶着牲口向雅典逃难去了。雅典，是人们心目中不可攻克的城市。伟大的雅典娜女神注视着这群衣衫褴褛、惶惶不安的农民赶着羊群到来。而这些羊群可是传说中奶大了年幼的宙斯的牧神潘的子孙。雅典城平日里总是充满了竖琴悠扬的歌声，而今却到处是羊咩咩的叫声；马粪的臊味混入了大理石碎屑中。

与此同时，斯巴达统帅们却远离这一切灾难。他们在这些暴行发生时正在帐篷里享受着平静的时光。这些帐篷正是战争的指挥部。这种转变使那些能够享有这种特权的人变得轻松。就像这个中尉一样，他打马飞奔到指挥部，向他的国王兼统帅阿希达穆斯报告战争进展的状况。

他到达时，早已累得气喘吁吁的，浑身都被汗水浸透了。他惊讶地发现国王正在一个木盆里光着身子洗冷水澡，他一边与三个将军和他的副官谈话，一边不慌不忙地用马尾手套搓着脚趾头（手套里加了天竺葵叶子，既有利于血液循环，又有舒心的香味）。

阿希达穆斯抬头看了他一眼，点了点头，继续他的谈话，一点儿都不在意中尉的紧急军情："……对，我知道那些雅典人怎么想的，他们以为我们想要入侵阿提卡，他们肯定早就准备好了割让土地，以求我们承认他们的海上霸权……"

将军们面带崇敬地听着他们的君王发表高见，其中的一个还不时地往这个皇家澡盆里加水。

"但是，首先我们决不会承认他们的所谓霸权，其次，我们根本不屑于侵占阿提卡。我们有足够的土地供给我们的臣民们小麦、香瓜和橄榄。不，海上霸权是雅典的力量所在，是对我们最大的威胁。所以我才不是那么热衷于这个陆军作战计划。但不管怎么说，还是打起来了……对了，阿斯蒂达马斯，你有什么消息吗？"

"陛下，阿提卡的农民差不多都逃到雅典去了。我们只找到一些废弃的农舍。没有家具、羊群，甚至连个鬼影都没有。"

这个尊贵无比的国王把脚趾头伸进水里泡一泡，脸上显得不太高兴。

他最后终于说："非常好。让士兵们晚上休息，白天纵火，毁掉一切吧。你明早再来。走之前先来杯酒吧，在旁边的罐子里。"

他扬了扬下巴，副官马上在他头上浇了一罐冷水，然后扶着他站了起来。在将军们的注视下，国王慢慢地擦干了他运动员一样健美的身子，尽管他精力充沛的脸有点发胖。每天晚上，大家都能欣赏到国王发达的四肢。之后，他细心地洗了头发，穿上了短裙和凉鞋。

"你们怎么看？伯利克里认为我们会一直打到雅典去，然后

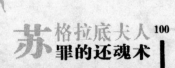

他会在那儿给我们致命的一击。"

一个将军表示赞同："所以他们才会一直都不抵抗。他们连一个骑兵和步兵都没派，这肯定是陷阱。"

阿希达穆斯轻声笑了笑："陷阱？我们给伯利克里的才正是陷阱呢。逃到雅典的农民会把他们挤垮的。农民们会不停地抱怨雅典的军队没有保护他们。"

将军们都点头称是。

"给我们准备点东西吃。"国王转头说，然后走出了帐篷。

"陛下，您准备在帐篷里还是在外头用餐？"

"在帐篷里。"

然后他又对将军们说："雅典昏了头了。利戈早把它包围了。雅典迟早会陷落的。不幸的是，我们也会死些人。不过雅典有一部分人将很高兴能重建古利戈，重现我们与波斯人作战时的伟大的王国。这就是那些寡头政治家的想法。跟他们一样，对于我们来说情况也很清楚：斯巴达和雅典应该成为同一个身体的两个臂膀。"

他们在地上围成一圈，坐在羊皮上。副官分发泥制盘子和大酒杯，像军队里用的那样。然后一个士兵拿来了一些小麦面包和一个土制大锅，里面正煮着鸡块。

"为什么不让寡头政治家取得政权呢？我们可以跟雅典人谈谈。"一个将军一边喝酒一边说。

"你说得很对。"阿希达穆斯表示赞同，"实际上，好些寡头政治家偷偷跑来找我们商量。但是伯利克里老奸巨猾，他用奸诈的手段使自己的政治体制深入人心。他给穷人好处。他给那些没地产的人分地，让他们成为农民或士兵。以前，我们不发钱给水兵；现在他给他们发饷。那些没工作的人现在能在航海工地或者军舰修造厂里找到活儿做。伯利克里相信或假装相信民主,但他表现得却像个寡头政治家,甚至是个暴君。"

他使劲地扯去一只鸡腿上硬得像皮革一样的皮,把骨头当教鞭用,然后接着说:"我们不要幻想了。寡头政治家希望和平,这只是因为他们想建立像我们这儿一样的贵族政体,甚至是君主制。另外,他们对伯利克里恨之入骨。这可不是一种什么温情驱使他们投靠我们。可惜他们没有足够的力量来推翻民主制。"

"那么惟一的问题就是伯利克里喽。"中尉问。

"不是惟一的,但是最主要的。"国王赞许地说,"他自认为是自己创造了雅典,还认为斯巴达人和雅典人属于两个敌对的种族。他可忘记了在击退波斯人的时候,他们是多么高兴我们能够去帮助他们。尤其是,他决不会跟斯巴达分享他的权力。"

蟋蟀和青蛙在夜色中欢快地唱着歌。将军们用刀尖挑着鸡肉吃;而副官忙着倒酒添水。

"是的,"国王重复道,"就是这个伯利克里。雅典人认为他是个英雄。"

12 战争！

粘西比发烧卧床休息了一个礼拜，然后又在家休养了三天。她刚刚觉得自己恢复了健康，就跑去斯托阿市场买麦子、蚕豆、奶酪和沙拉了。她突然感到自己的屁股被人粗鲁地撞了一下，开始她还以为有人跟他开了个恶意的玩笑，于是转过身去，准备狠狠地骂他两句。但她发现自己处在一群羊中，还差点被羊群撞倒在地。斯托阿市场竟然来了一群羊！她简直被惊呆了，牧羊人和下地干活的人的样子尤其让她目瞪口呆：矮小，皮肤棕黑，还有些畸形，就跟她死去的父亲一个模子。这些人进城到底来干吗？

她脸上的惊讶是如此的明显，以至于同行的两个伙伴塔基和德米斯一边坐在凳子上休息，一边对她挖苦道："咳，尊敬的夫人，你从没见过羊吗？"

她轻蔑地瞅了他们俩一眼。

"当然见过，"她马上反击，"不过我可从没见过公山羊竟会开口说话！"

他们俩哈哈大笑起来，声音非常刺耳。

"这是我们的农民兄弟们到城里来享受民主来了。"德米斯笑着告诉她。

"农民们来斯托阿市场干吗？"她又问道。

"由于我们英勇的民主没能保护他们，他们就在斯巴达人的攻击下逃到这来了。"

"为什么不保护他们呢？"

"因为我们伟大的领袖，阿斯帕吉的情人伯利克里大人认为我们的土地太多了，没必要冒跟想来分一杯羹的斯巴达士兵战斗的危险去保卫它。"塔基这样解释道。

"你到底想说什么哪？"粘西比的眉头皱得越来越难看了。

"你好像没听明白这个笑话，我尊敬的夫人。那我就明白地再说一遍吧：斯巴达人入侵了阿提卡，我们的第一将军伯利克里认为没必要跟他们打仗。因为我们有足够的土地，而且我们可以在海上扳回一局。所以，农民和羊群就到雅典逃难来了。这回我说得够清楚了吧？"

她用阴沉的目光看了看这两个男人，点了点头。

"我们不抵抗了吗？"她对此表示怀疑。

塔基向将军会扬了扬下巴。

"还没说呢。你看到将军会前的那群人了吗？大部分集会的人包围了将军们。实际上他们需要很多的计策来摆脱那个地方。"

她朝塔基指的方向望去，苏格拉底从来是什么都不告诉她的。如果这两个老家伙说的都是真的，那不用多久雅典也会被包围的。她向将军会走去，但在不远处就停住了，她不喜欢在人群中挤，这些无法预料的怪物随时都有可能向你扑来，把你踩在脚下。数以千计的男人匆匆向那边赶去。大厦的列柱廊前正站着 30 来个全副武装的步兵。一想到苏格拉底就在中间，而骚动随时都可能发生，粘西比的心就怦怦地跳起来。

晨曦时分就聚集在天空的雨终于下起来了。粘西比把大衣的风帽紧紧地压到额头上，她发现不远处有个白头发的老头，就赶上前去，鼓起勇气询问到底发生了什么事。

"将军们现在正就如何回应斯巴达人而辩论呢。这些人都是有资格参加大会的公民，都急不可耐地等着我们的军队开始

反击。他们现在正等着商议的结果。"这就是她得到的答案。

粘西比做了一个苦脸，沉思起来："男人们！他们是另一个种族的动物。在和平时期既虚荣又好斗，而现在竟因为要不要保卫自己的土地去辩论！"她想起了女预言家安提戈涅悲观的预言，然后自问这个预言是不是就要应验了。

将军会内部，热浪似乎也影响了雅典的十大统帅：他们头上、前额、上身，汗水直流。纳马尔乔斯将军更是眼睛充血，以至于伯利克里不时担心地看着他，害怕他会突然中风。

"我们还要忍受多久这些厚颜无耻的斯巴达人的卑劣行径？"纳马尔乔斯咆哮着，"蹂躏了我们的前哨伊内之后，他们又洗劫了埃莱夫西斯和特利亚平原，然后是阿提卡最广阔的领土阿沙纳斯，我们对此无动于衷，仅仅是从被他们的士兵侵犯的土地上撤离。而与此同时，我们不停地听从伯利克里的理论，认为应该让他们继续前进，以便之后在海上打败他们。但是，如果阿尔希达穆斯的军队占领了整个阿提卡，甚至威胁到雅典城，我们从海上占领了梅加拉又有什么用呢？我们的战略是不是还包括让我们的农民寄希望于斯巴达人会突然自己消失掉？"

所有人都把目光转向了伯利克里，他显得镇定自若，或者不如说由于过分想要装作冷静而显得有些不自然。

"今天，我在此要求重新唤起我们城市的勇气，这正是等在这幢大厦门口的人们所希望的。"纳马尔乔斯继续道，"从明天起，我们应举兵反攻斯巴达。"

伯利克里站了起来，摇了摇头。

"我听取了纳马尔乔斯的论据，但是我不同意他的结论。实际上我们应该尽快地对阿希达穆斯以及他的盟国的进攻做出回应。我要重申我并不是在等待时机，我对阿希达穆斯的意图也不存在任何幻想。诸位应该很清楚,三个月来,我们达成了一项和约,加强与我们的盟国的联系,包括克希尔、希法莱尼亚、阿卡纳西亚、扎鲜特、希俄斯、莱斯伯斯、普拉蒂亚、瑙帕科特以及附属城市。我们这样做正是为了自卫。各位不会听到我对此有任何反对意见。我肯定地向各位保证,我的领地和我的村镇也被斯巴达军队所蹂躏,我本应该怒不可遏,认为一个雅典人的土地是属于雅典的,并主张立刻反击。但我没有这样做,因为城市的利益高于我自己的利益。当斯巴达人的密探来到雅典城有点粗暴地邀请你们,并以雅典娜女神的名义要求为你们洗掉我所造成的污点时,我本可以自认为是受到了冒犯。这些斯巴达人对这位女神还真是关心啊,虽然她并不是他们的女神! 但是我抛开了我的个人情感。"

许多将军都点头表示赞同。随着伯利克里辩驳的深入,他不禁提高了声音,以加强自己的声势。

他停下来喘了口气,然后以双倍的激情一字一顿地继续道:"我要说的是,应该避免过急的行动。我曾坚持等到他们作出明显的侵略行为之后再采取行动,以便事后没人会认为我们轻率地进行了一场战争。我们太了解这些爱自吹自擂的斯巴达人了,他们经常做一些事表现自己的所谓英勇。一旦他们自己玩够了,就会像在风中嗅到猎狗气息的野兔一般,马上脱掉他们的战袍。14 年前,我们就见识过了。当时他们的国王普莱斯特阿纳克斯也去侵略阿提卡,他们一直行进到埃莱夫西斯和特利亚然后就莫名其妙地打住了。他们转了半个圈然后就班师回了斯巴达。我们仅仅遭受了一些无关紧要的损失。"

那些将军们再次点了点头,只有纳马尔乔斯还是固执地坚持己见。

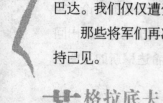

看到议事会的整体倾向转到了自己的身上，伯利克里又说道："一切都表明阿希达穆斯也会做同样的事。他并不是那么的爱打仗，并且还要冒着被不满的军队和那些早就觊觎他的权势的埃佛尔(在斯巴达，选举产生的司法官员有跟国王同样的权力)赶下台的危险。我们可以再次寄希望于敌人好战的情绪最终被拖着军刀的指手画脚所代替。试问，我能够让我们的士兵拿自己的生命冒险，而仅仅是为了激起斯巴达人真正的侵略欲望吗？我们还是希腊的教育家和治安官吗？我曾希望我们再等等，至少看看这群爱指手画脚的家伙到底要干什么。纳马尔乔斯刚才说在斯巴达人和他们的盟国进军时我们什么也没做，我想他忘记了我们的骑兵已经出发去了弗里吉亚……"

"他们惨败了！"纳马尔乔斯打断了他。

"非常正确，将军，非常正确！我们被贝提人的骑兵和赶来援助的步兵击溃了！你难道没看到我们开始一个全面战争时，每次我们对利戈的挑衅的回击都会使我们失去一些士兵吗？但是，现在很明显的：我们再也不能原谅这些斯巴达人的阴谋了。我已经下定了决心。我们有 13000 名装甲步兵，这还不包括守护城墙的那 16000 名步兵、1200 名骑士和 1600 名骑兵弓箭手。我们的收成也绰绰有余。我们的 300 艘战舰确保了我们的海上霸权。雅典有能力对侵略打出一场胜利的保卫战。"

纳马尔乔斯意味深长地诘问道："伯利克里，当你自己的领地被侵略时，你之所以表现得如此稳重，难道不是因为你认为阿希达穆斯是你的朋友吗？"

"如果是那样，我确实不着急，纳马尔乔斯，"伯利克里回答说，"如果只有我的领地被侵略了，我将授予你全权作决定进行反击。因为，在那种情况下，只是我个人的尊严受到了侮辱。但是如果你不知从哪儿听说我跟斯巴达人的国王有任何友谊，那你就大错特错了：如果被一个人的密探当作垃圾一样侮辱，我不可能还跟他建立友谊。"

"伯利克里，"尼西亚斯将军说，"我相信你，我完全赞同你的意见。"

"我也是。"另一个人说。

"还有我。"第三个人也说道。

苏格拉底站了起来，低声向伯利克里祝贺。伯利克里微笑着转过身子。

"纳马尔乔斯，你对伯利克里的回答满意吗?"其中一个将军问道。

"我确实应该感到满意。"纳马尔乔斯勉强地笑着说，"既然你们都对此感到满意。但是，我遗憾地发现我们姗姗来迟的反击给我们带来了很多难民。由于没有其他地方可住，我们只好让他们住在寺庙里了。"

"他们不久就会收复失地了。"尼西亚斯回答道。

"那么大家都同意我们明天就派兵抗击斯巴达人了。"纳马尔乔斯说。

大家终于都同意了这一点。议会厅的窗户原本都是关着的，为的是会上的消息不致走漏到外面；伯利克里命令把窗户打开。新鲜的空气使会场清爽了不少。将军们用衣裙下摆擦干了他们前额和胸口的汗水。

尼西亚斯走到窗口，示意等在下面的人群安静下来，然后他举起了胳膊："这是战争!"他叫道。

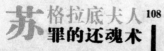

顿时,一阵欢呼声响了起来,响声从斯托阿市场一直传到南面,惊起了鸟群。欢呼持续的时间中,我们可以连续读至少50行《奥德赛》。然后欢呼变成了那些特别兴奋的人有节奏的呼喊:"战争! 战争!"苏格拉底坐在会场里,双手交叉放在膝盖上,带着沉思的表情倾听着这阵欢呼。

不远处的街上,他的妻子正在听一群爱闲逛的人的对话,他们看起来是属于富裕阶层。

"这简直是挑战诸神的权威! 人们怎么能容忍他们在那里住下?"

"什么是对诸神的挑战?"她问道,"谁在哪儿住下了?"

"那些人在贝拉日恭!"其中一个人叫道,"特尔斐的神谕对此是明确禁止的! 我们的将军们到底在想些什么? 还有我们的500人公民议事会?"

"这些农民会给我们带来诸神的报复的。"另一个人说,"应该把他们从这里驱逐出去! 但应该由谁去做呢? 我们到底还有没有政府了?"

粘西比颤栗了:人们真的让那些逃难的人住在雅典卫城脚下了吗? 这个地方是被特尔斐的神谕所禁止接近的。她又想起了女祭司安提戈涅的预言,并被一种不祥的预感攫住了。

在三四个斯塔德(古希腊长度单位,约合今180米——译者注)处,人们既不担心这些辩论,也没有这些不幸的预感:他们正在亚西比德家里准备一场盛筵。

在一个粗鲁的女人的带领下,舞女先行登场了:她们是一些奴隶或奴隶的女儿,大部分才刚到结婚年龄。那个女人一手拿着棍子,一手拿着化妆盒,把她的"畜群"带到化妆更衣室,或者不如说是脱衣室。

她们是六个穿着五颜六色的衣服的年轻女孩,来自努比亚,她们是如此的纤弱以至于人们不禁自问这样的身体里会有怎样的心肠。这些弗里吉亚人,全都是金色的头发,其中或多或少有些茶褐色。她们知道怎样才方便:她们脱得精光。女监工不时生气地把帘子挑起来向里看,而那些仆人则偷偷摸摸地透过帘子瞥来色迷迷的几眼。

女监工开始弄直姑娘们的头发,紧紧这个人的辫子,看看那个人金色的包头带,或是发一些缀满了铃铛的脚环——这样姑娘们每走一步都会有银铃般响亮的声音。然后分发带彩色玻璃坠的手镯、项链、耳环、带坠子的腰带等等。这个腰带在身体前不停地摇晃。最后,她们用一个拔毛镊子把身上的汗毛清理一空。

女监工又开始发香水、昂贵的甘松香以及可以使身体闪烁着一种亮闪闪的金属光泽的油,屋里顿时充满了一种醉人的香气。姑娘们互相帮忙往身上涂抹着,互相呵着痒,轻率地互相爱抚着。然后,女监工命令这些可怜的孩子一个个到她面前来化妆。她在胭脂盒里蘸了一大块口红,然后粗鲁地抹到姑娘们的嘴唇和乳房上。她用大拇指干着这项工作,同时用一个乳房钳使姑娘们显得凸凹有致。最后一项工作是把一种黑色的锑涂抹在眼睛周围,并在睫毛上涂上锑膏。

隔壁一间屋子里,同样数量同样穿着的小伙子们正在做同样的事情。他们互相涂抹,洗脸梳头,并在一个灰白头发的老头子的监视下开始化妆。惟一不同的是,小伙子的性别给他们带来了不同的化妆方法:他们要涂一种加了脂粉的口红,以便使自己的脸色看起来很鲜艳。

仆人给两个房间的人都端来了一些粗制的食品,就在这时,

乐师们也到了。于是两个房间的门都被打了开来。老头子瞪着他有眼屎的眼睛瞥着女监工,而这位也用轻蔑的目光在背后狠狠地盯着他。

乐师们开始奏乐,手鼓声、长笛声、曼陀铃声、三角铃声和里拉(古希腊的一种类似竖琴的乐器——译者注)声一时齐发,两对青年男女开始有节奏地扭起腰来。而那个老头子和女监工跟着节奏拍着手。然后扭腰被一些绝技和身体的极度扭曲所代替。姑娘们弓着身子往后仰,以便突显她们的性别特征,小伙子们则在后面看着支撑着她们,但仅仅是一转眼的工夫,他们又重新跳起来,开始了新一轮的回旋。

女监工用棍子在地上敲了一下,表示表演结束,进入了休息时间。在人们叫唤之前,这两队舞者一动也不动。实际上,上面的客人们正在享用甜点和酒水。

杈杆(靠妓女养活的男人——译者注)和老鸨正在后台休息,而女孩子们则先上了楼,小伙子们排队紧随其后。他们的到来引起了一片热烈的欢呼。

"再来一份饭后甜点!"一个客人叫道。

一个小时后,乐师们在仆人的指引下离开了宴会,他们的演出结束了。舞女们开始给客人们找其他的乐子,一些除了巴旦杏仁糕和酒糟无花果之外的乐趣。例如,一个刚刚在舞台上表演的小伙子要当众与一个舞女交媾。很快床上就有了三四个人,最终同一个演员给两个客人端上了甜点。在隔壁的卧室里,爆发出一阵阵的叫声,嘶嘶的喘气声和大笑声。

在楼下,老头儿和女监工正在贪婪地数着管家扔在两个盘子里的钱币。

"跟往常一样,中午再来接他们。"管家说。

"他们完全可以自个儿回来，他们可是认识路的。"老头子谄媚地说。

"希望我的主人还认得他们回家的路。"管家暧昧地笑着说。

这就是雅典另一些人的晚会。

13 竞技馆的不速之客

跟剩下来还要做的工作相比，认出谋杀犯太无足轻重了：当众将罪犯批驳得哑口无言，把他拖到司法长官面前，并使他在阿雷奥帕奇受审，而这一切都要瞒着那些男人，薛尼亚德、苏格拉底，以及所有那些想要阻止这一丑闻的人，可能其中也包括伯利克里。

在仆人做煎鱼和煮小麦饼时，粘西比一边在厨房捏着面包，一边想着她将要进行的事业：明天去盘问那个叫雷多的女佣。夏天如火如荼地到来了。她停了下来，用袖口擦了擦额头上的汗水。

面包放在模子里送到烤炉里去烘烤了，粘西比喝了满满一杯水，拿起盛满无花果的篮子，坐到了门口，开始吃早饭。她几小时来发现揭发特雷克里德斯的念头紧紧萦绕在她的心头，挥之不去。她现在只想着把这个人绳之以法，对小菲利普发自天性的同情，已经点燃了她对于那个使其成为孤儿的人的憎恨。多年来对男性的积怨突然爆发了出来，就像库房里的干草一样，这把火一直烧到库房的墙根，并蔓延到邻近的领域。母性的直觉不仅在她身上唤醒了一个母亲，同时也唤起了作为一个女人的复仇心理。

是的，她已经被复仇的狂怒所包围了，她一边嚼着最后一个无花果，一边从地上拿起了篮子。每次她一想到在阿尔克罗斯家的那个血淋淋的夜晚、那些醉酒的男人们傻乎乎的叫嚷、被酒精激起的男人们的虚荣心、该死的坏蛋特雷克里德斯突发奇想地想要引起自诩为美男子的亚西比德的重视、夜晚的追捕、匕首的猛刺、菲利皮季最后的呻吟声,粘西比就不禁咬牙切齿。

但是除了特雷克里德斯,她不得不承认,她也憎恨亚西比德。她机械地开始祈求诸神,母亲往昔对她说诸神统治着世界。老生常谈,不假思索地重复。但是诸神看起来不怎么关心他们所统治的世界。反而是恶魔的力量不时发挥作用。剩下的时候,实际上是人类的疯狂在统治着这个世界。与其说是人类,她更想说是男人们。

男人们,对,他们受一种狂热的支配:他们准备从海上进犯伯罗奔尼撒半岛。由于有骚乱,人们已经进不去比雷埃夫斯了。鱼贩子从他们的地盘被驱逐了,被赶到了泽阿的港口;人们到处建造战舰。一百艘战舰,是将军会这样命令的,正好足够再次进行特洛伊的战争!

雅典也是,到处都是逃难来的人,简直都没法通行。羊群啃着最后一点荆棘丛,猪把粪便拉到了神庙的广场上。对于报复一场谋杀来说这可真是一个不怎么高明的点缀。

根据雷多所叙述的那点东西,粘西比再次努力回忆当时的情景。一个瘦小的急于表现自己的勇气的男人。亚西比德真的让特雷克里德斯去捅菲利皮季了吗?她越想越觉得不可能。亚西比德早就喝醉了酒,可能不知道说了什么,任何一个有理智的人都不会拿一个在纵酒狂欢的聚会上的伙伴说的话当回事。不,特雷克里德斯极有可能向亚西比德表现他的忠心,以便亚西比德能够对他另眼相看。我们也能够想象出当亚西比德看到特雷克里德斯开始追杀菲利皮季时,害怕真的出事,就赶快打发了同桌的竞技运动员克提米诺斯去阻止这场游戏,避免特雷克里德斯真的做出什么傻事。

这让人很难接受，但是如果亚西比德真的跟这个事件有什么关系，就像粘西比先前所怀疑的那样，也仅限于他对于周围那些年轻人的影响。他也没料到会有这场谋杀。但这一切丝毫不能改变他令人厌恶的本性和恶劣的影响力。

接下来干什么呢？无论如何，也不能让这个下流的特雷克里德斯逍遥法外，尽管据雷多的描述，这个坏蛋看起来像个好孩子。一个运动员也就是说一个小头畸形的人，不会狡猾。她应该对他说些什么呢？她实在想不出来。还是做个即兴演说吧，而且她将单独过去。阿加里斯特是个负担，被她贵妇人的身份所绊住，还有其他一些顾虑都使她很难打入其他人群中。更别说她还有对丈夫薛尼亚德的害怕心理。

她确信自己可以在竞技馆找到克提米诺斯：这堆靠肌肉吃饭的人总是在那里度过一天的时光。她想象着自己一个人在竞技馆门口等着一个竞技运动员，独自忍受这群肌肉发达的人的淫荡的笑话，她不禁耸了耸肩。对于男人们还有什么渴求！

她艰难地站了起来，去看看煎鱼好了没有，她发现煎鱼令人胃口大开，于是就从锅里挑了一只鲷，心不在焉地吃了起来。然后她就叫仆人把饭菜、鱼和沙拉端给孩子们吃。她又穿起了大衣，向竞技馆的方向走去。竞技馆在城的西北，迪比隆大门外。

顶着尘土，冒着炎热，在这群嘈杂的人中走了两个小时，当她到达时已经汗如雨下了。这个建筑真可以说是男孩子身体的圣殿。大厦的列柱廊前陈列着一些姿态各异的裸体雕像。一个门卫守在进口处，他裸着满是肌肉的上半身，就像穿着一件护甲，耳朵通红，腿部肌肉发达，胸口肌肉纠结。她想起了母亲告诉她男人们之间是怎样做爱的,就忍不住笑出声来。当门卫看到她穿过列柱廊时,有一些非运动员的中年男人正在那里跺着脚。门卫吃惊地睁大了眼睛,就像阿喀琉斯看到一个巨大的怪物缓缓向他走来。

"我想见克提米诺斯。"粘西比向他说。

他开始有一段时间吃惊得没回过神来。一个良家妇女找一个拳斗者有什么事呢?

"克提米诺斯?"他重复道,"前几次奥林匹亚拳击和角力冠军?"

"正是他。"

"他一小时后结束训练。"

"我等他。"

她从阿加里斯特忘记取回的钱袋里拿出一块钱币。

"告诉我哪个是他。"

门卫接过钱,完全呆住了。如果现在妇女也能进入竞技馆,那么太阳底下一定发生了什么新鲜事。

"你不认识他吗?"

"不认识,所以我才给你钱。"

"你是个老鸨吗?"

"你妈才是呢。"她还击道。

钱紧紧地封上了这个大块头的嘴。

她一一打量着那些男人们,他们也都转过身来凝视着她。她数了数,在场的一共有 27 个人,其中有 14 个老头,6 个或是瘦骨嶙峋或是肥胖的年轻人,7 个看起来收入颇丰的年轻人,头发抹得油亮,穿着新鞋,在曝晒的阳光下,脸上左一块右一块煳掉的化妆品。所有人都在想这个肮脏的丑女人到这个男人的地

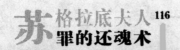

苏格拉底夫人
罪的还魂术

盘来干什么。一位母亲？还是一个官员？她顿时就明白了，在雅典，虽然统治着雅典卫城神庙的女神雅典娜的雕像高高耸立，但是一道不可逾越的鸿沟还是把男人和女人分了开来。她想了很多，也变得越来越耐心。

一个小时过去了，门卫向她点头示意。

"他就在那儿。"他嘟囔着，一边朝着一个金发的年轻男子扬了扬下巴，那个男人正以一种轻盈的脚步穿过列柱廊。

实际上根据雷多的描述，这应该就是他。粘西比快步走向他。他正跟三个伙伴在一起，互相说着俏皮话。她闻到了一股过分浓郁的香水味：香桃木、月桂和茉莉的香味在暑热下四下扩散开来。

"克提米诺斯。"她用响亮的声音叫他的名字。

四个男子一起转过了身子。

"是你在叫我吗？"运动员问道。

"是啊。我想跟你讲几句话，私下里谈谈。"

伙伴们吃吃地笑出了声。她并不认识他们，所以只是高傲地并不作声。他单独向粘西比走来。

雷多说得没错，他看起来很友好，或者不如说老实憨厚。

"你有什么话要对我说？"

"我尽量长话短说。在阿尔克罗斯家举行宴会的那天晚上，是不是亚西比德唆使你去追特雷克里德斯的？"

他一下子呆住了，不停地眨着眼睛，看起来很害怕。他嘴边的笑容立刻消失了。憨厚的表情被一种焦急的神态所代替。

"你到底是谁？"

"一个对这件事感兴趣的人。"

"你指的是什么事？"

"就是你所知道的那件事。"

"你怎么知道是亚西比德叫我去找他的?"

"通过你的回答。你最后找到特雷克里德斯了吗?"

他张大了嘴,但是没发出声音。

"太晚了,是不是?"她又说。

"要是你都知道……"

另外三个人在远处看到这一幕,都停止了傻笑。她盯着他们看,琢磨着特雷克里德斯是不是他们中的一员,但是他们中没有一个人符合雷多的描述。

克提米诺斯神情变得庄重起来。

"你干吗要管这件事? 这不是女人应该管的。"

"克提米诺斯,您真该想到你自己就是从一个女人的肚子里出生的。你强健的肌肉最初是在女人的肚子里形成的。你还不明白吗?"

她也变得咄咄逼人了。他点了点头。这些冠军不习惯跟女人辩论。

"当你黎明回到阿尔克罗斯家时,为什么你双手沾满了鲜血?"

他吓了一跳,双眼惊慌失措。

"你怎么知道这些的……妇人,你是涅墨西斯的女祭司吗?"

粘西比想,趁着克提米诺斯还在震惊中,应该趁热打铁。

"回答!"她命令道。

"是匕首……"他答道,"我拿回了匕首,是匕首上的血。"

"特雷克里德斯呢?"

"他趁着夜色大叫着跑掉了。"

"我想知道的就是这些。"她阴郁地说。

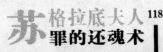

在这片沐浴着阳光的广场上,她扬长而去。她身着黑色带着褶皱的外衣,让那些自以为非常强壮的男人感到一种不可名状的威胁感。

竞技馆的不速之客

14　最后时刻的志愿者

十将军会从早晨开始开起,现在暂停一个小时,以便大家去吃点儿点心。将军们手拿扇子,一个个站起来,下楼到斯托阿市场去,顺便吃点儿东西恢复一下体力。有人要了些抹着奶酪的饼干,有人要了沙拉拌鱼干,但是大家都不约而同地要了掺水啤酒或是葡萄酒。饭后,他们重又回到了会议厅,重新开始就梅加拉侮辱一事进行辩论。

伯利克里走下了宽敞的楼梯,后面跟着苏格拉底、西姆诺斯和一个装甲步兵队长,他的军事顾问,就在这时,伯利克里看到他的间谍头子米希洛斯向他走来。米希洛斯额头上亮晶晶的,啊不,是由于他走得很快,所以额头上才不停地滴着汗。他盯着伯利克里看,举起一只手,好像有什么重要事情要报告。

“发生什么事了?”当他们面对面站立时,伯利克里问道。

“有点儿事……”米希洛斯说着把伯利克里拉到一边,但还不是很远,所以苏格拉底还是能够听到他们在说什么。

这时装甲步兵队长正在跟另一个将军的顾问聊天。

“发现了谋杀菲利皮季的凶手。”

“是谁?”伯利克里问道,“是谁干的?”

“薛尼亚德的亲姐夫阿里士多塞尼斯的儿子特雷克里德斯!”

伯利克里皱起了眉头。

“什么? 这太令人惊讶了。过来,我们一起去斯托阿市场休息一下,这样我们待会儿就可以说清楚点了。”

苏格拉底夫人
罪的还魂术

这四个男人离开了将军会。这时阳光非常强,天空像火烧火燎似的热。他们快步向斯托阿市场走去。他们在那找了个远离人群的桌子,拉过来四把椅子,坐了下来。伯利克里要了一罐西奥斯酒和一罐水,用来掺他的葡萄酒。

"是特雷克里德斯杀了菲利皮季? 但他可是他的亲堂兄!"伯利克里叫了起来。

苏格拉底和装甲步兵队长默默地听着,一言不发,他们扇着扇子乘凉,也是为了赶走那些讨厌的苍蝇。伯利克里看起来忧心忡忡:"薛尼亚德会气疯的!"

"他还不知道呢。"米希洛斯一边把嘴唇浸到装满葡萄酒的大口杯子里,一边回答道。

"他还不知道? 那么是谁发现的?"

米希洛斯说:"听着,事情是这样的。你应该知道,在阿尔克罗斯家的晚会上的争吵过后,菲利皮季就离开了。谋杀犯很可能是去尾随了他。亚西比德可能有些怀疑,就让他的一个朋友去追这两个人,防止争吵继续恶化下去。有个人,还是个女的,我不知道她叫什么名字,猜到发生了什么事,更严重的是,她知道了谋杀者的名字,还知道了亚西比德派去追特雷克里德斯的人的名字。"

"这是什么事啊?"伯利克里喃喃抱怨着,一面用拇指和食指夹着一块白奶酪塞到了嘴里。"没有任何证据证明特雷克里德斯是杀人犯啊。"

"当然有了。听我往下说啊。这个女人去竞技馆找了克提米诺斯。我也不知道她是怎么知道亚西比德派去找特雷克里德斯的人是克提米诺斯。她让克提米诺斯全招了,甚至还包括当克提米诺斯重新找到特雷克里德斯时,谋杀已经发生了。"

"但是这个女人到底是谁呢?"伯利克里生气地叫道,"一定要知道她是谁!一定要把她找出来!"

"克提米诺斯以前从没见过她,他说她大约有 40 岁。很高大,看起来充满了权威感。他还想着有可能是涅墨西斯神庙的某个女祭司呢。"

苏格拉底皱了皱眉头,把手伸进碗里拿了一个醋浸黄瓜。伯利克里看起来越来越焦虑了。

"但是人们怎么知道这一切的?你,又是怎么知道的?"

"我就说到结尾了,"米希洛斯接着说道,"克提米诺斯意识到自己的招供有点儿过了,就产生了恐慌,赶忙去通知特雷克里德斯发生的一切,说自己在一时的惊慌失措下做了些见证。这回轮到特雷克里德斯吓坏了。我是从阿里士多塞尼斯家的一个仆人那里听到这一切的,那个仆人被两个男孩的谈话吓了一跳,好像是一通相当激烈的谈话,说是特雷克里德斯从他父亲家里消失了。今天早上,特雷克里德斯突然跑来十将军会,十万火急地要求跟着一艘战舰出航,不过当时你们正在开会。他一会儿还会再来。我觉得他应该已经出海了。他的表现正好证实了我刚刚讲的内容。"

伯利克里吃了几个肉末丸子,阴沉着脸。

"这一切太匪夷所思了,"他最后说,"如果这都是真的,就有可能引发一场薛尼亚德家的内部战争。更别提薛尼亚德是寡头政党的人,而阿里士多塞尼斯是民主党阵营的人了。在这种危急时刻我们可不能让这种事情发生。"

"看!"米希洛斯一边用手指着一个男人,一边叫了起来。那个男人正朝斯托阿市场走过来。"他就是特雷克里德斯!他正

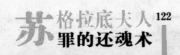

苏格拉底夫人
罪的还魂术

跟克提米诺斯在一起!"

四个人都朝着他指的方向看去。

"去把他叫过来!"伯利克里命令道。

米希洛斯像猎狗一样跑到那两个年轻人身边。简短地交流了一下之后,特雷克里德斯把头转向了伯利克里的桌子,脸吓得直抖,不过他最终还是慢慢地挪了过来,克提米诺斯和米希洛斯跟在后面。

"将军,你好。"他说,"你要找我是吧?"

他冷汗直流,额头上不停地冒出汗来,最后滴到了眼睛里。他像是站在雨中一样。米希洛斯重新坐了下来,然后一刻不停地盯着特雷克里德斯。

"我听说你从你父亲家里消失了?"伯利克里严肃地问这个年轻人。

特雷克里德斯一言不发,他的下巴在不停地抖动。

"我还听说你急急忙忙地要进战舰。你有什么值得进战舰的品质呢?当然不是作为划桨手,你的体力也不能胜任这一位置。你有什么能贡献给军队的能力吗?"

年轻人摇了摇头。

"你是不是在逃跑啊,特雷克里德斯?"伯利克里冷不丁地问道。

这个年轻人现在手脚都开始颤抖起来。

"现在发抖有什么用呢!"伯利克里叫了起来,"以前你怎么没有颤抖呢?"

特雷克里德斯终于忍不住掉下泪来。

"我是下一次派遣到伯罗奔尼撒半岛的指挥。"伯利克里说,"给我记住,我会盯着你的。我们散会后,你来找装甲步兵队长西姆诺斯,就是这一位。他会想办法让你能够尽快出航的。"

"你今天晚上再来,但是你明天才能出发。"西姆诺斯宣称,"战舰今天不再开航了。"

"现在走吧。"伯利克里命令道。

"等一下。"苏格拉底向克提米诺斯说道,克提米诺斯在整个谈话过程中一句话也没有说,不过他认出了我们的哲学家,因为苏格拉底也参加了那个荒唐透顶的晚宴。"我好像听说一个神秘的女子去找过你?"

克提米诺斯回答说:"对,昨天来的。"

"她长得怎么样? 你能描述一下吗?"

"40 来岁的样子,可能大一些也可能小一些,我也不确定。"克提米诺斯说,"脸很方阔,宽大。眼睛像是燃着火。我觉得她是涅墨西斯神庙的一个女祭司。她……怎么说呢,有一种超自然的权威力。她能看透人的灵魂。她什么都知道。要不然她是怎么知道的呢?"

苏格拉底缓缓地摇了摇头。

"这个女的会是谁呢?"西姆诺斯问道。"这个故事太奇怪了。她为什么想要找出谋杀菲利皮季的凶手呢?"

"可能是想把他传送到全体公民大会和最高法院面前吧。"苏格拉底一边嚼着饼一边说。

"这毕竟是个可怕的丑闻!"米希洛斯叫道,"幸亏这个男孩子要去海上了。"

"并且把他的犯罪痕迹擦得一干二净。"苏格拉底干巴巴地说。

伯利克里盯着他。苏格拉底顶着这道目光,好像是一个在说:"你怎么敢这样指责我?"而另一个说:"这是事实,我看

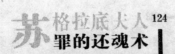

到了这个事实,你也应该接受它。"最后,伯利克里叹了口气,宣布回十将军会的时间到了。他付了钱,四个男人默默地站了起来。

最后时刻的志愿者

15 | 出逃和日食

逃难而来的人使雅典的居民几乎翻了一番,酷热、牲畜粪便的恶臭、像地狱军团一样到处滋生的苍蝇,一切都使得雅典没法住人了。白天,交通徒徒惹人生气;农民们对城市的设施毫不熟悉,对这样一个富足的城市,却不能派兵保护他们不受斯巴达人的侵略感到气愤。他们把牲畜群赶到充塞行人和四轮马车的街道上。山羊、绵羊和猪猡经常被轧死,触目惊心的尸体总是阻隔了交通。到处充斥着谩骂和殴打。

最要命的是乡下人操着一口激烈的语言,与雅典语相差甚远,好像是维奥蒂亚、普蒂奥迪德、阿卡迪亚或是阿戈利斯湾的方言。不管听懂还是没听懂,他们总是突然发火。那些贵族总是有随从们簇拥着出门,免得让贱民们靠近过来。

天太热了。晚上人们在屋里根本睡不着觉。不计其数的人从他们的家里逃出来,在比雷埃夫斯的海岸上睡觉。哪怕是被匪徒抢劫了也在所不惜。水越来越少了,由于河流的水位下降,伯利克里让人开凿的泉水的流量也随之变小。难民们经常感到很糟糕,而那些雅典的穷人对卫生状况越来越担忧,只好去海里洗澡。另一些有钱人用高价在阿戈利莱、阿罗贝莱或法莱尔的城郊租了房子,他们带着仆人们住了进去,等着伏天赶快过去。

不久跳蚤又造成了新的灾难。它们简直泛滥成灾!是因为牲畜都拥挤在神庙附近?还是因为炎热?抑或是某种诅咒?谁也不知道到底是怎么一回事。它们以前所未有的态势在这个炎热的季节里膨胀着。在有钱人家里,例如在阿斯帕吉家,卧具每天要打两遍,好要不停地烟熏杀虫。

这时候的神经极其敏感,极易发火。粘西比也是如此。

在盘问过运动员克提米诺斯的第二天,她去找阿加里斯特一起商量,既然她们已经知道了杀人犯的身份,那么用什么办法在统治者面前告发特雷克里德斯比较合适。天空阴沉沉的,重重地压在人的头顶上,空气简直让人喘不过气来。可能会有一场暴风雨。

"我们可以逮着他,把他捆起来,然后直接拖到法院去。"粘西比一边使劲地扇着扇子一边建议。

阿加里斯特扇得比粘西比还要起劲,这时惊叫了起来,她实在想象不出一个她这种身份的女人拎着一个年轻人的领子会是多大的丑闻,更别提这个男人在姻亲关系上还算是她的侄子了。粘西比自问财富是不是使一个人的灵魂也变得软弱起来。

"就我们两个人,我们肯定能成。"她继续坚持。

"不行,你看我,粘西比,把我的侄子拖到 500 人议会上?"阿加里斯特惊叫起来,"薛尼亚德会把我活剥了的!"

总是对男人们的这种害怕心理。

"那么我们可以雇两个男人去干这件事。"粘西比又建议道。

"我跟你说过啦,如果我不事先跟薛尼亚德说的话,无论如何他都会同样生气的。"

"如果你去问薛尼亚德,他就会着手处理这件事,可能是掐死特雷克里德斯,随之而来的将会是集团战争。看来我们陷入一个怪圈里了。"

"我要去涅墨西斯神庙献祭。"阿加里斯特说,"我相信她一定会给我一个好的指示的。"

粘西比怀疑地看了这位大嫂一眼,向她告辞后就回家了。

苏格拉底正坐在内院里乘凉,这可是不同寻常的事。哲学家可不习惯无所事事啊。更奇怪的事,他用令人手足无措的目光看着她,既讽刺又谴责。毫无疑问,他准备了一套说辞。

"你想跟我说什么?"她先向他问道。

他把扇子放到了膝盖上。

"我还不知道你竟是涅墨西斯神庙的女祭司呢。"他微笑着说道。

"你说什么啊?"她问道,显得有些迷茫。

他用穿透人心的目光看着她。

"无论如何,特雷克里德斯明天就会上战场啦。"他宣布,他那调皮的孩子般的目光一刻也没有离开她。

她再也忍不住了,发疯般地咆哮起来,同时抬眼望着天空。

"你们这些男人! 你们竟以公正的名义来保护一个杀人犯!"

"我谁也没庇护,粘西比。我什么也没做。我没说过任何人的好话或者坏话。我只是请你不要插手到当权者的游戏中,在你自己没有任何权力的情况下。"

"你也看到了,我当然可以有。"她反驳道。

"仅仅是因为惊奇而产生的。我很好奇你是怎么做到的。"

"亲爱的苏格拉底,我采用了你的方法。"她尖锐地回答,"我听过你的一些关于推理和演绎的演讲,所以我就先去寻找缘由。"

"那么我真该祝贺你。"苏格拉底讥讽地说,"我还要庆幸你的诉讼将会失败。"

"啊! 涅墨西斯,"粘西比叫道,"如果你真的存在,快显灵吧!"

就在这时,他们的头上亮起了一道闪电,隆隆的雷声在雅典

上空滚动。粘西比把这些当成是她刚才诅咒的反应，着实吓坏了，她急忙跑着躲到卧室的挡雨披檐下。雨伴着雷声下了起来。在内院的另一边，苏格拉底也在躲雨。透过濛濛的雨帘，他看着粘西比站立着，显得神秘，就像一座雕像一样。

"你们这些男人，你们在公义面前庇护了一个杀人犯，你们可能还会认为当他从战场上满载着荣誉而回时，一切都会被淡忘的。但是我一定不会放弃，我发誓！我会记得他的！"她叫着，然后冲进了屋子，狠狠地甩上了门。

他们三天以来都没说话。后来，众神好像开始插手管这个城市的事务了。

爱加冬贝翁月的第33天（人们根据天文学原理来制定日期：即公元前431年8月3号），突然发生了一件既不可思议又可怕的事。下午1点钟，天空中没有一丝云彩。突然，天暗了下来，太阳消失了，日晷指针指向天空，没有影子。到处是犬吠。雅典城沉浸在一个半明半暗的微光中，一切都变得那样陌生，既不是晨曦，亦非黄昏。城市里到处是喧哗声，到处是声嘶力竭的嚎叫和喊声。

这种现象只持续了很短的时间。当太阳重新露面时，从无数铅灰色的脸色中，我们可以看到这种可怕的事件紧紧地抓住了他们。

粘西比正在内院挂床单，这时用手按着心脏。这个预兆很明显，不幸将要降临到雅典城了。

神庙的神职人员跟其他人一样害怕，他们急忙去点上圣火，给雅典娜、宙斯、狄奥尼索斯、阿波罗以及其他一切神灵祭祀，祈祷他们尽快平息怒火。雅典娜神庙的祭司叫来了步兵方阵，赶到贝拉日恭，以便尽快结束难民在神庙附近令人气愤的占领。

这样就导致了一场混战，好多人的肋骨被打折了，一只山羊想要用角戳一个步兵，反而被打死了。贝拉日恭依然被难民占领着。

人们自发地拥到广场上在海尔梅斯雕像前献祭。在家里，人们在家神的祭坛里献祭。

十将军会立刻被打断了。将军们急忙赶到窗口看这一灾难性的神示。只有伯利克里还坐在原位上没动。只有他仔细地研读过天文学家欧迪谢斯的预见，他曾在整个议会面前发布这一预见，指出了日食将会发生的日期和时间。当人们问他为什么表现得无动于衷，他回答说不知道有什么值得激动的，这几分钟仅仅是月亮从太阳前面经过罢了。

"你的话简直是渎神的！"纳马尔乔斯嘟囔着。

"你说的渎神存在于那些不懂天体力学，不明白诸神所指示的宇宙万物的和谐运转。"

"你否定了预兆！"

"而你，不相信天文学，"伯利克里驳斥道，他最终站了起来，走到其中一扇窗子前。

他看到下面的人群正处在一片混乱中。

"雅典的公民们！"他喊道，行人都聚集过来，听听他们的第一将军在这一悲惨的时刻有什么要跟他们说的。

"雅典的公民们，我看到你们对于刚才笼罩雅典城短暂的黑暗感到焦虑和惊奇。但是，这个黑暗正如一只手遮住灯光时产生的黑暗一样自然。因为在这种情况下，太阳作为一个天体，就像一盏灯，而手，则是月亮。月亮从太阳面前经过了几分钟。这两个天体在运转的过程中都是沿着一定的轨道的。我们的天文学家已经正式向我们预言过了。所以，正如你们所见，我对于这一现象丝毫不感到激动。你们也没理由对于已经过去的黑暗继

苏格拉底夫人
罪的还魂术

续不安下去,正如你们不会为夜幕的降临感到不安一样。向那些装作到处都能看到预兆的人挑战吧!"

说完后,他就离开了窗子,在纳马尔乔斯狂怒的注视下,重新坐了下来。他宣布:"同僚们,如果你们愿意的话,我们继续开会吧。"

几个将军笑了起来,另一些人看起来对天文学不是那么的信任。不论如何,预兆说……

散会后,米希洛斯过来通知他的主子:"纳马尔乔斯正在策划阴谋,准备公开控诉你渎神。他还拉拢了另外三个将军。"

伯利克里耸了耸肩。

"从一开始,他就不是一个勇于同不公正对抗的正直的人。"他最后说。

然后他转向苏格拉底,说道:"哲学家先生,是你啊,我有一些事要告诉你:公理从来都是一个不断革新的东西,它与人们惯常的想法格格不入。"

苏格拉底点了点头,笑了起来。但是他笑得很短促,他的眼神似乎不以为然。

16 伯利克里时代的一个晚上

天空像镀了一层铜,大海在阳光下渐渐变成了绛红色,正如荷马在他"葡萄酒的海洋"中描写的那样。一股清新的微风从雅典城上空吹过,吹走了动植物的腐臭气息和城市的尘土。夏天跟敌人的战舰一道远去了;葡萄收获的季节悄然走近。热气终于被驱散,人们又开始畅所欲言,或是不如说什么都没说,哲学正是这么解释的。正如我们所知,这些谈话正如海滩上的沙子,睿智通过过滤这些小沙粒使自己变得更纯粹。

就在这样的时刻,塔基在斯托阿市场会合了邻居德米斯和其他一些朋友,准备在阿里斯提斯德酒店喝几杯酒,吃点东西。

"我们又一次打仗了。"塔基一边咯吱咯吱地嚼着一个黑色盐卤麝香大橄榄,一边说,"我今年 40 岁了,我母亲 61 岁。我们俩都不记得哪年是没发生过战争的了。刚开始,是梅代斯人,到我们终于结束与他们的征战时,我们又开始跟我们的邻居打起来……"

他在自己装着白葡萄酒的大口酒杯里掺了满满一杯酒,一边慢慢抿着酒,一边晃着一条腿。天空和大海都变成了紫罗兰色。

"啊!"德米斯接着道,"我有 41 岁了,我从生活中学到了另一个道理。如果我们想活下去,就得不停地战斗。我跟我的家庭抗争,因为他们想让我娶一个老婆,可我喜欢的是另一个人。然后是跟梅代斯人打仗。后来是我的叔叔们,他们想骗走我应得的遗产。现在,我又要跟这些该死的跳蚤纠缠不休!雅典城和我是一回事。"

他刚刚从长内衣的褶子里抓住了一只跳蚤，用指甲盖把它挤扁了。

"德米斯，如果你现在把你的手指头伸到橄榄碗中，我就离开。"塔基抗议道，"我可一点儿也不想吃用人血做调料的橄榄。把手伸过来。"

德米斯照做了，塔基端起一罐水，浇到他的手上。这时他们的朋友菲洛斯特法尼斯到了。他们热情地欢迎他的到来，并邀请他的加入。

"亲爱的菲洛，你香气四溢啊！"塔基向他道，"简直像个山泽女神！"

他们都笑了起来。

"还不是因为那些跳蚤。"菲洛斯特法尼斯解释道，"八天前，我的闺女替我找了浸鼠尾草的甜烧酒和极棒的柠檬皮烧酒。我刚洗完澡出来，就从头到脚擦了个遍。身上一个跳蚤叮的包都没有！它们像躲避瘟疫似的避着我！"

"菲洛，明天一早你要是不给我些擦身剂，咱俩就绝交！"德米斯一边嚼着一个醋浸黄瓜一边大喊。

"我也是！"塔基也宣布。

"很贵的。"菲洛斯特法尼斯说。

"没关系。为了摆脱掉这些跳蚤，我可以把地都卖了。"

"都是些农民和他们的山羊群！"菲洛斯特法尼斯补充道。"雅典城变成一个山羊城了。但愿这些人赶快收复他们的乡下地方！他们又丑，还说粗话。他们惟一的好处就是会养牲畜，会种田。

"他们可真是够丑的。"塔基赞同地说，"丑得吓人！我们不得不自问雅典人怎么会生得这样好。"

伯利克里时代的一个晚上

酒店老板刚刚在斯托阿市场的竹竿上用铁链子系上了一些火炬，一些小飞虫被火炬的火焰烧得哔哔剥剥的作响。这三个朋友认为寡头政治家说的话里有一些真理，确实只有那些有钱和出身高贵的人才长得英俊出色。他们一致同意生存的基本原则，然后就大吃大喝起来。有油炸小鱼，鲷鱼的脊肉，烧萝卜拌虾沙拉，拌章鱼沙拉，小麦汤煮羊肉丸子，奶酪黄瓜，烤鸽子等等。

"说实在的，我们其实没那么倒霉。"菲洛斯特法尼斯又说，"那些可怜的斯巴达人才是，他们不得不入侵我们的农村来抢些吃的。而我们，我们却在雅典城像个国王似的大快朵颐……"

"别夸张了。"塔基打断了他，"我们当中哪个人也没有能力像那个花花公子亚西比德那样大摆宴席。"

"如果你们要聊亚西比德，我就走了。"德米斯预先说，"听到这类谈话时，我觉得比雅典城所有跳蚤叮咬都痒痒。我简直不敢相信这个自命不凡狂妄自大的所谓美男子竟是受伯利克里的监护……"

"他好像不再是了。"菲洛斯特法尼斯说，"因为这是他的领地里的历史。伯利克里跟肖拉郭斯镇的人有关系。亚西比德是他的一个亲戚。另外，他可不是个傻瓜。德米斯，可不要因为你不喜欢男孩子，就以为所有喜欢男人的人都是白痴。证据是苏格拉底正狂热地迷恋他。看，克雷昂提斯来了！"

果真，在火炬的光亮下，他们看到司法长官委员会官员瘦长的身影出现在他们面前。他眯着一双淡紫色的眼，从长长的睫毛下看着这些入席的男人。他就像一只猎兔犬，看着人们没给它的狗食一样。

"你渴了吧？"塔基问他。

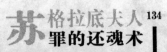

"实际上我刚洗完澡出来，"克雷昂提斯带着一种痛苦的表情说道，这增加了他的魅力，"我一分钱都没有了，我光是买除跳蚤的洗剂就破产了！"

"它很贵的。"受益人又重申了一遍。

"不幸的是，我没什么可卖的东西。连色相也没有。"克雷昂提斯叹着气坐下了，"你们也应该出钱凑份子买洗剂。"

"有什么新闻吗？"塔基问。

"伯利克里今天晚上出发，随海军攻打波罗奔尼撒半岛。公民大会最终投票决定驱赶在贝拉日恭的人。"

"正是时候，"菲洛斯特法尼斯总结道，"那儿感觉就像是到处是猪屎。"

"菲利皮季的谋杀案处理得怎么样了？"塔基过了一会儿又问。

克雷昂提斯眯起了眼睛。

"处理什么？"他问。

"嘻，克雷昂提斯，大家都知道了！是特雷克里德斯用匕首捅了菲利皮季，他想让亚西比德觉得他很勇敢。"德米斯一边给他倒了一大杯萨墨斯，一边说，"他就赶快像一个自愿的装甲兵一样，上了战舰，其实为的是逃避不知道是谁的复仇。"

"你说的话中的任何一点都够你在司法长官委员会上被控告的。"克雷昂提斯用漫不经心的口气说，"说点其他什么事吧。"

"好吧，说说针对伯利克里的阴谋怎么样？"

"我是来放松的。"克雷昂提斯说，"你真是比苍蝇、跳蚤和蚊子还讨人烦。"

"克雷昂提斯，你的生活哲学是什么呢？"菲洛斯特法尼斯问。

"就是不要有什么哲学。"

他一把抓了两条煎鱼，一口吞了下去。

"克雷昂提斯，不要跟我说你是一个被剥夺了所有公民权利的坏蛋……"

"我吗？什么话啊！我总是谨慎地用荷马的一句诗所说的戒律规劝自己。"

"哪句诗？"

"尤利西斯跟诸神斗智。"克雷昂提斯用说教式的口吻回答道。

"渎神！渎神！"塔基假装愤慨地大声嚷嚷。

所有人都笑了起来。

"诸神跟人没什么两样，应该挫败他们的计划。"克雷昂提斯又说，然后又抓起了几条油煎小鱼，"这是什么东西？"

"鲷鱼的脊肉。"

"天哪，我太饿啦！一想到是你付钱我就觉得更饿啦。我的朋友们，我要对你们说：你们既成熟又充满了生活经验，而我，既年轻而又愚蠢。但我至少还知道一件事情：在生活中，应该跟强者站在一边，但决不要向他们做出什么担保。这样，当他们不再有权力时，没人会责备你曾经跟他们站在一起。谁给我拿点儿什么喝的东西。"

"你真是一个混蛋。"菲洛斯特法尼斯总结说。

"我想你确实说到点子上啦，人们都说，我想活久点儿，"克雷昂提斯反驳道，"昨天还是暴政，今天就变成了民主，明天呢，可能又是僭主制啦。我不在乎。我们的哲学好像是很出名。对于我来说，哲学是适应生活的艺术。那些批评和美好的想法一文不值，它们不能当饭吃。我所要求的只不过是有人付钱给我

苏格拉底夫人
罪的还魂术

吃晚饭。"

他们又笑了起来,他也忍不住笑了。

"爱情呢? 爱情又怎么样呢?"塔基问他。

"我太穷了,根本不去想它。"克雷昂提斯回答,"我喜欢新鲜的肉体,但是想要的人比提供的多。一些寡妇倒是向我示过好,不过我对她们可没什么热情……一些没有桂冠的漂亮的小伙子或者是运动员,手里满是香桃木的香味,有时让我耳目一新。不过他们要的钱可不是我能负担得起的。"

他们一个个都笑弯了腰,克雷昂提斯也被自己厚颜无耻的演说逗得笑了起来。

"你不相信哲学,你也不相信爱情,那么你到底相信什么呢?"塔基问。

"我跟你们在座的诸位一样,我相信我自己。不同的只是我自己知道罢了。"

这就是伯利克里时代充满魅力的其中一个晚上。如果我们撇开那些跳蚤和难民造成的拥挤状况,从伊梅特到里卡贝特,我们都应该可以听得到诸神在完美的天上的笑声。

伯利克里时代的一个晚上

17 瘟疫，出现

秋去冬来。葡萄榨好了汁，小麦入了仓，预言也渐渐被淡忘了。粘西比又重新回到了生活的正常轨迹中，每天过着日出而作日落而息的日子。她的恨意就像秋天的树叶一样慢慢凋零了。人们开始在屋子里燃起火盆取暖。晚上，雅典卫城高大的雅典娜女神雕像越来越早地隐没在黑暗中，因为太阳越来越早地隐去了它的光芒。伯利克里由亚西比德陪着出发参加伯罗奔尼撒岛的海战去了。因此苏格拉底有几个晚上会呆在家里，跟粘西比和几个孩子一起吃顿简单的晚饭，经常是煎鱼、白奶酪和沙拉。饭后，他跟孩子们一起玩接子游戏，当孩子们上床睡觉后，他就一直坐在内院里，看着天空，直到睡觉的时辰到来。

后来，难民事件越来越多了。在比雷埃夫斯，有3个人得了一种怪病[这种传染病的症状，根据休昔底德在他的《伯罗奔尼撒半岛战争》(第二卷，第29章)一书中的描写，根据历史学家对于斑疹伤寒的普遍观点]。先是发高烧，喉部和眼睛出现严重的炎症，然后是抑制不住的腹泻，浑身上下长满了红红的斑点，整个人的身体状况全被摧垮了，或者是腰或者是头部不听使唤了，最后心脏也在病魔的淫威下停止了跳动。这3个人死后同一个区又有另外11个人死于同种疾病。患病过程中最可怕的是四肢出现的坏疽：这些疽变成深红色，然后转黑，最后开始腐烂，这时身上开始散发出一种不可忍受的臭气，但这时，心脏还在跳动。这些可怜的病人也看得见自己在腐烂，蛆虫在这些活人身上的创口孳长。当他们死去时，对他们来说实在是一种解脱。

刚开始时，人们怀疑是斯巴达人在井水中投毒造成的，后来

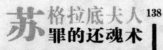

又有 120 个人因为同样的症状死去了。但是,这次是在比雷埃夫斯附近的区域,看起来就像是这种病顺着长廊渐渐蔓延到帝国中心一样。人们试遍了各种药方,但是都不对症。受到照顾吃药的人跟没吃药的人同样死去了。不论老弱还是年轻,身体强壮还是虚弱的人,只要沾上这种病,就没有生还的可能,甚至是医生,也只能接受跟他们的病人同样的命运。开始几天,人们简直不能在雅典城的任何一个居民区睡下去,到处都是喧哗,到处都是不间断的哭嚎声。后来,就连哭丧的人也听不见了,他们中的很多人也被这种病夺取了生命。

不久,人们就没有足够的时间来掩埋死者了,人手也不够了,因为没感染的人不愿意去接触这些尸体。城里各个区都设了焚烧点,尤其是那些挤满了难民的地方,甚至连那些神圣的区域也不例外。人们把死尸扔进焚烧炉里,有时因为尸体压着尸体,很多都没有焚烧完全。为了给焚烧点提供足够的木料,甚至专门组成了一些小队。有的焚烧炉彻夜不息,阴森可怖的浓烟和臭不可闻的气味遮住了城市的上空,熏黑了崭新的建筑上洁白的大理石。

人们开口闭口都只谈论这种病,不久人们就不再谈了。但是后来,人们经常听到一些人不停地重复一句古老的诗句:"人们将会看到多利斯战争爆发,随之而来的是瘟疫。"苏格拉底对这些迷信感到很焦虑,他反驳一个坚信这种迷信说法的年轻人道:"这种诗句到处都是:这是真实的预言,跟传染病从来就没有关系,但是粮食匮乏,诸神啊!停止说这些空话废话吧,这只能增添人们的惊慌和灾难罢了。"

粘西比避免去谈及预兆:占据贝拉日恭、日食、安提戈涅女祭司的预言……但是她的脸色变得铅灰,倒像是在几天内一下子老了十岁似的。苏格拉底最后再也不让粘西比和孩子们去买东西了,甚至是不要再离开屋子半步:他们靠家里存储的小麦、奶酪和水果干过活。但是,三天后,传染上瘟疫的人数突然猛增。黎明时分他叫醒了妻子,让她赶快给孩子们穿好衣服,把一些日常用品打好包,立刻就要出发离开了。她显得有些惊慌失措,就用目光询问着苏格拉底。

"诸神啊,瘟疫。"他简短地说。

"那么我们要去哪儿呢?"

"去加基托斯。我在那儿有几个朋友,他们可以让我们在那里留宿一段日子。"

他头天晚上已经租了一辆骡车。粘西比关上了房门,并请求邻居照看房子。这四个旅行者从莫拉通城门出了雅典城,向着北方奔去。经过一天的奔波,他们终于到达了庞特里克南侧的一个小村庄,那里不以米那为钱币(古希腊的钱币单位——译者注)。这里便是加基托斯。几个小农场分散在果园和葡萄藤中间,村里有 300 户人家。粘西比从没听人提过这个地方,她甚至只离开过雅典城少得可怜的几次,从小时起,除了雅典城,就只知道南面的罗里昂了。接待他们的是一些小地主,也就是苏格拉底曾提到过的朋友们,苏格拉底在雅典曾帮过他们一些忙。

"我们要在这儿一直待到瘟疫结束为止。这是诸神想要看到的流放。"他说。

但是他可没说他从"诸神"那里听到了些什么。

另外一些"流放者"给他们带来雅典城的一些新闻:都是些骇人听闻的消息!城里将近三分之一的居民都死了。瘟疫不仅扼杀了人的身体,还扼杀了人们的心灵。人们变得无法无天起来。再也不存在对于魔鬼地狱的恐惧。以前那些出名的体面人

物也抢劫起废弃的屋子来,小偷们自恃自己时日无多了,或者是法官们可能也会在瘟疫中丧生,或者是瘟疫过后没人会记起他们在瘟疫期间都干了些什么。

"可能有一天,当一切恢复时,这些人会帮他们采摘果园里的梨子呢。"苏格拉底的朋友客观地说。

"因为你认为我们离开了?"苏格拉底问着,仔细地把水果从箱子里拿了出来。

"雅典城的所有大理石,空气中回荡的所有语言……"

"但是大理石从哪里来呢? 如果不是从土地中来的话。"

"那些语言文字呢?"

"它们是思维的养料。"哲学家笑着回答。

苏格拉底和他的家人们到后三个星期,加基托斯的居民忧心忡忡地想,雅典城还有人来买他们手头的沙拉、橄榄和水果吗? 他们是否应该自己吃掉这些存货? 于是他们自个跑去看情况,第二天又回来了:城里不再有生病的人了。几天前最后一个瘟疫的受害者也死去了。伯利克里可能也从他海上的征战中回城了。十将军会的会议也开始照常举行。

于是这四个雅典公民向他们的房东辞了行,房东给他们的车上塞满了各种吃食,然后他们就心情沉重地踏上了回家的路。这一行人刚穿过莫拉通城门,他们的猜疑就被证实了:以前的繁华早不见了踪影。不错,以前在城门口摆小摊卖小吃的商人不见了,那些对沙拉、黄瓜、葡萄和家禽精挑细选,忙着称重和热烈地讨价还价的零售商也不见了。只能在这儿那儿看见一些零零落落的人走动。另外一些人在忙着摧毁瘟疫留下的阴霾和那些阴森的焚烧尸体的炉子。那些最最虔诚的人则把骸骨装进骨灰盒里。

到了埃隆大街上,粘西比急不可待地走下马车。家里被抢劫一空了吗? 幸亏邻居忠于职守,给他们看好了门。她在房子里到处转悠。突然间,苏格拉底和孩子们听到了一声大叫。他们连忙跑过去,发现她正在厨房里,正抓着一个苍白消瘦但是健康的男孩的肩膀。

他几乎赤裸着。

"菲利普! 菲利普!"她颠来倒去地叫着。

男孩用他消瘦的手臂抱紧了她。最后他终于开口说话了,但是我们根本就分辨不出来他在说些什么,他的嘴埋在粘西比裙子缝里。

"大家都死了,薛尼亚德,阿加里斯特,我姑姑,他们全死了。"他说。

孩子们走近他,目不转睛地盯着他看。开始他们感到很害怕,后来他对他们微笑起来,眼睛里满是泪水。那个大一点儿的孩子索夫洛尼斯克用手搂着他的脖子,显得很高兴。

"但你是怎么进来的呢? 你又是靠什么活过来的?"苏格拉底惊愕地问。

他们不久就都明白了。因为不知道到底该去哪儿,菲利普就只好去找那个惟一曾对他表示疼爱的人了:粘西比。他坚持不懈地敲着门,邻居看到他太可怜了,就让他进了屋。尽管自己也只是勉强糊口而已,邻居还是每天给他一碗小麦粥吃,有时候是一些水果、一块鱼脊肉。

"他要呆在这里。"粘西比宣称,她的眼睛湿润了,不过带着坚定的神情说道。

苏格拉底点了点头,孩子们高兴得大喊大叫起来。

"但是要知道,这个孩子继承了薛尼亚德所有的财产,他要

苏格拉底夫人 **142**
罪的还魂术

有一个监护人。"苏格拉底提醒道。

"无论如何不能是亚西比德!"粘西比激动得叫了起来,这让苏格拉底忍俊不禁。

一个小时过后,有人轻声敲门,粘西比开了门,发现是阿加里斯特从阿尔克罗斯家里雇的女佣人。

"雷多!"

雷多看到粘西比背后站着的菲利普,眼睛里放出光来,她说:

"啊! 原来他在这儿。我都快急死了。"

"进来吧。"粘西比向她说,"你都去哪儿了?"

"去了米利昂诺特。在瘟疫最厉害的时候,我想即使我死了对于其他人也无济于事,所以我就能走多远就走了多远。我本来说要带着菲利普一起走的,可惜他的祖母不想让他离开。他还能活着真是个奇迹。"

她爱怜地抚摸着孩子的头。

"这样美丽的眼睛,跟你的父亲一样湛蓝。"她低声念叨着。

"现在你准备怎么办?"粘西比问她。

"我也不知道。我刚回来,我准备去找个工作,薛尼亚德的家荒芜了,我在那儿没什么事可做。再说我靠什么过活呢?"

粘西比沉思了一会儿。

"你暂时待在我家怎么样? 我不富裕;我不能给你跟在阿加里斯特家同样数量的工钱。但到你找到更好的工作时再走吧。"

雷多点了点头。

"我可以教孩子们读书,"她说,"这样我就有用了。"

"你识字?"

雷多微笑着点了点头。

"是啊。在科林斯，我父亲是诡辩家。所以我受过一点儿教育。后来也就是 8 年前，我在海上被抓了，又被当作奴隶卖掉了。但是阿尔克罗斯给了我自由。"

她平静地看着粘西比。

"现在，如果可以的话，我想去洗一洗路上的风尘。"

生活看起来一如既往地过了下去。甚至可以说由于这个可怜温顺的孩子和一个新朋友的到来而变得更加丰富了起来。

然而接下来的时光驱散了这短暂的幻想，又一次令人失望了。

18 英雄的耻辱

　　刚吃了几个橄榄和一小块面包,苏格拉底就急急忙忙地赶到了城里。一个受尊敬的雅典的公民除了睡觉时间是不会贪恋家里的。看到阿莱斯山沿途的风景和那些熟悉的遗迹,苏格拉底被迷住了。人类的思维是如此的奇怪,以至于滚滚红尘中的凡人的不幸好像也影响了这些没有生命的东西似的,他自言自语地说。但是雅典卫城的神庙真的是一些没有生命的东西吗?

　　他一直反复思考着这个问题,直到他到了将军会,他惊讶地发现那里一片骚动。他看到了装甲步兵队长西姆诺斯,他是跟伯利克里出征打仗去了,因而也就逃过了瘟疫。苏格拉底朝他招了招手。

　　他们紧紧地拥抱在一起,由于再次见面而感到异常激动,一个是从战役中死里逃生,一个是在瘟疫的魔掌下劫后余生。

　　"你还活着,感谢诸神!"

　　"你也是啊。"

　　"我跟我的家里人逃到乡下去了。伯利克里呢?"

　　西姆诺斯的脸一下子变得沉重了起来。

　　"苏格拉底,苏格拉底!"他沮丧地喊道,"他们想把他赶下台!"

　　"为什么?"苏格拉底惊慌地问,"你们被打败了吗? 你们的征战……"

　　"没有。没有想象中那么顺利,但无论如何还是很有效的。我们占领了埃皮多尔地区,不过夺得这个地区没有什么胜利可言。我们开始在特莱泽尼、埃和赫敏奥内地区实行报复,我们从海岸上包围了普拉西斯,这回完全胜利了。"

"那么伯利克里呢?"听到了这些军事汇报,苏格拉底对于他的主人的命运更加担忧了。

"他们要他解职,是因为他浪费和侵吞了城里的财富!"西姆诺斯叫道。

"难道瘟疫也腐蚀了人的思维了吗?"苏格拉底愤怒地叫了起来。

"你的话再公正不过了。雅典的公民们在这场战争中对伯利克里死心塌地,他们一心想要打好这场战争。但是这场战争带来了难民,甚至可能是瘟疫。是的,正如你所说,瘟疫也侵蚀了人的思维。"

"现在伯利克里在哪儿?"

"他一会儿就到了。但是命运抛弃了他。所有的将军们都同意了。他来只是听一听他们已经做好的决定罢了。啊!苏格拉底,你不知道这有多么残酷。"

西姆诺斯的嗓子哽咽了,这个坚强的战士心都碎了。

"你都认不出他来了,他像一个老头一样憔悴。"

"不,先别跟我说话。"苏格拉底勉强地用嘶哑的声音回答道。

这个英雄在生命的最后时光竟迎来了被废黜的命运!命运之神不但从他的额头上夺取了橄榄枝和桂冠,把它们毫不怜惜地踩在了脚下,竟然还夺取了他的荣誉!到底是哪一个残酷的神灵这样惩罚着伯利克里?要知道他为了雅典的伟大事业贡献了别人所不能比拟的力量!谁如此强大地抵抗着城市的守护者伟大的雅典娜女神的计划?这些神啊,到底是谁?是如此的自私和任性?不知为什么,苏格拉底想到了粘西比对男人的诅咒。

"我们整个地包围了伯罗奔尼撒半岛,甚至占领了内部的一些土地。"西姆诺斯接着说起来,"后来那些斯巴达人开始撤退,但是我们发现他们撤兵的原因是因为他们听说瘟疫在雅典城开始肆虐,他们害怕了,才离开的。但无论如何,我们的人民可以重新回到他们的家园了。"

他深深地叹了一口气。

"看,伯利克里来了。来吧,他看到你会很高兴的……"

这两个男人向他们的领袖走了过去。

苏格拉底在这个驼背、消瘦、脸色憔悴、步履沉重的人身上,几乎再也认不出他所熟悉的英雄的影子,这个他上个月还看过的英雄。伯利克里抬眼看到了他,开始微笑。

"今天早上我派人给你送信,"他对苏格拉底说,"你逃过了瘟疫真是太好了。来,我们上楼吧,你要来参加我的免职仪式。他们刚刚作出了决定,我知道这是已经定下来的了。"

亚西比德脸色沉重地护送着他,苏格拉底拥抱了他。

他们沉重地踏着通向会议厅的楼梯,然后坐到他们惯常的位子上。整个屋子一片死寂,将军中的长老,纳马尔乔斯也逃过了瘟疫。他站了起来。(对于伯利克里和他的时代的主要信息来源中,图西迪德,西西里的迪奥多尔或者普吕塔克都没有提到过这次会议。但是,这次会议毫无疑问曾经举行过。佩里科拉里斯的同僚们没有任何理由罢免他的职务。我们仅了解柏拉图所记录的对于伯利克里极其严重而又不公正的偷盗行为的诉讼:伯利克里没有充分的书面材料来记录他建造雅典卫城神庙建筑群和其他一些建筑的开销,其中还包括长墙。他认为这些建筑本身就证明了这些开销。另外,雅典的国库由附属城市的贡品构成。理论上,伯利克里只有权从中提取 1/60 的资金。他为进行他那些宏伟的工程从中窃取的远远超出了这一数额。鉴于柏拉图生于公元前 427 年,也就是将军被免职后的第三年,他不可能直接参与那些诉讼,他只能是从他的老师苏格拉底那里听说的。)

"今天早上,十将军会经过商讨决定,"他用不紧不慢的语调,一字一顿地说道,"代表全体公民的 500 人公民大会对伯利克里将军进行诉讼。控告包括近 15 年来他从城市的财富中侵吞了大量资金。"

伯利克里的眼皮变得越来越沉重,伯利克里摇了摇头:近 10 年来他被十将军会连续选为首脑。

"由公民大会和十将军会的代表作了核实。雅典的国库里少了一万二千塔朗,鉴于伯利克里将军在没有十将军会特别授权的情况下无权动用雅典的国库,鉴于他不能提取国库资金来用于他在本市的许多的楼房建筑中的花销,鉴于他表现得像个独裁者,一意孤行,我们这些由雅典城选举出来的十将军与会的成员,决定于今天罢免伯利克里将军的职位。另外,我们判定他还要归还与雅典国库中亏空相当的罚款。"

纳马尔乔斯重新坐下了。没人敢转头看一下伯利克里。所有人的目光都游移不定,在他们坐的地方周围转。

"我要求发言。"伯利克里说道。

"你有权讲话。"纳马尔乔斯回答道。

伯利克里站了起来。

他开始侃侃而谈:"在这个会议厅的所有人,都清楚地知道我没用雅典国库中的任何一个子儿发财致富。你们要我拿出证据来:我用什么钱来建筑这些全城众所周知的建筑呢? 这些美丽的建筑是有目共睹的。我在此仅举几个例子,军事上的如长

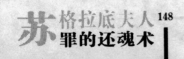

墙,宗教上的如圣山上的帕台农神庙,埃雷士泰翁、普罗庇雷和雅典娜女神的雕像,民用的如我们开会的这所房子,还有多罗斯,用来进行 500 人议会的,喷泉、排水设施和科学院……都是靠我们强大的国家得来的资金。难道不是为了国家的虔诚、强大以及为了公民们的安居乐业吗？我希望在座的诸位是根据自己的良心作出决定,而不是在这个集会上。你们指责我是按自己的意愿建造了这些建筑。这全是谎言。我们在档案办公室签署的法令表明其中的任何一个建筑都是诸位投票赞成了的,是经过了集会同意了的。各位晚安。"

他站了起来,向门口走去。突然九双眼睛一齐转向了这个英雄。这是他们的一部分生活,是这个城市的历史的一部分,他迈着沉重的步伐远去了。有几张脸因为情绪激动而扭曲了,伯利克里已经打开了门,他的秘书亚西比德、西姆诺斯和苏格拉底随着他走了出去。突然一声叫声响了起来:"伯利克里!"但是他已经迈出门槛去了,下了楼梯,走上了门外的石板路。他沉浸在受伤的自尊中去了。

一种意想不到的嘈杂在会议厅中响了起来,一直持续到晚上。

英雄的耻辱

19　平民是醉酒的妇女吗？

如果他们知道这个嘈杂产生的原因，伯利克里会去报仇雪恨吗？这些忘恩负义的行为不会被忘却，因为随之而来的是深深的懊悔，就像苦脸后做出来的微笑一样：它揭示了大自然的黑暗原则。

是不是只有一个已经退位的将军的愤慨才能激起他的同僚想起他昔日的伟大呢？想起了一些叫喊声："纳马尔乔斯，你让我们受了侮辱。"

"我们要带着这种耻辱的重负了，快去把他叫回来。"

我们马上去叫了他，实际上，一些秘书去叫了伯利克里，但是他们没有找到他，因为他走了一条跟往常不同的路。

纳马尔乔斯和他的两个拥护者对于这种转变强烈抗议，既突然又激烈。

"你们真是一些见风使舵的人！这个男人挥霍了城市的财富！你们都坐下来！"

"还是你自己坐下来吧！你只知道用一些虚假的证据欺骗我们，满足你报复的愿望。你和你的那些寡头政治家们不能原谅伯利克里放逐了你米莱的同伙。从伯利克里建成了长墙起你们就成了敌人（寡头政治家非常敌视长墙，因为长墙把雅典城变得更强大，他们给了士兵、装甲步兵、海军以及平民优惠，这些人都是寡头政治家眼中的下等人，他们想把长墙摧毁）。"

"我们应该放逐所有的寡头政治家，首先就是纳马尔乔斯！"另一个将军叫道。

"佩里科拉里斯的敌人就是民主的敌人！我们知道你是斯

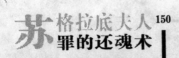

巴达人的赞美者！"

"你是民主的敌人，纳马尔乔斯！"

"这是一个耻辱！我要向人民法庭汇报。"纳马尔乔斯宣称，他被大家激烈的反应吓坏了。

同样类似的反应不久之后在多罗斯街道的另一边出现了。那里正在举行公民大会。将军会的一个秘书过来宣布伯利克里已经离职。人们提前爆发了一阵欢呼，现在则造成了惊慌。

"没有他，我们怎么办？"一个议会成员忧郁地问道，"他指挥了我们15年。有谁能代替他呢？"

"没人。"另一个人说道，"我们为什么要免他的职呢？"

"你们疯了吗？"又有一个人抗议道，"他像一个独裁者一样统治着我们。他还浪费公家的钱！这样做你们竟然还满意吗？"

"是啊，但是他想到的只是雅典城啊……"

"还有阿斯帕吉！"

"应该让他回来……"

"一群疯子！"

简单地说，完全跟另一个会议现场同样的一出戏。回到家里后，苏格拉底沉思着，万分沮丧，于是就坐在了内院里，陷入了忧郁的沉思中。当他特别悲伤时，孩子们都不敢靠近他。

"你怎么了？"粘西比问道。

"他们免了伯利克里的职。"

她沉默了很久。

"为什么？"她最后问。

"他们控告他偷取了雅典城国库钱去建神庙和其他另外一些建筑。"

"但是他自己就很富。"粘西比客观地说，"他不需要用国库

平民是醉酒的妇女吗？

的钱去发财吧。这些男人失去理智了吗?"

苏格拉底点了点头。她把手搭到了苏格拉底的肩膀上。他叹了一口气。看来无论如何,这还是一家人。当其他一些情感消失时,留下的是怜悯和团结一致。

"我有其他一些事要跟你说。"粘西比跟他说,"我听邻居和其他一些妇女说瘟疫还没有完全过去,只是变得没那么厉害了,好像有一些人又传染上了。"

但是他对于即使是瘟疫的威胁也无动于衷。晚上的时候,粘西比过来对他说煎鱼已经做好了,这可是他最喜欢吃的。他微笑了,她终于成功地让他跟家里人坐在一起吃晚饭。他轻轻地爱抚孩子们的头,在菲利普头上多停留了一会儿,他好像终于平静了下来。

"明天,我得办你的事去了。"苏格拉底对菲利普说道。

第二天,他碰到了一件意料之外的事。他刚到阿格拉,正走向公民大会时,伯利克里的那些如今赋闲的情报人员和秘书们就匆匆忙忙地向他走来。

"你还不知道吧!"他们异口同声地喊道,"当将军和你离开将军会后,两个大会内部出现了一个不同寻常的转变!"

他们向他讲述了事情的经过,最后说:"绝对应该告诉伯利克里。跟我们一起来吧!"

"不。"苏格拉底回答道,"所有这一切太突然了。伯利克里现在万分沮丧。如果你们跟他说他受到的侮辱不过是一场噩梦,他也会跟你们说他的自尊不允许他再回到将军会,而且他已经下定了决心。你们中的某个人应该先去找曾经受他监护的亚西比德,无论如何,毕竟是两个大会做的转变,他们自食其果,向他宣布了两个天壤之别的委派。如果你们需要我,我两三个小

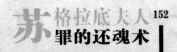

时后就赶到斯托阿市场的小酒馆。"

然后，他进了公民大会，汇报薛尼亚德的孙子的情况，并要求成为其监护人。登记各种各样的调查资料的程序占据了他大半个早上。他下午才离开，然后向斯托阿市场走去，像往常一样在那里舒一口气。很多小商店还没有恢复营业，但是他习惯去的小酒馆已经开门了，老板热情地接待了他。这些经历了瘟疫的人就像一场包围战或者战役的生还者一样，由一种崭新的团结紧密联系在一起。他像往常一样，要了几块芒麻奶酪夹心饼，确实正如以前一样，一边用一只耳朵漫不经心地听着老板滔滔不绝地向他说着那些死亡和恐怖的传闻。实际上，他惟一感兴趣的是两个大会决定什么时候派代表请伯利克里，以及随之而来的事情。突然，他眯起了两只眼睛：一群士兵向小酒馆走来，在不远处夸夸其谈，其中一个人就是特雷克里德斯，那个杀害了菲利皮季的凶手。这家伙在战争中生还，还逃过了据老板说在海军舰队中也流行起来的瘟疫。

士兵们入了座，苏格拉底感到一阵抑制不住的愤怒。这个无赖的杀人犯特雷克里德斯，一个充满虚荣和谎言的坏蛋，一个见风使舵的傀儡！突然，他被这个小丑的卑劣和伯利克里伟大的人格之间的鲜明对比攫住了。人们怎么能否定显而易见一切事实呢？一个属于平民大众，另一个属于贵族，很自然的，当他们驱逐了他后，又准备再次起用他。在他的精神混乱时，粘西比好像和她身处在竞技馆中一样，同时是公正的化身和涅墨西斯的女祭司。他理解了她的感受，希望能拥有荷马借给诸神的超自然的力量，去抓住特雷克里德斯的领口，把他扔到地狱里去。

这时亚西比德由三个男子陪着走了过来，特雷克里德斯扑

平民是醉酒的妇女吗？

向了他,脸上和动作中都充满了热情,但是亚西比德后退了几步,避开了他的拥抱,用一种高傲的冷漠拒绝了他。然后他发现了苏格拉底,于是就推开了他以前的情人向他不耐烦地说道:"我还有事。"特雷克里德斯看着苏格拉底和他的偶像互相拥抱了一下,然后脸色阴森地回到了他的伙伴中。

亚西比德坐在苏格拉底的对面:"给我点建议。"

"要趁热打铁。"哲学家回答说,"直接去两个大会,向他们解释他们的懊悔已经遮住了他们的无信,因为他们表现得像是受情感的控制,而不是受理智和城市利益的驱使。你一定要生硬地说,甚至是要表现出蔑视,但是要以一种受了侮辱的口气。我想你应该确信这一点。告诉他们,为了弥补他们的错误,挽救他们仅剩的信誉,只有一条路可走:两个大会都要尽快地派代表去请伯利克里,要赶在他对人和城市彻底失望之前。最好是今天晚上;明天早上对于我来说就是最后的期限了。当他们选派代表时,你要赶快赶到伯利克里家里,告诉他他的伟大不会受某个嫉妒者的卑鄙下流和阴谋的影响。如果人们重新给他将军的职位,他应该为城市的利益着想而接受。"

"跟我一起去吧。"亚西比德请求道,"你比我更会雄辩。"

"我非常想跟你一起去伯利克里家里,但是不可能跟你一起去大会。应该由你来出头,如果需要的话,我会在将军背后支持你,但是我希望你能表现得不愧为他所监护的人。"

亚西比德点了点头,然后他露出了微笑,表示理解了他的老师的用意。

"你希望我能当众表明我的勇气,是吧?"

这回轮到苏格拉底微笑了。

"半个小时就够去警告这两个大会的了。我在这里等你,然

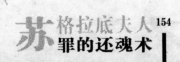

后我们一起去伯利克里那里。"

亚西比德努了努下巴，表示他同意这个计划。然后他把身子靠向苏格拉底，用一种不可抑制的怒气问道："平民是醉酒的妇女吗？当我看到民主制对伯利克里的忘恩负义，然后是这种突然的转变，我就想寡头政治家是有道理的！我们不能给这群平民权力。"

"小心点，"苏格拉底嘀咕着，"这种言论不该由伯利克里所监护的人说出口，而且环境也不适宜。"

"你以后跟我说吗？告诉我，你以后会跟我说吗？"

"我以后再跟你说。"苏格拉底保证道。

这个年轻人站了起来，回到他的同伴中间。特雷克里德斯在自己的桌子旁，用阴郁的眼光目送着他离去，然后又转过头来看着苏格拉底，并露出了可悲的笑容。但是他只得到了哲学家冷冷的回视。

粘西比是对的，苏格拉底沉思着。她总是有理，而且越来越有理。应该抓住这个幽灵。但还有更要紧的事要做。

特雷克里德斯同行的装甲步兵可能互相开了些玩笑，因为他们突然爆发出一阵猥亵的笑声。但是笑声中表达的是什么感情呢？是优越感吗？诸神，可能也在笑呢。在人间，这种脸部肌肉的运动底下有可能隐藏着凶残。

20 落井下石

当他看到亚西比德回来时,苏格拉底从他的步伐和表情中得知,将军所监护的这个人没能带来预期的胜利。苏格拉底自思,可能亚西比德不再是保护伯利克里的理想传令官,在会议上他仅仅因为由于自己的勇敢而博得了几声喝彩。他的名气与其说是他的政治能力搏来的,倒不如说是由于他的怪癖。这个年轻人坐了下来,他说就他看来,议会不想太快地转变以免丢脸。伯利克里的拥护者要求重新赋予将军权力,要向被他们驱逐的将军表示信任。

伯利克里那边,却完全对这些让他复职的呼声不闻不问。在阿斯帕吉和亚西比德举行的一些晚宴上,还有他的一些拥护者的宴会上,他表现得很疲惫,对回去也表现得不很积极。尽管我们很是喜欢他,但是最终他还是不可抑制地变老了起来。在64 岁那年,命运还充满了这么多的坎坷。

一天晚上,在阿斯帕吉家,他的最忠诚的朋友都到场了,亚西比德和苏格拉底都到了。普罗泰戈拉问他一直避免回答他的拥护者是不是觉得害怕呢,把他以前拥护的观点置之不顾,因为它们被证明是不成功的。

"什么观点?"伯利克里漫不经心地问道,一边看着手中拿着的兽角杯。

"就是民主啊。"普罗泰戈拉说得更清楚了些。

"当我看到它对待它的仆人是这样的残忍,我就在想一个僭主可能也不会更坏了。"

苏格拉底尽量避免去多想这个充满苦涩的回答,他又开始

苏格拉底夫人
罪的还魂术

沉思之前亚西比德向他问的问题:"平民是醉酒的妇女吗?"将军看起来跟亚西比德是一致的。但是伯利克里的话是意味深长的,然而亚西比德的话就有些危险了:"实际上,斯巴达的国王也不会那样对待你。"

再也没有人站起来讲话,回答太让人难堪了。因为它给伯利克里的敌人以心照不宣的口实。那些寡头政治家们非常欣赏斯巴达的政体。幸运的是,正在这时,仆人们进来了,换桌布,上甜点。

苏格拉底或多或少地为粘西比的一些传闻作了忠实的宣传。因为自从特雷克里德斯事件之后,他暗自对自己的妻子有了赞赏之情,但是他可从来没有对她承认过,他怕妻子会令人生畏地得寸进尺。但是他毫不放过粘西比在不留神中流露出来的想法。

"你们这些雅典城的男人们,"有一天她说道,"你们都是些虚伪的人。这样,伯利克里的拥护者表现得像是人民的保护者,而实际上他们是些贵族,他们对待人民大众就像是孩子一般的耍弄。那些寡头政治家们,对人民是同样的充满蔑视,他们在民众中赡养了一些忠诚的士兵和海军,而他们清楚地知道自己被轻视着。"

"那到底应该怎么办呢?"他冥想着问道。

"你是要我变成一个政治顾问吗?"她反问道。

他们俩同时笑了起来。

伯利克里的拥护者越来越感到受他们的头的退隐的威胁,组织了一次论战来恢复他的地位。希望简直像狂热了一样,大概正是鉴于这一原因他们才拼了命似的吸引被亚西比德称作是醉酒的女人的民众。雅典城在冬天就像是没有舵的船一样。九

落井下石

个将军只是在摆空架子罢了,他们从来都没有真正代替过伯利克里,因为他们不可能在春天的选举来临之前这样做。他们中没人能拥有他们所驱逐的首领的威望。公民大会对他们越来越敌视了。如果他们冒险讲话来维护他们的军事计划,他们总会发现几个蛮不讲理的人叫道:"那么伯利克里呢? 他是怎么说的?"

在街道上,流氓不用太聪明也会做出无理的举动,他们嚷道:"啊哈,邻家大爷,你没跟妈妈一起就出门了吗?"

公民大会最终也只剩几个附庸风雅的贵族还在他们的集团内部,丝毫不受舆论的影响,继续我行我素。当一个顾问到他的领地里去他的佃农家里查账时,他就会被质询,而且通常是没上没下的:"你们学到了什么? 你们驱逐了什么? 伯利克里吗? 你们是疯了还是怎么了?"

"他从雅典城的国库中侵吞了大量的资产来建造神庙,而且……"

"你们想让他去哪里找这些钱?"

不论是好是坏,对他们来说权力就是伯利克里。其他人都是副手之流,是饶舌的人,嫉妒他的人。在农村中,情感跟声调同样锐利刺人。而且庄稼人又不是法学家。

冬末时分,对于那些认为早就能够摆脱伯利克里的人来说,十分难过。就像街上的人说的一样,他们抬起了屁股。春天确实令人心酸。当他出现在公众面前时,这是很少见的,一些人聚集起来跟随着伯利克里,雅典的公民都向他叫道:"你什么时候回来继续处理事务?"从被废黜的将军的受欢迎程度,就可以看出下一次选举伯利克里肯定可以以压倒性的优势再次当选,而且他的权力将超过他以前所拥有的。将不再会有什么十将军,

而只会有一个暴君。两个大会都说，最好表现得高尚些，要显得已经恢复了的样子。

选举进行前三个星期，两个大会都急忙派遣了委员会，把他们打发到被免职的将军那里去。意图太明显了，但是伯利克里的现状在厄运中反而加固了他的威望。

"我看得很清楚，"他狡黠地回答，"你们没其他的办法，我也是。"

所有人都很尴尬，委员们脸上是意味深长的表情，然后颇有些勉强喊出了一些欢呼声，然后就确立下了伯利克里的复职。

就在本月，雅典城受到了感染，无论是外部、气氛还是思想。外部的如瘟疫，气氛上的如对自己失去了自信，在传染病期间一些绝望了的人犯下罪行，感到诸神已经抛弃了他们。在思想上的，对人的尊严的抛弃，最终带来了荣誉和力量的顶点。

伯利克里从亚西比德口中知道他已经重新得到了自己的职位。当他回到将军会后，雅典的公民都聚集到会议大厦周围，空气中充满了他们的欢呼声。我们可以说城市和帝国恢复的钟声已经敲响了。

当伯利克里重新在十将军会中复职的当天晚上，一些富有的雅典公民在阿格拉广场为民众举办了宴会（甚至有一些不是他的拥护者，因为他们希望人们忘掉他们的背叛行为），天空被点亮的百十来支火把映红了。根据瘟疫期间的惯例还躲在家里的人，大量涌现到空地上，这是人群的中心。乐师们奏起了音乐，这是很长时间里都没能听到的了。春天的柔和空气中，充满了温馨的感觉。文学艺术爱好者花钱聘请来的舞者和杂技师使那些游手好闲的人非常开心。整个晚上，比雷埃夫斯的上空也被照亮了。

落井下石

粘西比也想要参加这些节日,于是苏格拉底带着她、两个孩子和菲利普到那里去参加这些晚宴。菲利普一直都没放开这个养母的袖口。苏格拉底对于把他们两个联系在一起的爱感到很欣慰,他们俩的关爱是如此强烈以至于像是粘西比亲生的一样。人们穿过香气腾腾的烟雾,因为饭店老板在这儿那儿摆了小摊,他们在棚子下做煎鱼、炖鸡、烤羊肉,另一些做洋葱拌萝卜黄瓜沙拉和奶酪。卖葡萄酒和啤酒的小酒馆获利颇多。一些偶然出现的散步的行人带来一阵阵的香味;一些偷偷摸摸的小商贩拿来一些茉莉花枝,编织成了花环卖,或者是卖装着腌制橄榄的坛子。

夜幕中渐渐布满了星辰,在众生头顶闪耀。伯利克里也出席了晚间的庆祝,周围围绕着他的拥护者。成千只手向他伸去,向他提供一杯酒,一只烤小鸟,一块鸡肉,他差点儿就窒息了。人们要求他发表讲话,他承诺明天一定会进行一次演讲。有人说在他旁边看到了阿斯帕吉,但是又不完全确定。相反的,亚西比德确实出现了,他的脸像阿波罗一样光辉四射,虽然他脸上的笑容渐渐变成了一种讽刺。

粘西比从来没有熬夜熬到这么晚。苏格拉底怀疑她是不是在人群中偶然遇到了特雷克里德斯;很幸运的,命运替他免除了这个煎熬。因为她一直没忘记她的复仇计划,她一直装作不在意地向她的丈夫提到:"这个特雷克里德斯,你有没有又看到他?"

"不,再说我怎么会再看到他呢?"他每次都会这样回答,用这样的谎言来避免粘西比大发雷霆,或是避免她又采取什么危险行动,就像上次她去竞技馆威胁那些运动员一样。

直到孩子们困得直揉眼睛时,粘西比才决定回家。她看过

了庆典,甚至还在那些跳舞的人面前笑了出来,尤其是那些玩杂耍的。但是她还是不习惯这样寻欢作乐。

"当你看着这些人时,"她的丈夫这样对她说,"人们还以为你是这个城市的母亲呢。"

"昨天,你把我当成涅墨西斯的女祭司,今天你又把我比喻成雅典娜。"

他们俩都喝了点酒,然后都笑了起来。这是他们想起他们是夫妻俩的几个少有的晚上。孩子们看到这么多的好东西,乐颠了。他们三个都决定以后成为杂技演员。

第二天他们醒得很晚,而且是由于有人不停地猛烈敲击堂屋的大门。粘西比第一个跑过去,后面跟着惊醒的奴隶。

天空一片湛蓝,空气也很清新。没有什么比看到要求立刻见苏格拉底的信使的痉挛的脸更大的反差了。

他头发乱蓬蓬地跑到她家,然后他被认出了是伯利克里的书记官。

"苏格拉底……"这个男人气喘吁吁地说道,"粘西比——伯利克里的儿子今天早上死了……死于瘟疫! 另一个儿子帕拉洛斯也传染上了!"

伯利克里的两个儿子……苏格拉底觉得有点呼吸困难。

"我是自己要来通知你的……"那个书记官又说道,"伯利克里今天早上不会去将军会了。去通知亚西比德。"

苏格拉底点了点头,又关上了门。他发现自己跟粘西比面对面了。

"我跟你说过了,瘟疫还没有完全结束,灾难还没离去呢。"她说道。

"为什么命运要再次打击伯利克里呢!"苏格拉底低声说,眼

落井下石

睛里的眼神忽然变得黯淡了下来。"粘西比,粘西比!我求你了,请不要再向涅墨西斯祈祷了!"

当苏格拉底把这个消息带到时,不只是两个大会中弥漫着恐慌气氛,整个城市中都一片惊慌。雅典城的公民在侮辱了他们伟大的领袖之后,又想起了他。而这次却是诸神在折磨他!雅典城在正想恢复时将要失去它最出色的守护者了吗?

尽管有瘟疫带来的担心,但是对他和他的家人来说没有这样的严重。苏格拉底到了已经被伯利克里抛弃的妻子家中,那里还住着他的两个儿子。人群拥挤在大门口,在阿提卡秋初湛蓝清澈的天空下,像是在一场丧殡的前夕一样。声音从一个人群传到另一个人群。苏格拉底挤出了一条道,他最后终于到达了内室的门厅内,这时突然响起了几声尖叫。他停了下来,向旁边的一个奴隶打听发生了什么事。

"另一个儿子也死了。"仆人轻声说道。

真希望粘西比去死,他一边走一边想到。这孩子和父亲分开很久了,儿子一直指责父亲抛弃了自己的母亲,跟一个狐狸精走了;他又大手大脚地挥霍钱财,以至于他的父亲决定不去管他的债务。但是,这个帕拉洛斯!这个英俊的帕拉洛斯,他的生命中简直充满了馈赠和美德,一种天生的感情把他和父亲紧紧地联系在了一起。这太过分了,简直让人不胜悲伤!每个人都默默地这样想着,想着这个孩子的死去,难过得就跟自己死了亲哥哥或是亲生的儿子一样。

苏格拉底向前继续走着,他看到伯利克里被几个朋友扶持着,周围是一些亲戚和仆人。这个英雄号啕大哭。苏格拉底向他伸出了手。现在任何话都是多余的。这个哲学家继续向客厅走去,将军走了出来。20到30个人正在那里守着两个年轻人

苏格拉底夫人
罪的还魂术

的尸体，头上装饰着举行丧礼带着的花环。只是间或有几声抑制不住的哭声打破了这片寂静。

苏格拉底急忙走了出去，他依次拥抱了亚西比德、索福克勒斯和普罗泰戈拉，他们是刚刚才到的。

"再也没有一个人有跟伯利克里同样的命运，"索福克勒斯用沙哑的声音说，"我跟你说吧，这简直是在跟命运抗争。"

"那么，"亚西比德脸色铅灰地说道，"诸神都是些落井下石的小人吗？他们就是这样对待这个值得尊敬的人的，这真是落井下石。"

普罗泰戈拉垂下了眼睛，低声说道："他们可能是这样的吧。他们确实是存在的。"

21 帷幕落下

两个星期过去了,在卡利亚斯家里举行的一次晚宴中聚集了伯利克里的朋友们,但是,伯利克里没有出席。他说,他的悲痛让他没有心思出门干任何事情,除了不得不履行的将军的职责。

"庆幸的是,他还有跟阿斯帕吉一起生的孩子。"本宅主人说。

"但是,阿斯帕吉不是本城公民,"亚西比德指出,"他自己以前曾经投票制定了一项法律,规定不是由两个公民所生的孩子,都不能得到雅典公民的称号。"

"确切地说,"苏格拉底插入了这场谈话,"这项法律不是禁止授予公民称号,而是限制了政治方面的权利。当然,各位可能认为这没什么区别。但是,这种微妙的不同给了伯利克里一个机会,可以从司法上耍一点小聪明。"

"那么他要么废止这项法律,"普罗泰戈拉说,"要么再出台一项特殊的法令授予小伯利克里公民权。"

"试图出台一项法令。"另一个客人纠正道。

卡利亚斯撇了撇嘴。

"如果通过了这种法令的话,不就加强了人们对于伯利克里过分集权的指控了吗? 我真是不知道你是怎么想的,亚西比德,亏你还经常看到他……"

亚西比德垂下了眼睛,看着他已经半空了的杯子,脸上显得很郑重,这是他以前不常有的表情,他回答:"他老了很多。小伯利克里是他最经常看到的儿子。应该相信他给他进行了政治权

力的教育。他和阿斯帕吉经常带他去见一些经验丰富的人，如普罗泰戈拉和苏格拉底他们，还有一些有影响力的人，他们经常鼓励他跟这些人谈论一些非常严肃的话题。另外，一个像伯利克里这样的人，决不会允许他的后裔在他这一代结束，尤其是他政治上的继承人。"

"你的意思是他会提出诉讼，要求出台一项特别法令?"卡利亚斯说，"也就是说我们的事情并没有完，这将会引起轩然大波的。"

他们都默默地沉思了一会儿，然后卡利亚斯又问亚西比德是不是要参加今年的狄奥尼索斯酒神狂欢节(一年一度的宗教节日，为了纪念狄奥尼索斯神，在希腊帝国的许多城市举行，但是时间不一。其中最著名的是五月底在雅典城附近举行的，节日中会上演许多戏剧。在这个节日里，联盟城市和附庸城会派来代表团敬献贡品，根据条约的规定，可以是钱币，也可以是谷物)。

"当然啦，"亚西比德确信地说，"我会和索福克勒斯一起参加。上一次我跟他讨论这个问题时，他跟我说他要上演他最新的一部悲剧。"

"你知道是什么剧名吗?"苏格拉底问道。

"《俄狄浦斯王》。这个故事讲的是一个男人的故事，他生活在一个被一种神秘的灾难所蹂躏的国家中。"亚西比德微笑着回答，"这个男人叫俄狄浦斯，他被自己的命运所戏弄，在不知情的情况下犯了几项谋杀罪。后来，他起来反抗这种命运，但最终还是无力回天。我就只知道这么多。"

苏格拉底也微笑了起来，但他同时显出沉思的表情。

"但这不就是伯利克里的故事嘛!"卡利亚斯叫了起来，"索福克勒斯很可能是最近才完成的这部作品(〈俄狄浦斯王〉写于公元前 430 年,正是伯利克里被免职的那一年)!"

"确实如此。"亚西比德表示赞同,"索福克勒斯还邀请了伯利克里。别忘了索福克勒斯 10 年以前也是将军之一。他对我说,对于我们知道的事情,他很高兴自己不必去参加选举。"

"毫无疑问的,伯利克里是本城的化身!"普罗泰戈拉喊了起来,"无论我们谈论什么话题,我们最终都免不了谈到他。"

"据说在狄奥尼索斯酒神狂欢节上,有很多漂亮的小伙。"为了转变话题,卡利亚斯继续说道。

"你这是亵渎神灵啊!"亚西比德假装愤慨地叫道,"但是,亲爱的卡利亚斯,无论如何,他们也不能跟你的美人儿相比。虽然去年索福克勒斯确实在那里碰上了一个年轻人,从此占据了他的心。这个年轻人是弗里吉亚的代表团成员。"

宴会剩下来的时间都很轻松诙谐,但是每个人很早就退席了。因为自从传染病过去以来,人们的精力好像都大不如前了。苏格拉底回到家后,发现粘西比和孩子们在灯光下听着他们的新佣人读着《奥德赛》。

"涅墨西斯正在教育他,"粘西比起来迎接他时说,"我们正在跟提莱西亚斯一起在地狱中。"

他微笑着,心里有些感动。

"菲利普问我们,他的父亲是不是也在那儿。我也正在想那些经常出入于地狱的阴影。"她用意味深长的目光看着丈夫说。

他摇了摇头,离开了。看来她还是没有忘。但是她还能怎么办呢?

在卡利亚斯家晚宴过后没几天,普罗泰戈拉所说的雅典城与伯利克里之间的比喻就被证实了。在公民大会开始时,这位

将军就提起了诉讼，要求大会授予他的私生子以公民称号。几个小时后，这个城市都知道了关于"另一个伯利克里"的故事，城里的大街小巷都在谈论这一话题。人们甚至邀请会议书记官吃饭，为的是让他们讲述将军提出诉讼的整个过程。

当两个议事大会同意授予小伯利克里的父亲所要求给他的特权后，阿格拉空旷的广场上挤满了人群，每个人都想看着这个英雄由他的儿子陪着，步出将军会的大门，而他的护卫兵忙着在广场上为他开出一条道来。

"在这人海中，这些嘈杂还真是又奇怪又吓人。"索福克勒斯对着他的同伴说，其中有亚西比德，"实际上，我们所有人正在这个海洋中航行着，寻找一个可以休憩的小港口。"

火把照亮了舞台，把人们的眼睛刺得睁不开。无论是乞丐还是富人身上都罩着一层金子，就算是以慷慨著称的宙斯可能做梦也没有想到过。

人们终于可以喘一口气了。公共司法终于恢复了。五天以后，在狄奥尼索斯剧场的舞台上，在雅典卫城脚下，歌队队长正在唱《俄狄浦斯王》的最后一幕："在他走完整个人生道路而没有经受过任何不幸之前，请你们永远都不要说这个人是幸福的。"

圆形剧场的第一排，坐着以索福克勒斯、苏格拉底和亚西比德为首的一群人。剧场里响起了雷鸣般的掌声，这时一个信使到了，他弯下身子，在亚西比德耳边轻声说了几句话，然后，亚西比德又转身对索福克勒斯重复了一遍。诗作者的脸霎时黯淡了下来。他站了起来，转向观众们，然后举起双手示意大家停止欢呼。每一个人都惊讶地等待着，不知道这个剧的作者要干什么。索福克勒斯登上了舞台，却没有对饰演歌队队长的演员表示祝贺。他又一次举起了双手。

帷幕落下

"雅典的公民们!"

剧场霎时安静了下来。

"雅典的公民们,这一刻是令人痛苦的。伯利克里在一个小时前永远地离开了我们。他的人生悲剧终于落下了帷幕! 我们失去了一个英雄。我们都是一些失去了父亲的孤儿。"

亚西比德捧着头,偷偷地流着眼泪。

后传 背叛的血

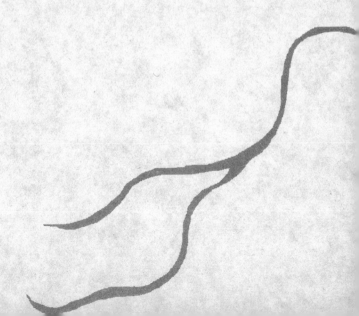

1 进退两难

未来的世纪里,将要发生的无穷无尽的事件,将要改变世界命运的事件,跟粘西比以及她的复仇计划毫不相干,然而……

两个看起来完全没有联系的事件将向她指出被索福克勒斯所揭示的诸神的狡猾,还有跟她自己的计划相比,人类自身的脆弱。

在菲利皮季被谋杀后,她最憎恨的男人就是亚西比德了。然而在伯利克里去世后,诸神的狡猾却想要这个男人成为雅典城,甚至是整个希腊帝国最受人瞩目的人。奥林匹亚的金手指似乎点中了他。他年轻,只有 20 岁,他曾是这位已经逝去的将军所监护的人。他是领导本城的阿尔奇梅奥尼德家族的一员。近两个世纪以来,阿尔奇梅奥尼德家族的成员就在雅典城担任最高的职位,这可不是毫无意义的,一些人对他们充满了敌意。就像斯托阿市场的那些老人们用格言似的语言所说的那样,一个人的功劳越大,他就越是被人所嫉妒。另外,亚西比德很勇敢,他以前在一些军事行动中多次证明了这一点。他长得很英俊,这说明诸神对他很是眷顾。最重要的是,他很富有;所以他应该就是正直的人。

然而,最近这最后一点颇具争议。

当然了,亚西比德很富有。但是,在 500 人议会开会讨论三桨战舰或是市政府的参政状况的会议的间隙,如果我们去听听那些屈尊去斯托阿市场喝一杯掺水的西奥斯的银行家们的谈话,我们就会怀疑这个年轻人的财政状况是否像表面上的那样好。

"跟我说一说，"一个银行家向他的同行问道，"你对于亚西比德的财政状况怎么看？"

"我正在想着到底是怎么一回事呢，他才向我提前预支了200斯塔特尔的金币。"

"也跟你借了？"

"什么，他同样跟你借了？"

"对啊，就在昨天。"

两个银行家交换了一下眼神，他们都显得很忧虑。

"我真不明白他怎么会缺这么多钱！"头一个又说，"他的农场每年给他带来2000斯塔特尔的进账！"

"那些跑马？它们可不是些山羊。他有10匹马，他到处跟人赛马。还要维护马厩的钱，马夫、马术教练，这也都贵极了！我还没跟你说装饰房子的钱，厨师、晚宴，还有漂亮的衣服！还有所谓的艺术！所有这一切！这可不是2000斯塔特尔的进账能够应付得过来的。这需要阿尔奇梅奥尼德整个家族的财产。"

"你借给他了吗？"

"听着，他去年跟我借的180斯塔特尔还没还清呢。我在想我是不是应该让他继续这样预支下去。我就是想跟你商量商量。"

头一个银行家思考了一会儿，然后说："我们需要知道的是，他到底跟多少人借了钱，总共借了多少。"

"这也正是我想知道的。"

他们又一次交换了焦虑的眼神。

"话虽如此，但他是亚西比德啊。拒绝他可不是件容易事。"

简而言之，亚西比德需要钱。这事儿渐渐传开了。甚至是

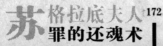

粘西比都知道了,当然是因为雷多向他提供了这些信息。

特雷克里德斯也听说了亚西比德的窘境。他现在正小心谨慎地躲在比雷埃夫斯附近的泽亚。这是克提米诺斯建议他这么做的,他说虽然经过了瘟疫,城里还是有很多不利于他的传言,于是特雷克里德斯就在这个小渔港的一个不惹眼的区住了下来。他在那里住得没精打采。只是偶尔打一小壶劣质葡萄酒,跟一两个在纵酒作乐的聚会上的朋友聊一聊他过去奢侈的日子。他为了重新获得亚西比德的好感简直连爸妈都不要了。但是,某天晚上他最后一次走近他的偶像和情人时,亚西比德给他的侮辱,他却很难忘掉。

克提米诺斯现在是他跟雅典城惟一的联系,他每周来看他一两回。一天,克提米诺斯给他带来了一些特别的消息。

"听着,昨天我去司法长官议事会的民事办公厅的时候,有人问我知不知道你在哪儿。"克提米诺斯对他说。

"然后呢? 你是怎么回答的?"特雷克里德斯着急地问。

"我就很小心地问他找你干什么。"

"接着他怎么说的?"

"他们跟我说找你有两件事……不不不,你别着急,这可不是坏消息。首先,将军会的军事办公厅想要授予你一项荣誉称号,还有奖赏,因为你在伯罗奔尼撒战役中表现突出。因为他们没找到你,军事办公厅的文书就向他民事办公厅的同僚问了问情况。就是这同一个文书还告诉我说,人们找你是关于一项遗产继承和监护人事件。"

特雷克里德斯的眼睛顿时亮了起来。

"继承?"

"不是直接继承,而是需要等一段时间。因为除了菲利皮季的儿子菲利普之外，菲利皮季本人和他其他的家人都死光了。而这个小男孩要有一个监护人。"

特雷克里德斯挺直了身子。

"薛尼亚德也死了吗？"他问道。

"薛尼亚德、他妻子、他的女儿，全都染上瘟疫去世了。遗产可是相当可观的。"

克提米诺斯顿了顿，故意卖了个关子，然后说道："每年5000斯塔特尔的进账。"

"每年5000斯塔特尔！"特雷克里德斯倒吸了一口气，完全被迷住了。

"没错。包括本金和利息。小菲利普将成为全希腊最富有的人之一。"

"他几岁了？"

"8岁。不包括利滚利，他的财产将达到50000斯塔特尔。"

"50000斯塔特尔！"特雷克里德斯惊叫了起来，"我一定要马上回雅典去。"

"你先等等再说。"克提米诺斯拈了一枚橄榄，冷静地说，"事情可不是你想的这么简单。你责备我向涅墨西斯的那个女人透露了太多的信息，所以我不得不先警告你。首先，监护人的身份无疑会使你有资格管理财产，但是你可没权利暗中从中获利。其次，除了那个不再把你放在心上的亚西比德和那个涅墨西斯的女祭司之外，雅典城还有两三个人怀疑是你杀了……总之，你心里清楚。所以我才建议你从雅典消失一段时间。"

他喝了一大口劣质酒，接着说："你如果去接受对你授予的荣誉称号和你的监护权，可要清楚你将面临的危险：你极有可能受到告发，失去这两项好处。更糟的是，你还有可能被判死刑！"

苏格拉底夫人
罪的还魂术

特雷克里德斯的肩膀又耷了下来。唾手可得的财富竟然被利剑丛包围！

"这是坦塔罗斯(吕底斯王，被罚永世忍饥受渴。传说他被锁在地狱里，水漫到他的脖子下，他低头想喝水时，水位就会退下去，他头上长着果树，但却没办法吃到——译者注)的请求！"他低声埋怨着。

不过他马上改变了主意："不过你可以去啊，你可以去看看是不是有人告发……"

"我当然可以。但是，我回来向你报告的时候，很可能告发信就放在民事办公厅的桌子上。"

"那可怎么办呢？"

"我不太清楚。我能做到的，只是能通知你而已。"

他们互相看着，心情极不平静。突然，特雷克里德斯叫了起来："还有亚西比德啊！"

"你想说什么啊？"

"听着，"特雷克里德斯的眼中闪着渴望的光芒，"你跟我说亚西比德缺钱用。所以，如果我很富的话，事情就好办了。克提米诺斯！立刻回雅典城，去见亚西比德，跟他说我可能变得很有钱，而且还可以借钱给他，只要他……"

"只要他干什么？"克提米诺斯问道。

"他帮我啊。他要保护我。"

"亚西比德？可他讨厌你啊！尽管跟菲利皮季有争执，亚西比德还是很喜欢他的。他怎么可能保护你呢？"

"他的政治势力是很强大的……他认识伯利克里的所有朋友……我知道人们已经认为他是一个有影响力的人物了。他应该可以做点什么让我成为这个小男孩的监护人。"

克提米诺斯沉思了一会儿才回答说："我既不想让你有什么不切实际的希望,也不想让你泄气。但是,想想你让亚西比德做的是一件威胁到他才得到没多久的政治权力的事啊。"

"克提米诺斯,"特雷克里德斯用一种威胁的口吻说道,"亚西比德让我受审判和与我合作要冒同样的危险! 他的名声现在早已不是纯洁无瑕的了!"

克提米诺斯不赞同地瞥了特雷克里德斯一眼。

"我可不觉得你这样做是明智的,去威胁一个你想要讨好的人? 当然了,我回去看看我能为你做些什么。"他说着站了起来。

特雷克里德斯陪着他走到大门口,然后久久地目视着他远去,直到刺柏的枝叶遮住了他的目光。然后,他回到屋里坐了下来,像丧家犬一样垂头丧气。

就在同一时间,苏格拉底陷入了进退两难的境地,他经历着夫妻生活中最糟糕的时刻。

他带着平和的心情走进司法长官议事会;然后去了掌管民事事件的官员办公室,根据法律程序,要求被授予菲利皮季的儿子和惟一继承人小菲利普的监护权,而菲利皮季是肖拉郭斯镇的薛尼亚德的儿子和惟一继承人。同时,还要帮助菲利普掌管薛尼亚德留下的财产,是财产获利,就像个真正的父亲做的那样。

但是,这个官员竟向他宣称,鉴于一些非常重要的理由,他不能够这么做。

"我去传令官薛尼亚德的领地普里塔内和肖拉郭斯镇进行了取证,这两个镇子是小菲利普将要继承的地方。薛尼亚德和他家人的去世在那里引起了极大的反响,人们对他的继承权的事情非常地关心。薛尼亚德的事业极其广泛,而且非常繁荣。

人们对我说这个家族还有一个成员活着,根据习俗他有权成为这个孩子的监护人。"

"啊?这个人是谁啊?"苏格拉底自然就这么问了。

"是孩子的父亲菲利皮季的表兄,他叫特雷克里德斯。"

"特雷克里德斯?"苏格拉底艰难地叫出了他的名字。

"是的,一个22岁的年轻人,在最近的对伯罗奔尼撒半岛的战役中表现得异常英勇。他受装甲兵队长西姆诺斯的领导,当然也就是伯利克里将军的手下。他在那场战役中可出了大名。我听说军事办公厅也在找他,要授给他一项荣誉称号和他应得的一些奖赏。"

一想到这个孩子会受到他的杀父仇人的监护,苏格拉底感到不寒而栗。他简直说不出话来了。

"只有在这个特雷克里德斯也去世了,或者是他主动要求放弃对孩子的监护权时,才能轮到你。"

说完后,他又微笑了一下。

苏格拉底在走廊里呆了很长时间,一动也不动,脑子里梳理着这个既意外又不幸的消息。他想粘西比的怒气真是有惊人的先见之明:如果特雷克里德斯真如她一直所说在法院面前被告发了的话,今天也就不会发生这种事情了。但是现在可怎么办呢?有些什么证据呢?

然而,命运从没有对他如此的残酷过,当他刚刚遭受了人们给他的如此重击之后,命运还要让他承受第二次,甚至是第三次打击,好像是为了确认他确实被打垮了似的。当他看到粘西比由雷多陪着,从走廊尽头走过来时,他就像在做梦一样。他瞪大了眼睛,心想就算是所有的诡辩术加起来这次也救不了他了。

"你怎么了?"她问,"你就像刚刚见鬼了似的脸色苍白!"

"你,你在这里干什么?"他只是勉强地这样问了一句。

"我从军事事务办公室来。"

他有些迷惑不解,自忖粘西比到军事办公室干什么来了。

"但是,你去那里干什么?"

这回,连雷多也觉得她的主人的行为有些奇怪了。

粘西比变得不耐烦了。

"你今天是怎么了? 嘴里含着石头了吗? 你还是喝醉了? 我最近一直到这个办公室来,找一些有关那个下流坯特雷克里德斯的信息。"

"啊,是这样……"

"我今天刚听说这个杀人犯……"听到这,苏格拉底摆手示意她小声点儿,"对,这个杀人犯竟然受了提名被授予奖赏。我要去装甲步兵队长那里去亲自向他说明,这个混蛋到底是个什么样的人!"

苏格拉底瞪圆了眼睛,想到可能发生的纠纷就感到不寒而栗。

"你呢,获准监护权了吗?"她把脸靠近了丈夫的头问道,他这么做可能是为了感受到丈夫的气息吧。

"没有。"他干巴巴地说。

"怎么回事?"

"他的家族中还有一个成员活着,按理说这个人才有权成为孩子的监护人。"

"他的一个家庭成员? 还能有谁呢? 快说啊!"

"特雷克里德斯。"他紧紧地盯着粘西比说。

粘西比发出了一声愤怒的尖叫,引得好几个官员从办公室

探出头来。苏格拉底怕他的妻子会把她知道的一切都嚷嚷出来,赶忙跟雷多一起把粘西比拖出了大楼。

刚走出办公楼,她的愤怒就爆发了。她一把扯住苏格拉底的裙角,叫道:"你给我好好听着,男人!我死也不会把这个孩子交到他的杀父仇人手里!你听懂了吗?"

路上的行人都回过头来看着她。

"我要亲手杀了他,然后你就会成为孩子的监护人了!我要把他的尸体拖到阿雷奥帕奇去!我要雇一个职业杀手杀了他!我还要干掉亚西比德,一切罪行的幕后黑手⋯⋯"

苏格拉底用手堵住了她的嘴。

"夫人,你是要制造一个丑闻吗?这只能打草惊蛇罢了!你清醒清醒吧!"他命令道。

她喘着粗气,停止了叫嚷。

"带她去喝点泉水。"苏格拉底说,"不要叫她又发起疯来。"

当她喝了几口清水后,终于平静了下来。粘西比断断续续地哽咽着说诸神抛弃了她。

"涅墨西斯,涅墨西斯!"她双手握成拳头举向天空叫着,"如果你存在的话,替我复仇吧!毁灭这个国家里的一切坏蛋吧!"

行人又转头听听她在说什么;还有些认出了苏格拉底的人甚至停了下来。最终,她擦掉了眼泪,用深沉威胁的口吻对苏格拉底说:"现在你要怎么做?"

"事情还不是那么紧急。"他郑重地回答,"没人知道特雷克里德斯在哪儿。有可能是因为他知道有些人怀疑他杀了人,所以躲了起来。我认为他最近不会出现。无论如何,如果有人来找小菲利普,回答他们说你不知道他在哪里。你可以把他交给雷多,她会把他藏到邻居家里。我回去处理特雷克里德斯的事情，我会把他绳之以法的。"

"你要怎么做呢？别神神秘秘的了。我可不原谅你。"

"我现在就去亚西比德那里。"他阴沉地说。

2 善与恶的天平

苏格拉底在亚西比德家豪华的大厅里并没有久等，仆人们刚替他通报过，亚西比德就出来迎接他了。

"真是珍贵的殊荣啊。"他行了拥抱礼之后叫道，"这可是稀客啊。快跟我说说什么风把你给吹来了。抱歉我刚才正在会见另一个客人。这个人你也认识，就是在那个不幸的晚宴上认识的。"

苏格拉底的心在胸膛里跳了一下。这个人是特雷克里德斯吗？然而这仅仅是克提米诺斯。这两个访客默默地互相注视了几秒钟，没有打招呼。如果不是理智在呼唤，苏格拉底早就离开了。看来不是他一个人在管这件事。他留了下来。

克提米诺斯不自然地对他说了欢迎之类的话，然后就缄默不语了。

两人之间的僵持没有逃过主人的眼睛。

"你们俩相互认出来了吗？不过你们看来不是那么乐意再次见面啊。"

"我们早就见过第二次了。"苏格拉底接过仆人递给他的银质高脚杯，另一个仆人在里面倒上了酒。

"你们见过第二次了？"亚西比德惊讶地说。

"就在克提米诺斯向一个神秘访客承认了某件事的第二天。他向涅墨西斯的某个女祭司承认说，他没能追上特雷克里德斯并阻止他杀害菲利皮季。而为了逃避审判，特雷克里德斯在绝望之余参加了战争。为了避免丑闻的发生，伯利克里命令西姆诺斯接受他进了一只开往伯罗奔尼撒半岛的战船。"

亚西比德的脸色霎时变了。原先光芒四射的笑容在脸上退去了。

　　"这件事我可不知道。克提米诺斯,这件事你怎么没跟我说呢?"

　　"这件事跟我向你说的事没关系。"

　　"就是说,已经有人知道了特雷克里德斯的罪行。"亚西比德阴沉地说,"你有没有去涅墨西斯神庙问问这个女祭司她是怎么知道这件事的?"

　　"我绝对不会迈过涅墨西斯神庙的门槛半步!"克提米诺斯激动地抗议道,"而且我现在觉得这个女人应该不是女祭司,她对我说的话……"

　　"她跟你说什么了?"亚西比德问。

　　"她对我说我应该记得我是从一个女人的肚子里出生的。"

　　苏格拉底的眉毛抖了抖。

　　"也就是说,现在有五个人知道这件罪行了。伯利克里的情报长米希洛斯,你亚西比德,克提米诺斯,我,以及这个神秘的妇人。总有一天,全城的人都会知道的。克提米诺斯,你在这里干什么? 你来是有关特雷克里德斯的事吧?"

　　"你是怎么知道的?"亚西比德惊讶地问,"是你的 daimon(一种著名的天才,据哲学家说,它可以给他们带来灵感)告诉你的吗?"

　　他坐了下来,叹了口气。

　　"不错,克提米诺斯对朋友非常忠诚。即使那个朋友一无所有,即使他的朋友甚至在狂怒中杀了人。他来问我特雷克里德斯可不可以去司法长官那里领取他的奖赏,那是鉴于他在战争中的英勇所授予的。"

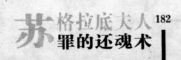

"……还有监护权,他要成为他所杀害的那个人的儿子的保护者!"苏格拉底咆哮着。

"你是不是上天入地无所不知啊!"亚西比德惊叹道,"确实如此。因为监护权会给他带来薛尼亚德的全部遗产,这可是相当可观的。"

"而且特雷克里德斯还可以借钱给你。"苏格拉底阴沉地说,然后把高脚杯放在了一个箱子上。

这时正是中午,海风吹得地面发软。苏格拉底走到了窗前。

他不紧不慢地说:"克提米诺斯,你对朋友的忠诚令人肃然起敬。然而你的那个朋友却令我憎恶。无论如何,我还是要对你的忠诚表示敬意。你把这种忠诚看成是一种誓言,然而这正是要说清楚的,这种誓言却不是在宙斯的保护下订立的。我认为诸神不会乐意看到一个 8 岁的孩子被交到他的杀父仇人手中。"

他转过身来,另两个男人都低下了头。

"亚西比德,我知道你已经把特雷克里德斯从你的交际圈驱逐了出去。你已经发现了他经常会控制不住自己的情感,尤其是那些不高尚的情感。由于愚蠢和犯罪的天性,他杀了菲利皮季,仅仅是为了向你证明他对你的忠心。当然我很遗憾对你说明这一点。另外,我还要向你说明另一件事:这样一个令人轻视的人在另一次疯狂中,也有可能杀了这个孩子,这样他就成为财产的惟一继承人了……"

"不会的!"克提米诺斯叫道,"给他一次机会。"

苏格拉底又转向亚西比德:"他同我一样跟你一起吃过饭,一起睡过觉。他只想通过一个英勇的行为来取悦于你。当菲利皮季对你说了一些尖刻的话之后……"

"菲利皮季也是我的一个朋友。"亚西比德举起手说,"我没让特雷克里德斯去杀他。他是因为喝醉了酒,受虚荣的驱使才干的,而不是由于对我的爱。"

苏格拉底摇了摇头,受爱情的驱使!他了解这一点。这不是仇恨的力量所能比拟的。

"就一次机会!"克提米诺斯恳求道。

"我们要给蛇再咬我们一口的机会吗?"苏格拉底回答说。

亚西比德站了起来,紧紧地拥抱着苏格拉底,显得异常激动。

"苏格拉底!你是我的头脑,是我的良心!好吧,我是不会保护特雷克里德斯的。"

"好吧,"苏格拉底说,"现在,应该保护孩子了。看到又一次被你所拒绝,特雷克里德斯不知道会耍什么花招来成为孩子的监护人。"

"你的意思是我要去告发他吗?苏格拉底,这我可不能这么做。"

"如果是这样的话,那就只好让他自己放弃了。"

"但是,应该怎么做呢?"

克提米诺斯听着他们讲的话,越来越惊慌。最后,他走向亚西比德,抓起他的手,一边流泪一边吻着。

"你让我成为了一个死亡的信使。但是,我却对你一直忠心耿耿!"他哭喊着。

然后他急急忙忙地离开了。

亚西比德急忙对仆人说:"拦住他,把他带过来。"

"你要干什么?"苏格拉底问道,惊讶于他的突然转变。

他在亚西比德脸上发现了一种狡猾的神色,以至于他都不

敢相信这是亚西比德了。

"我刚刚想到了一个主意。应该引蛇出洞。"亚西比德急急忙忙地说，"当然，这是要冒风险的。我们还没说完呢，我以后再向你解释。"

克提米诺斯不知所措地被带了过来。亚西比德对他说：

"克提米诺斯，我想你误解我了。我不会帮特雷克里德斯成为菲利皮季的儿子的监护人，但是我认为他应该从阴影中走出来。可能我们会找到一种处理方法呢。让他来找我吧。"

善与恶的天平

3 内心的公正

　　在雅典,很少有人知道特雷克里德斯的名字。这座城邦刚刚气喘吁吁地从鼠疫的厄运中得以抽身,脱离了拉栖第梦人的威胁,然后结束了伯利克里政府最后几个月的动乱,在这几个月中市民们承受着道德的危机和无休止的争吵。而现在,雅典只是憧憬着能够享受片刻的安宁而已。逃亡的人们相继回家了,毫无遗憾地离开了那座充斥着最恐怖的死亡的城市,他们曾在那里被死亡所围困,并且,那种死亡的方式并不适合他们质朴的严谨。

　　伯利克里死了,他的拥护者们感觉沦为了孤儿一样,甚至他的敌人们也体会到了这种因激情的消失所导致的空虚。诸多的野心家瞄准了他的位置。他们当中最大胆的要数克雷昂,一个富有的皮革商,一张杂糅着野蛮和丑陋的嘴脸,一个不知羞耻要多坏有多坏的煽动家,总之是一个被民主主义者和寡头政治家们所不齿的小人。那些尼西亚斯们,永远未定的十将军会的成员——"他们每次想撒尿的时候都会自问该不该去。"阿里斯托芬说。不,伯利克里没有继承人,他的阴影终日笼罩在这座城邦的上空。

　　雅典使人联想到一艘没有船长的船,一大早,500人议会的一些成员便一致同意去了阿波罗神庙询问德利菲斯,究竟谁是这个帝国最聪明的人。或许,这个人是有标记的。

　　那些思想丑恶的人们嘲弄500人议会的忧虑不安,并且断言道,神庙肯定会用一种神秘的方式表示,人们永远也不会得到稀有的智慧宝藏。雅典充满了王位的觊觎者。

苏格拉底夫人
罪的还魂术

毕竟,人们并没有明智的疗法,并且想要尽快弥补伴随着传染病而消逝的快乐,这其中最为重要的便是爱情。当太阳收回它的光芒之后,学院的树丛、艾利达的河岸以及法莱尔海港的海岸和岩壁到处回响着神秘的叫喊,年轻的女孩被不公正地强暴,但同时也是自愿的,年轻的男子在处女的身体中体验着性欲的高潮,对于开张营业的推迟丝毫没有不满。他们满足于丰满的胸脯和充满情欲的腰肢。卖讽刺短诗的商人和卖茉莉花颈饰的商人们发了财;高级妓女们也是:她们热情接受那些因年龄而被排斥出这种夜间冒险的人们的热情,因为无论是心脏还是脚趾都禁止他们踩着颠簸的石子小路去寻欢作乐。

这是一个有时候被粘西比设想为忧郁症发作的时代。一段时间以来,她注意到原本通常到黎明就会醒来的雷多起得很晚,同时脸上充满梦幻般的愉快表情。

"那人是谁啊?"一天早晨粘西比很粗暴地问道。

"一个运动员。"女仆带着不确定的微笑回答道。

粘西比嘴上什么也没说,但是她心里来回念叨着。最终她把这事给忘了。另外一种爱,并不是母亲对孩子的非物质爱,而是另外一种束缚住你的心和身体的爱。

"那要怎样才能区分开来呢?"她自己问道。

雷多的目光变得朦胧起来。

"他的激情,他放在我胸前的手……"

"——他想娶你吗?"

雷多摇头。

"其实该问这个问题的是我。对于我来说,这是一个情人。我能对一个每天这儿跑那儿窜的人怎么办呢? 当家里的一切有了保证之后他就会把乐趣放到外面去……婚礼呢,我和我自己庆祝而已。我只剩下几年的青春了。然后……然后我就只有回忆了。"

这个回答对粘西比来说有点莫名其妙。雷多显示出一种在从前的女仆阿卡里斯特身上所不能看到的细致。

"你想说什么?"

"我想说的是,我想要属于我自己的乐趣。我想要另一个能够使我的身体兴奋的身体。这就是和他在一起的情况。"雷多低着头回答道。她像是被她自己的冒失感到尴尬。

粘西比摇了摇头,她重新考虑起从前她母亲的令人困惑的建议来:有教养的女人们会沦为妓女。事实上,雷多是有教养的,一个有教养的女人不想要被一个男人所束缚。

"如果有了小孩呢?"她问道。

雷多大笑起来。

"我可不这么想。避孕棉可不是白用的。"

避孕棉! 粘西比曾经听说过,也是从她母亲那里听说的。放在用草熬出来汁液里浸泡过的海绵能够吸取男人的精液。时间对她来说就是这么过去的。她的周期完成了。而对于她的配偶呢……

酒神狂欢节重新开始了。从雅典所授权的附属城邦的参与者的数量来看,酒神狂欢节给雅典覆盖上了非凡的荣誉。这倒抹去了发生在去年阴郁氛围中的第八十六帕纳德奈斯的失败。大批的外国人涌进来,但是这一次都是名流显贵,是教士,尤其是一些看上去很傲慢的年轻人,戴着青铜的、黄金的和象牙质的胸像,他们并没有被邀请来展示他们出色的身体,也没有按照神庙中和斯托阿上的女人们想象中那样谦逊进行献祭。竞技场几乎都不再关门,不仅在雅典是这样的,在德尔斐和夏勒西斯也一

样,而且远到昂菲柏利斯甚至到阿比多斯、艾菲斯和亚洲的米利督,都是一样的。在所有的岛屿上,安德洛斯、德洛斯、纳克薛斯,为展示他们奔跑、掷铁饼和标枪的能力,追赶彩车的能力以及摔跤和拳击的能力……俊美的男子们迸发着激情。那些对此无能的人们,因为没有长处而捶胸顿足,且决心下一次的酒神狂欢节一定要参与德尔斐的竞赛,参与伊斯特竞赛……他们梦想着柑橘和神圣橄榄枝的花冠,他们的脚趾因急切而蠢蠢欲动,他们的肌肉在皮肤下面紧绷。

这场准备工作的热潮没能落下任何人,因为每个人都有兄弟或者儿子,他们会在节庆中参与竞赛。粘西比,她必须忍受雷多的紧张情绪,因为她的情人厄梅尼斯报名参加了掷铁饼的竞赛,而且自从那天晚上为孩子们阅读之后她就消失了。她进城买一种用柳树树皮制成的治疗风湿病的膏药时经常和一些好吹牛的人来往,而现在这类人大大增多了。

"奥尔多索斯,你能帮我准备一罐你的酊剂吗?你看这块淤斑。"一个拳击运动员边说着,露出他的屁股来。

"我现在给你准备一份含有樱草根的酊剂吧。这样更贵一点儿,但是你可以用少一点儿。治疗这种淤斑,如果不用酊剂,可以给你开三块蜀葵敷布,每小时换一块。"

另一个在说:"奥尔多索斯,你还有接骨水吗?我需要一烧瓶的接骨水。"

"好的,不过你不能用得太多。一指之量就行,早晨训练之前用,千万不能训练之后用。"

他们成群结队地来,一个接一个地展示他们扭伤的脚趾、拉伤的臂部肌肉,以及疼痛的肩膀。他们在众目睽睽下自己抚摸着,触诊着,讨好着,他们像占据着这个城邦的物质领域一样占据着它的精神领域。

自从苏格拉底向他承诺要制止特雷克里德斯之后，粘西比就一直等待着。她像等在老鼠洞前的猫一样。

苏格拉底见过亚西比德之后神色平静地回来了。

"亚西比德声称他反对特雷克里德斯成为菲利普的监护人。"

"好极了。那然后呢?"

"他有一个计划。"

"计划? 那太好了! 什么计划?"

"他不想向我透露。"

"又是回避。"

"我不觉得。"

"那这个计划的目的是什么?"

"要让特雷克里德斯给自己公正。"

她眨了眨眼睛。

"这又是怎么一回事? 他想让特雷克里德斯自杀吗?"

"这我就什么也不知道了,粘西比。"

"那他打算什么时候实施这个计划?"

"马上。"

"所有的这一切看上去都很难捉摸,但是我的解决方法现在比以往都坚决。我不会无限期地等待下去的,我决不会改变主意。"

他摇了摇头。从今开始,他认清了他的妻子。

如果说有那么一个活跃在准备工作中的市民的话,那人就是亚西比德。这颗仍然被伯利克里的光芒所笼罩着的雅典政治天空的新星,在体育界也同样出名,尤其是在他花费了很大力气

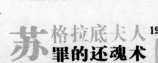

苏格拉底夫人
罪的还魂术

的被他称作"奥林匹克盛宴"的赛马项目上。这天,在两个忠实的朋友的陪同下,他刚刚到达了体育场。他从大厅走到跑道,从埃斐比昂(也就是巨大的公共大厅)走到公共浴室,从体育馆走到摔跤馆,他仔细观察那些正在参加集体训练或者单独训练的运动员们,有人正在练习举重,这使得他们的肱二头肌明显突出来,还有人在练习打拳,他们用绷带包裹了拳头,砸向塞满石子的袋子。他端详着雅典的运动员和来自同盟国的运动员。他好像对面孔特别感兴趣。

"你好像在找什么人,这是两天来你第三次来这里了。"他的一个同伴观察道。

"其实我的确是在找一个人,但是我并不认识他。"亚西比德用一种很神秘的语气回答。

"也就是说你在找一个图像,"另一个同伴观察道,"如果你告诉我们是哪一个,三双眼睛对你来说肯定比一双有用得多。"

"有道理,"亚西比德说,"我找的是一个男孩儿,他和一个朋友很相像,这个朋友你们两个都认识,因为你们和他不止一次一起吃过饭。我叫他菲利皮季。"

两个同伴停住了脚步,很犹豫地看着亚西比德。

"不要问我为什么,"亚西比德接着说,"时机到了你们就会知道是为什么了。我希望我所寻找的脸孔会尽可能地和他相像,并且是同样的年龄、同样的身材。"

"你早说多好呀!"一个年轻人喊了出来,"我刚才还见到了这样一个让我觉得奇怪的面孔,我差点以为他是菲利皮季呢!"

"在哪儿啊?"亚西比德喊道。

"当我们经过公共浴室的时候见到的。"

"伟大的迪奥尼索斯! 如果他刚才在公共浴室,现在他应该

内心的公正

已经洗完澡要走了！他现在可能已经离开了！"

这三个人便快步朝公共浴室的房子奔过去，他们刚一到达，那个见过酷似菲利皮季的家伙便喊了起来："就是他！他走了！"他一边喊一边指着那个在柏树林中走远的身影。

他们跑着追上了那人。

"喂！那边的人，停下！"

年轻人转过身，停下，惊讶得几乎要奋起防卫。亚西比德缓过气来之后走到了他身边。

"别怕。我们是朋友。"

年轻人没有说话，他盯着这些正在用令人困惑的表情仔细观察他的陌生人。后来他只说了一句：

"你，我认识你，你是亚西比德。"

亚西比德点了一下头代替回答。但是他喃喃道："太棒了！太棒了！身材！面孔！头发的颜色！眼睛！嘴！简直是双胞胎！我发誓！"

微笑覆盖了他的面庞。

"但是，你们到底想做什么？"陌生人不耐烦地问道。

"没什么坏事。你想赚钱吗？"

看到年轻人撇了撇嘴，亚西比德又解释道：

"不，这没什么，你过来，我讲给你听。"

几天以后，亚西比德的寓所灯火通明，像每次有机会举办盛宴一样。

但是这绝不是一场普通的宴席，因为，他邀请了一位受整个希腊所仰慕的客人索福克勒斯本人，索福克勒斯说，宴会的主人以一个"神秘的理由"说服了他接受这次邀请。总之他来了，由他的弗里吉亚情人陪同着。此外还出现了一个除了苏格拉底谁

苏格拉底夫人
罪的还魂术

都不认识的人物。他高大、瘦削，有古铜色的皮肤，留着长长的胡子，这和雅典人不一样，他们通常都把胡子剃短，他像是那些我们有时候会误以为来自皮雷或者兰多斯码头的远东的外国人。所有的宾客，包括索福克勒斯和苏格拉底在内，都用困惑的目光打量着他，饭前仆人们布置盛清酒的杯子时，几位客人跟他搭话，他回答的声音低沉浑厚，但是他的希腊语讲得非常优雅。这会儿，亚西比德装作像对待其他同席者一样招待他。他自称叫做巴易路，来自埃及。

"我深知咱们主人心血来潮的脾性，"索福克勒斯在苏格拉底耳边嘀咕道，"但是，对于今天这位，他还真偏心。"

最后到达的是克提米诺斯和特雷克里德斯。对于这次宴请，特雷克里德斯对亚西比德表示了很明显的感激，以至于他讲话时都有点结巴了，这在他是很少见的。苏格拉底听到亚西比德用那天饭后同他交谈时的语气在跟特雷克里德斯讲话。

大家都就座了。一共有六张床。主人右边的位置是为索福克勒斯和他的弗里吉亚朋友准备的。左边坐的是苏格拉底和一个年轻的诗人，这位诗人遇到索福克勒斯和我们的哲学家后表现出极大的激情。亚西比德和巴易路坐在了中间的位置，特雷克里德斯被安排在苏格拉底旁边，靠末端的位置，和克提米诺斯坐在一起。他对面最后一张床上坐的是两个来自德里昂的运动员。

大家从关于酒神狂欢节的准备活动谈起，随着这种热情，雅典和它的附属城邦试图忘记由于伯利克里的死所导致的一直存在的忧郁。那些认识十将军会的成员的人们回忆了一些他们的奇闻轶事，以表示对已死去的勇士们的骁勇、敏捷、勇敢或者其他的美德的敬意。苏格拉底领会到这关系到特雷克里德斯的荣誉了,因为特雷克里德斯和故事讲述者的惟一一次接触很明显一点也不热情。但是年轻人神情尴尬地维持着。屋子的主人提议为他的死去的监护人的亡灵畅饮一杯酒,在座的人便都举起了手中的杯子。

"告诉我,索福克勒斯,你相信在我们周围游荡亡故者的灵魂吗?"亚西比德问道。

"我不信这个,"诗人回答说,"但是,像你们大家一样,我读过乌利西斯乞灵于死者……在他进入地狱的时候他遇到了预言家特雷西亚,还有他的母亲,他母亲还问过他是否刚刚重返主教之职……"

"他还遇到了阿加门农的亡魂,还有普提洛克勒、美丽的安提洛克,最后是阿喀琉斯。"亚西比德接着说。

"而且,阿喀琉斯的亡魂对他做了地狱的赞词!"年轻的诗人补充说,"然后他遇到了埃阿斯和阿尔克米诺的灵魂,后者是赫拉克勒斯和阿里阿德涅的母亲……"

特雷克里德斯睁大了眼睛;对他来说,关于《奥德赛》的记忆,就只剩下手中卜棒的几下敲击声了。这些渊博的学识让他觉得眼花缭乱。

"那你自己呢,索福克勒斯,你相信过亡故者的灵魂吗?"亚西比德接着说。

"我没下过地狱!"索福克勒斯笑着说,"但是,有时候我会亲眼看到一些很怪异的现象,就在不久之前,我拜访了一位朋友的儿子,我的那位朋友参加了反对拉栖第梦人的战争,而他最喜欢的花瓶就在我们俩的面前摔到了地上,碎了。几天之后,我们得知这个男孩的父亲,也就是我的朋友,就在花瓶打碎的时候战死了。"

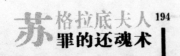

"那你怎么解释这件事?"

"如果我对此做解释的话,那我就闯入了诸神的秘密,或者说我是鲁莽的! 在我们当中不是经常传说着这样一件事吗——当波斯人即将进入阿提喀时,突然扬起一场神秘的沙尘遮住了埃勒西斯的道路,空中甚至还飘荡着伊阿宋的声音。我当时在场。我所能想象到的便是,如果说属于超自然的神灵能够干涉我们的生命,那么很有可能死者的灵魂也同样会对我们有影响。"

苏格拉底侧眼看了看在床上坐立不安的特雷克里德斯,他正让仆人给他把酒杯重新满上。

"那你呢,苏格拉底,你这么认真地观察这个世界,你是怎么想的?"亚西比德问道。

"刚才我们的朋友索福克勒斯讲述了一出神奇的悲剧,对此,我想列举一个惊人的巧合来作为回答,就在那天晚上,伯利克里死了。在他死之前,法庭恢复了他在十将军会的地位,这让我觉得很高兴。我想,如果死者的灵魂徘徊在我们的周围,这是因为在这个世界上,他们还有什么事情想做,是因为他们不满足。"

"也就是说,"年轻的诗人插言道,"如果没有人是满足的,像索福克勒斯所说的那样,所有死者的灵魂都将游荡在大地上。"

一个杯子滚到了地上,是特雷克里德斯的。一个仆人把杯子重新放回桌上,并倒满了酒,与此同时另外一个仆人擦干净了地面。仆人们端上来摆放着盛有鱼和肉的桌子,并撤走了甜点。

苏格拉底注意到特雷克里德斯对菜肴基本上不怎么感兴趣,而且他的神色,刚才还兴高采烈的,现在却黯淡苍白。他的手靠在床沿上颤抖着。

"也不经常是这样的，"巴易路观察道，他的声音回荡在屋子里，"生者不是灵魂的主人。偶尔会有这样的情况，我们乞灵于某一死者的灵魂，但出现的却是另外一个人的灵魂。而且，一旦显现出来，灵魂可能会表现得完全不可预见并且充满危险。"

他探着身子，伸手从含有蜂蜜的凝乳中够取新鲜的无花果，他一边吃着，一边保持着他阴森的脸色。

"那这些灵魂看上去是什么样子的？"坐在最后一张床上的两名运动员之一问道。

"苍白！像他们死的时候一样苍白！"埃及人一边吃得津津有味一边宣称道。

"你说得好像你是一个通晓这种乞灵法的占星家一样。"索福克勒斯说。

"他在埃及学了这种法术。"亚西比德解释道。

"你向神明乞灵过吗？"索福克勒斯又问道。

"我怎么会被允许这样做呢？"巴易路反驳道，"须得虔诚，这样，也就是说只能在祭品前的烟雾缭绕里才能够和神灵对话。如果他们偶尔显现出来，便是非同寻常的荣耀，但同时也是令人生畏的。"

"我在想他们会有好脸色吗？"索福克勒斯调皮地说道。

一阵笑声缓解了紧张的气氛。

"而我，"亚西比德说，"我想的是伯利克里的灵魂是否还在这个城市里，为了这个城市，他献出了自己的生命。"

"这不容置疑！"苏格拉底大声道。他一边吃着石榴，一边用银质的勺子饮酒。他说，"建筑师和艺术家们在我们的土地上用大理石和石块建起了如此有创意的景致，伯利克里的灵魂怎么可能放弃它呢？"

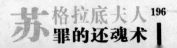

"那灵魂也能预知未来吗?"诗人问道。

"有时候会。"巴易路回答说,并且阴沉着脸喝光了酒。

"胡说!"亚西比德喊道,"如果我们向伯利克里的灵魂乞灵,他会告诉我们未来所蕴含的玄机吗?"

"那就是说,灵魂应该是属于神灵的秘密?"诗人说。

"既然它们是和神灵一起的,岂不就不是神灵的秘密了吗?"苏格拉底问道。

"巴易路,你能够向伯利克里乞灵吗?"亚西比德喊道。

"在这儿?"

"对,在这儿,今天晚上。"亚西比德强烈要求道。

埃及人捋着胡子并抚摸着脖子。苏格拉底听着大家交谈,神情极为惊讶。

"我没做准备,而且最好是在我绝食的情况下……"

"你几乎也没有吃什么东西啊。"亚西比德坚持道。

"我很想试一下,"巴易路终于说道,"但是,我得要求撤几盏灯,因为灵魂不喜欢光亮。"

亚西比德做了一个手势,仆人们撤走了火把和几盏灯,只留下三盏小灯。它们闪烁着阴森森的微光,将客人们的影子投在墙上。

"这还是不够,"巴易路说,"其他房间里的光太强了。"

按照他的要求,整座宅邸都沉浸在了黑暗当中。就只剩下三盏灯火的微光在餐厅中摇曳。

黑暗中止了他们的交谈。

"这样好多了,"巴易路称道,"现在,我需要一个装有炭火的盆和一些小木块,我将用他们来维持火焰,并招引魂灵。"

话刚一出口,仆人们便殷勤地忙碌起来,就仿佛他们正在等待着吩咐一样。他们拿来铜制的火盆以及一捆小木块，并将它们放在马蹄铁的中央。这一切安排好之后，巴易路来到火盆前面，赤着脚，双臂垂放在身体两侧，仰着脸，半闭着眼睛。他瘦长的侧影一直投射到天花板上。他张开双臂，发出异常空灵的声音："地狱之神啊，请原谅惊扰您统治下的魂灵的人吧！地狱之神啊，请允许我虔诚召唤的伯利克里的灵魂显现在我的面前，在黑暗中引领我们吧！"

他跪倒在地，朝火炭中扔进一些木块。可能那些木块尚未晒干，因为没多久，大量的浓烟从火盆中升起来。巴易路张开双臂开始用一种生硬的旋律唱赞美诗。听上去阴森森的，而且不可理解。

旁边的诗人伸长了脖子。浓烟看上去越来越少，随后竟令人吃惊地变成了暗绿色。

"啊，天哪！"占星家惊叹道，"我感觉到您的靠近，伯利克里的灵魂，我感觉到您了，您一切安好吗？我感觉到了您的气质，您能说话吗？"

烟雾已充满了整个房间，连对面的床的形状都难以辨认。

"亚西比德，已经出现了。"巴易路喊道，"你向他询问吧……等等，天哪！这是怎么了！这不是伯利克里！"

巴易路的声音里充满了不安。

透过弥漫的烟雾，苏格拉底发现坐在床上的特雷克里德斯已经难以忍受下去了，而旁边的克提米诺斯正试图让他镇定下来。就在这个时候，餐厅尽头显现出一个白色的身影，看上去他是在地面上移动着的，有两个人几乎同时发出了尖叫，一个是亚西比德，另一个是特雷克里德斯。

"是菲利皮季！"

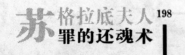

"地狱的神灵啊！请可怜这些人们吧！"巴易路在模模糊糊且依然在扩散着的烟雾中大喊，"来到我们身边的陌生人啊，请告诉我们你的名字。"

苏格拉底伸长了脖子，惊愕万分；他确信这是菲利皮季，只不过是一个鬼魂般的穿着被泥土弄脏的葬袍行走的菲利皮季。这个鬼魂飘向了特雷克里德斯，伸出控诉的双臂。又一声尖叫发了出来。特雷克里德斯像动物一样跳下了床，奔向出口。而那个魂灵紧紧地跟随着他。大家听到尖叫声不断，然后是一阵回荡在楼梯间的哗啦声。亚西比德拿起一根蜡烛，想要去看一下出了什么事情。其他人都跟在他的后面。

"火把，给我一个火把！"亚西比德命令道。

一个仆人递给了他火把。于是所有的人都看到并明白了这一场景：楼梯被黑暗所笼罩，逃跑的人踏空了一级或好几级台阶，便一直滚下来撞到墙上，撞破了头颅。蜡烛把一切照亮了，死者的眼中依然充满了恐惧，血从伤口流出来盖住了他的眼睛。

"把他抬走！把火把点上，到处都点上！"亚西比德向那些正在楼梯平台上观看这一场景的仆人们吩咐道。

克提米诺斯跪在尸体旁边，小声嘀咕道："他最终为自己作出了公正的判决，这样最好不过了。"

宾客们都重新上了楼，仆人们已经把窗户打开给房间换了新鲜空气。巴易路不见了，索福克勒斯向主人投以问询的目光。亚西比德给他的酒杯倒满了酒，递给他，然后端起自己的酒杯，恭敬地举了起来。

"这是一场演出，对吗？"索福克勒斯惊愕地问道。

"你在怀疑什么吗？"

"那假如他不是这么快地死去呢？"苏格拉底问道。

内心的公正

"那他会变成疯子的。"

"但是，这一切又是为什么呢？"索福克勒斯喊道。

亚西比德摇了摇头。

"你还记得你在我面前坚持的主张吗？你说你认为戏剧比现实更真实，因为情节就在我们当中。我并没有忘记，这你知道。"

"但是这个人到底是谁，你要如此迫害他？"

"是一个犯人，只有内心的公正才能惩戒他。"

苏格拉底一边思考着一边倾听。内心的公正！他感觉像是听到了自己言论的回声一般。是的，他曾经常常向这个学生阐释真相，要求他听从于能够指明最高尚德行的神秘声音……但是，他从未想过，现实会像今天晚上这样战胜计谋，也没有想过他的学生会如此的残忍。

至少，粘西比会对此非常满意的。

4　雅典最有智慧的人

　　他是在如此深夜叫醒她，还是等到早晨？或许她并没有睡着？因为她经常会失眠。她需要借助于奥尔多索斯的包裹着含有粘土和罂粟汁的软膏的黑色小药丸的调理才能入睡。他在夜幕下的庭院里犹豫着。月亮穿行在天空中如同埃卡特·特里奥迪提斯一般，就是那个"人们所遇见的"十字路口的疯狂女神，粘西比在房子前为她摆设了一个祭台。"那，这是为什么呢？"他自己问自己，"这个拥有蛇一样的头发并被一群野狗簇拥护卫着的女神，最好不要在夜里遇到她，她在希腊就这么闻名吗？"

　　终于，他脱掉鞋，光着脚从内院的另一端走向粘西比房间的门，他不记得门会不会嘎吱响了，他尽量轻缓地打开了门。她并没有出声，他便走进了卧室，朝床的方向走过去。简朴的栎木的床架上铺着缝合在包裹里的草褥，上面躺着他的老婆，几乎像是一个死者。

　　她穿着束腰内衣，一条普通的羊毛毯盖到腹部，她轻轻地翻身向靠窗户的一面，仿佛要更好地聆听夜间的低语。月亮用银色的光芒雕琢出她的轮廓，借与她永恒的美丽，几近神圣的忧郁。她重重地呼吸着。他凝视了她一会儿，这个靠他最近的异常陌生的身体。他开始幻想所有的女人都是被施了魔法的动物，幻作人形，是一个女祭司，但是满怀与男人不同的情感。对于粘西比，通过数次证实，他已经足够了解。那么，是怎样的情感呢？是对家庭的维护，但是并非以世俗的方式，而是以地狱之神的方式，由来自大地深处的力量所控制。就是这种神秘的情感，每年都被埃莱夫西斯奥义在同地下力量所进行的无法言表的婚礼上更新。这种情感就像爱情一样,却不是爱情。或者说,应该改变词汇的意思,因为并不是母爱给了粘西比如此坚韧的向可怜的特雷克里德斯复仇的欲望,还另有一种情感附加在这种复仇之念上,他猜测这应该是比男人更具优势的耐心。粘西比不是为成为一个爱人而生的,而是为成为一个母亲,上帝这样安排了角色,一劳永逸。

于是,粘西比成为一个复仇者,一个母亲,她既不相信正义,也不相信那些让她们变得比发情期的野马还要疯狂的男人的理性。

她叹了口气,睁开眼睛,她觉察到床的上空轻轻的微笑。她坐起来,发出小声的惊呼,异常地激动。

"苏格拉底,"她结结巴巴地说,"什么……"

她清了清嗓子,看着他,"你有什么要告诉我吗?"

"特雷克里德斯死了。"他平静地说。

"是谁杀死了他?"

"没有人杀他,他完全是自找的。"

他给她讲了晚宴的事情。她听着,一脸错愕,而后她起身去让仆人热牛奶。

她双手各拿一杯牛奶回来,说:"多么可怕的阴谋,这个亚西比德真是个魔鬼。"

"他帮你实现了你最大的心愿,而你却把他当作魔鬼?"苏格拉底温和地批评她道。

而粘西比正像猫一样小口地舔着牛奶。"他为什么不向阿雷奥帕奇揭发特雷克里德斯呢? 他可以做到的,而且他也知道所有的真相。"

这个好的结局并没有把她推向宽恕亚西比德的一边。

"他本应该披露特雷克里德斯犯下如此重大罪恶的原因的。"他勉强地承认道。

"这场悲剧是为了通过勇敢的行为来取悦于他。"

"你此前便知道了?"苏格拉底惊问道。

他发现,在推理方面,她或许和他不相上下。

"我们应该尊重事实,"她接着说道,"刚开始,亚西比德以他的美貌和他的奢侈的排场吸引着特雷克里德斯,这种行为方式对特雷克里德斯来说像偶像一样。然后一天晚上,喝过酒之后,特雷克里德斯想通过他的无畏和献身精神给亚西比德留下深刻的印象,因此,他成为了杀人犯。关于你们男人的事情,我什么也不知道,但是看上去亚西比德对他是怀有一些谢意的,我所猜测的原因是——如果罪人被揭发,而且大家发现他和亚西比德有关系,这个凶手会使得公众注意到亚西比德的道德败坏。此外,好容易刚刚从伯利克里的监管下获得了自由,那件丑闻不仅仅会威胁到他的个人信誉,还有可能牵扯到伯利克里本身。就是那个时候,你还建议我不要掺和到这件事情当中的,因为这件事是在拿崇高的利益做赌注。"

"是这样的。"苏格拉底承认道。

"但是,我并没有在意你的警告,我在阿加里斯特的帮助下继续了我的调查,最终我得知了凶手的姓名,我可以再现特雷克里德斯离开阿尔克罗斯家的宴会之后所发生的事情。在亚西比德的命令下,克提米诺斯跟踪了特雷克里德斯以阻止他犯罪,我看到了克提米诺斯在竞技馆……"

"你是说你采用了我的方式? 可能吧,但是,刚开始,你怎么会知道特雷克里德斯的名字? 是谁告诉你这些信息的?"苏格拉底问道。

雅典最有智慧的人

粘西比穿过窗户看着东方不知不觉已经渐渐变白的天空。

"现在我可以告诉你了,是雷多。"

"雷多?"

"当时,负责阿尔克罗斯家衣帽间的人正是她。她看到特雷克里德斯离开,然后克提米诺斯跟着离开,他把他的匕首给了特雷克里德斯。"

"女人的团结!"苏格拉底叹气道,脸上是妥协的微笑。

"女人的团结,是的,以此对抗男人的团结。那么你,苏格拉底,你该不会是准备平息这场丑闻,让凶手逍遥法外吧?"

他摇摇头。

"这是因为对伯利克里的忠贞,还是因为对亚西比德的爱情?"

"两者都是,"他回答道,"我一直试图向亚西比德指引美德的道路,而且,丑闻对伯利克里只能是有害的。薛尼亚德会使用阴谋对付伯利克里的。这些,都只能对雅典造成危害。"

"美德?"她叫嚷道,"我怕你的教导他根本就没有听吧!至于公共利益,只要亚西比德还在雅典,就会一直遭到嘲弄。"

"你从哪儿听到什么了吧?"他问道,有点不快。

"他疯狂地嘲笑公众利益,他只想引人注目。这个人头脑冲动,苏格拉底,你没看出来吗?"

她起身,披上了羊毛毯抵御清晨的寒冷。

"看看这些发生过的事情吧,因为这虚荣心,两个人死了:菲利皮季,那个曾经较为小心谨慎地劝说过亚西比德的人;还有悲惨的特雷克里德斯。你认为亚西比德的行为是被哪个人所激起的?"

"我告诉过你,粘西比,总有一天我会建议选举你进入 500

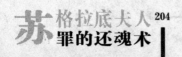

人议会的。"苏格拉底回答道，一边不自然地微笑着。

"不，听我说，你不要说蠢话。看看你的亚西比德，他不但不听从你的劝告，还当众羞辱特雷克里德斯，然后不久，他没有勇敢地揭发特雷克里德斯，而是采用阴谋诡计使他自杀或者沦为疯子，你承认这些吗？这就是你的教育？"

"不。"苏格拉底道。

"那么，请相信我，和这个小伙子保持距离吧，因为我们和他没完没了。我跟你说，苏格拉底，这个人太可怕了！他会毁灭雅典的！现在我得睡一小会儿，你也睡吧，明天你还得回去要求对菲利普的监护呢。"

苏格拉底沉思着返回他的卧室，上床之后，粘西比的话仍然萦绕在他的脑海中：我跟你说，苏格拉底，这个人太可怕了！他会毁灭雅典的！他已经不再轻视他老婆的建议和感觉了，因为，不容置疑，今后她会对亚西比德进行最为恶毒的诅咒。

他被一阵混有笛声、风铃声和鼓声的巨大喧哗给惊醒了，起初他还以为是游行的队伍，但是震耳欲聋的喊叫声一直回荡在他的房前。他匆忙披上毯子，赤着脚跑到门口。他看见粘西比、雷多、奴隶们还有孩子都在那儿，惊奇得目瞪口呆。

"苏格拉底！神授的智慧之所在！"人们大叫着。

他以为是一场玩笑，但当他意识到在这人群中有 12 名神情严肃的 500 人议会的成员在场时，便改变了看法。

整个街区的人们都聚集在他们的身后。议员中最有资历的那位走上前来，手里拿着橄榄枝做的花冠，那肯定是神圣橄榄树。

"苏格拉底，"他宣称，"你知道，雅典城邦的评议会已经去过特尔斐的阿波罗神殿讨过神谕了，我便是首领。现在我们回来，因为神谕答复得很清楚——雅典城最有智慧的人是苏格拉底。在此，就接受雅典城崇高的敬意吧。今晚，我们的城邦会举办一场盛宴以表达对你的尊敬。"

他把花冠戴在了苏格拉底的头上。

苏格拉底嘟哝道："朋友们……荣誉……来自神授的旨意……这，我都糊涂了……我会向你们保证，智慧……神谕想要在我身上确认的智慧，是为雅典城邦服务的。"

他恭敬地鞠了一躬，军乐声演奏得更起劲了。然后，门关上了，街道也空了。苏格拉底站在粘西比面前。

"这一切太好了，"他说，"但是，对我来说这丝毫不会改变我所想的事情，还有，得确认一下雅典城里没有另外一个苏格拉底。"

他放声大笑起来。

在这荣誉之上，又有一次意外的奖励。第二天苏格拉底回家的时候，发现赤裸的雷多躺在他的床上，一盏小灯的微光把她的身体雕琢得既苗条又丰满。他停住，惊奇万分。

"我想体验一下智者的身体的美德。"她一动不动地说。

他无声地笑着，身体因此而抖动。这个惩罚特雷克里德斯的阴谋家！他把大衣挂在旧的挂衣钩上面，解开了扣子脱下束腰外套，朝她走过去。他轻轻地用手掌滑过她的额头她的鼻子她的眼睛，最后停留下来抚摸着她的下巴。她目光定定地看着他，就像雕刻家镶嵌在雕像眼眶中的玛瑙眼珠一样。他的手落到她的双乳上，交替着抚摸她的乳晕，直到它们变得像雕塑一样坚硬。她的下体湿润起来。他的手继而落到她的腹部，抚摸她的肚脐，于是她的整个腹部的肌肉都扭动起来。她弯曲着脚趾，呼吸急促。他的手滑向她的私处，并探索着，仿佛是一个不肯轻

信的盲人一样发掘一个女人。他抚摸她的一条大腿,然后是另一条,尤其是大腿的内侧。雷多兴奋起来,身体酥软,张开双腿,扭过头去。他的手又重新回到她的私处,他的一个手指变了形状,变成冒失的阴茎,缓缓地又走在她的私处,然后弯曲了指尖,以撩拨她下体的更深处。同时,他的拇指给她的私处以快感。

这个时候,雷多的身体时而舒展时而弯曲,像一张在翻转的弓一样。她伸手触摸智者的阴茎,这回轮到她来研究了,这如此简单的家伙,一根被杏子控制着的黄瓜。

"就现在。"她喘息着说。

而后,如同盲人一样,或者说,是所有的意识都集中在了他们身体的中心。他们开始用身体互相摩擦,就像摩擦树枝一样,直到燃烧。他们的欲望支配着他们的身体动作。苏格拉底隐约感觉到雷多的两膝合拢在他的肩上,他看着她肿胀的双乳,张大的贪婪的嘴巴,他对自己已无法控制了,他的所有的爱的艺术都融入了他的几乎勃起的阴茎。她的胳膊伸到脑袋后面,紧紧抓住床沿,她的眉毛向着张大的嘴弯下来,她的脸幻作一个戏剧中的面具。她发出断续的喘息声。他直驱进入她的身体内部,伴随着回响在耳畔的她的阴道收缩发出的声音,而这声响如往常一样,受驱使于强力,受驱使于他的对这条释空他精力的通道所怀有的新奇。

黑夜重新降临,他们呼吸的节奏被分割开来,他们彼此离开了对方的身体。他舒展了一下,把手放回雷多的身体上,并抚摸她的私处。她再次兴奋起来。

"智慧,"她自语道,"智慧便是计谋。"

"难道你的情人没有计谋吗? 他?"

"厄梅尼斯就像一个装甲步兵,"她起身说,"他就只知道

雅典最有智慧的人

短剑。"

他笑了。雷多穿好她的束衣,轻轻地走出卧室,以便不惊动粘西比。

临睡之前,他混乱地思考,人类两性之间惟一的关系既不是语言、动作,也不是精液? 是这样吗?

5 鬈发人家的夜晚

春天携着由它洗涤过一般的清凉天空和顽皮的乌云又回来了。顺着风吹来的某个方向,传来开满花朵的田野的馨香。如果是从海上来的风,便洋溢着南弗斯山和缪斯山的香味,如果是从东南方向来的风,则来自伊梅特山和里卡贝特山,所有的山峦都开满了鲜花,如蜂蜜一样香甜,人们说,这些花儿都开得精疲力竭了。

但是说实话,当我们置身于斯托阿的时候,在比雷埃弗斯也一样,我们会怀疑是否真是因为乡村的花香传得这么远,因为近一两年来,这里的花商们都有充足的货源。通常会有奥多小女孩,偶尔也会有男孩或者上了年纪的人,他们从田野上采撷花朵,然后用它们编织成茉莉花环,可能掺有木樨草花束(一部分用嫩枝系起来,一部分用丝带扎起来,还有两部分散开的或者系成花冠的样子)。一段时间以来,富人们便用花瓶来装点他们的宴会厅,而夜晚,年轻的纨绔子弟们或者手里拿着水仙花或者恬不知耻地在头上戴着勿忘我编成的花冠,四处溜达。

而这会儿离伯利克里死去已经有 13 个年头了。塔基和德米斯都是斯托阿前面的小酒馆的老主顾,小酒馆已经扩建了,并且换了主人。伯利克里死后一年,一场心脏病夺去了酒馆老板的性命。现在是他的侄子,外号"鬈发人",继任了酒馆老板的身份。鬈发人远没有他叔叔的慷慨,结账时他不再实行"酒神的小酒杯"的经营方式,相反,他把价目表上的价格都提升了不少。除了两种啤酒,他新提供了一种维苏酒,是一种几乎为黑色的充满紫罗兰香气的酒,还有一种金黄色的萨尔德酒,酒性极烈,只能小口品尝。同时,鬈发人还增添了两项新服务,一是冰镇上等饮料,就是把它们事先倒进瓶中封上口,然后把瓶子放进卤水中直浸到瓶颈处,盐分的蒸发会大大降低温度,这样喝起来就更容易止渴,而且感觉妙不可言;第二是用一种饮用过程中可以放在桌子上的大口平底玻璃杯来盛酒,这样,就无需手里拿着酒杯或者一口气喝光了。也正是鬈发人把这种方式推荐给了亚西比德,而亚西比德很快向他预订了24个用金子装饰的平底大口玻璃杯。鬈发人为自己的精明而得意洋洋。他不采用往上等酒中兑水的方式,相反,他认为应该小口小口地饮用。他还让金属制造商制作了好多四角灯,摆放在餐桌上,这样,灯光照亮了菜肴也照亮了用餐者。一下子他的顾客便络绎不绝了,就连晚上都有好多人光顾,这大概是因为人们都像蝴蝶一样向往着光亮吧。如此一来,都成为一种时尚了。

另外,为了增加他的小酒馆的吸引力,鬈发人还托人购买了一个铜质的漏壶,这个价值不菲的装备被引人注目地摆放在酒馆前面的三角架上,这样,当日光刻度盘随着夜幕的降临而失效时,他便可以决定何时关门打烊了。

有一点没人弄得明白,就是从秋天的第一天起,是正午之后的第九格关门,而到了夏天之后,则是正午之后第十一格关门。

我们的两个伙计,塔基和德米斯,现在都快60岁了,牙齿都有脱落的了,步履也显得蹒跚了。但是他们获得了思想的愉悦。一年来,他们像普通伙伴一样和克雷昂提斯聚会。这个审判官议会的官员,他娶了一个有钱的寡妇(瘟疫之后他已经找到过好多这样的女人),他因此提高了自己的等级:他的财富和他的阅历,使得他成为城市事务所里的头目。他厌恶宴会,因为他这个人一来比较懒,二来他吝惜自己的钱财。但是他却很乐意和斯

苏格拉底夫人
罪的还魂术

托阿的几个朋友交往。他们在小酒馆旁边点了几个菜肴,又从那些用手腕托着托盘的流动商贩那儿买了罐头肉酱。没有高价厨师的烹调,也没有娴熟的仆人的服侍;没有杂技表演,也没有需要付费的舞蹈演员。

"你去看过艾里克代农的进程了吗?"塔基问克雷昂提斯。他已经坐定不想再移动了。

"我带着500人议会的委派书去看过了。"克雷昂提斯嚼着蘸醋的黄瓜,回答道,"正赶上挖掘工人们发现了一座很有名气的坟墓,没有人猜得到这坟墓主人的真正身份。"

"是个国王,肯定是个国王。"

"是的,一个国王,这没错,但是,是哪一个呢?"

"是一个迈锡尼国王。"德米斯进一步说。

"那这个坟墓就是他的王国留给他的一切了?! 不过说起来那建筑的确很美。"

"这工程拖得很久了,"塔基说,"五年前他们就动工了,可是瞧瞧到现在还离完工远着呢。"

"至于那座纪念碑,无论如何我都不认为他会增加伯利克里的财富。"克雷昂提斯说道,"放心,它会让其他人富有的。"

"例如?"

"例如,亚西比德,他刚入选进十将军会,他一直缺钱。"

"不管怎样,这个家伙被选入十将军会也太过分了!"塔基夸张地说,"那天下午我在奥尔多索斯那儿卖治疗风湿病的药膏,你们猜我看到什么了? 我们的亚西比德正神气活现地出现在阿格拉的中心,光天化日之下,他穿着紫色的袍子,像皇帝一样!他后面跟着一队运动员,围着他又唱又笑,仿佛他真的成了皇帝一样! 他以为自己是谁啊! 他还想加冕称帝啊? 他又是哪里弄

鬈发人家的夜晚

来的这些钱？不，克雷昂提斯，我同意塔基的意见：如果亚西比德可以从公共事业中敛财的话，他是不会放弃的。"

"别担心，我的朋友，有我们在，我们担任着法官的职位，会监视公共花销的。亚西比德有他自己的银行。他这会儿面对斯巴达和阿尔戈斯，还有其他的事情要忙着处理呢。"

"我们和斯巴达以及阿尔戈斯之间到底发生什么事情了？"塔基问道，"昨天我看到拉栖第梦人经过城邦，在雅典出现拉栖第梦人，并且没有人能说清楚他们在这里做什么，他们逍遥法外。每个人都在心里捉摸着，但是谁都是一无所知。"

"像往常大多数时间一样。"克雷昂提斯说。

另外两位边探着身子听他讲述，克雷昂提斯能够和大将军们接触，而且是雅典城中消息最灵通的人之一。

"事实上，"他开始说道，"大家都想要和平，雅典和斯巴达也是。现在，出现了阿尔戈斯这回事，阿尔戈斯和斯巴达曾达成协议，而协议现在到期了，阿尔戈斯是想和斯巴达续约还是想和我们建立一个新的协议？没有人知道。科林斯不信任我们，他希望阿尔戈斯继续和斯巴达站在一起。而我们，我们之间互相也不信任，如果和阿尔戈斯签订协议，这定然是件好事，但问题是，如果我们签订这样一条协议，斯巴达会控诉我们有不诚信的意图，而且，如果阿尔戈斯将科林斯、艾里斯以及蒙提内也拉进我们的同盟，斯巴达更会控诉的。但是如果斯巴达延续他的条约，就该由我们以同样的理由来指控他了。这就是我们现在所处的境地。"

"那在这一切当中，亚西比德扮演的是什么角色呢？"塔基问道。他小心地把腌制的鱼脊肉夹进一片芝麻面包里面。

"他代表着反对斯巴达的派别。他趋向于同阿尔戈斯终结

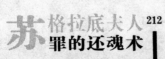

协议。但是他还需要考虑到他的对手尼西亚斯,尼西亚斯认为这场战争打得比较艰苦,而且他已经好意将我们在皮罗斯捕获的俘虏放回斯巴达了,而斯巴达人当时坚持要求释放这些战士,因为他们都是精英,而不是维奥地亚人或者希洛人。"

"也就是说,亚西比德反对和平。"德米斯说。

"我看不透亚西比德的想法。"克雷昂提斯耸耸肩膀回答道。

"那现在呢?"塔基问道,"我看到的拉栖第梦人又是什么呢?"

"这不太清楚,"克雷昂提斯支吾着回答说,"亚西比德已经秘密地向阿里吉夫要求向雅典派遣一名大使以建立联盟。可能斯巴达也有类似想法,因为阿里吉夫很快便向我们同时也向斯巴达以及其他一切敌对者派遣了前来要求结束战争的使者,这就是你所看到的那些拉栖第梦人吧,没有人知道是谁促使这件事情发生的,不是亚西比德,也不是尼西亚斯,谁都不是。"

"这太混乱了!"塔基叫道,"我们永远也别指望能搞清楚来龙去脉了,告诉我,克雷昂提斯,为什么你没有被任命为大将军?你的学识足以胜任了。"

克雷昂提斯小口品着他的维苏酒,重新举起桌上的大口平底杯,凝视着在烛光中闪耀的红宝石般的液体,最后回答道:"因为我没有那么大的野心,作为一个大将军,得要学会树敌,这种境遇我可不感兴趣。同样,还需要上战场,也就是说得拿生命冒险,不管怎么说都会受伤,风餐露宿,从早到晚带着满身的泥浆听取战士们的对话,还有可能感染各种各样的疾病。我爱雅典还不至于如此。我还打算着等我老的时候能够保留完整的四肢和眼睛,身上没有长矛的疤痕呢。"

他向两位对话者故作天真地微笑了一下。

鬈发人家的夜晚

另两位便噗嗤一声笑了出来。

"那么,你本应该成为哲学家的。"德米斯嚷道。

"哲学家同样也是一个危险的职业! 至少在雅典!"克雷昂提斯又要了一小壶酒。

谈话使得他们感觉到饿了。克雷昂提斯看了一眼流动商贩的甜点,买了三个有奶油葡萄干夹心的小圆面包,放在桌上,接着说道:"尽管伯利克里做了积极的防御,但是阿纳卡薛拉斯被从雅典赶走了,他的门徒普罗塔格拉斯大概也没有继承他,因为我听人到处说他因大逆不道遭到控诉,只剩下伯利克里从前的议员苏格拉底了,同样也是无用之人。"

"噢,苏格拉底!"德米斯冷笑道,"雅典最有智慧的人! 亚西比德的情人……"

克雷昂提斯皱了皱眉头。

"他还是亚西比德的情人吗? 我很怀疑这一点。亚西比德在高级妓女那里过夜啊! 他也需要变化,对吧?"

克雷昂提斯任凭两位客人大笑不已,自己却微微笑着,镇定地寻思着刚才自己发表的放肆的言论。

"毕竟他已经 29 岁了,"德米斯说,"这要想取悦苏格拉底的话有点太老了。"

"哦,这样啊,"塔基怀疑道,"苏格拉底可不会以年龄取人! 他在他所授课的年轻人家里购买生活必需品,他付的价格都高于市价的。瞧瞧奥尔多索斯的独生儿子,这个小伙子想要学哲学,因为奥尔多索斯很富有,他便付钱给苏格拉底,那么,从这个药店老板这儿我们能够得知些什么呢? 他的儿子将要继承亚西比德的角色!"

"但是现在,亚西比德已经结婚了啊,不是吗?"塔基询问道,

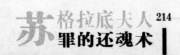

"我是说,他不是已经为了好处而结婚了吗?"

"为了好处而结婚,这是什么意思?"

"你难道不知道这场离奇的婚姻吗?他和他的叔叔与同一个女人订婚了,在夏尔斯蒂克,有 10 多年了吧。"

克雷昂提斯振臂呼号道:"不是在夏尔斯蒂克,是在埃勒斯邦的阿比多斯,青春真是应该逝去啊!"

"这真是够宽容啊,"德米斯断言道,"谁都知道,他去阿比多斯学的是组织艺术!他在雅典和无数人睡过,我们都想象不到。并不是所有的人都能意识到你的严谨,克雷昂提斯,亚西比德不可能做到只和一个人相爱,看上去他很厌恶朝夕相处,他最喜欢的结合方式是前面一个女孩,后面一个男孩,还有人们在他面前表演亲吻,这就是他老在妓院打发时间的原因。"

克雷昂提斯听着这些闲话,神情悲怆。他细细咀嚼着伴有调味蔬菜的碎羊肉,说,"那怎么了,然后呢?"

"然后,没了。这就是我们所了解的大将军。"

"爱情上的节欲对于政治能力来说并不是必需的,"他反对道,"我们之所以选他做大将军,是因为他具备了作为一个将军的政治能力。"

"这些也未能告诉我们他到底结婚了没有啊!"塔基接着说道。

"结婚了,一年前他就结婚了。"

"和谁?"

"一个漂亮的女孩,一个行为庄重品德高尚的女孩,是易普尼克斯的女儿,你知道,他是伯利克里的老婆的前夫。"

"哦,对,"塔基放声大笑,"甚至在婚礼的前一天,亚西比德还侮辱过易普尼克斯!他和人打赌,结果他赢了。"

鬈发人家的夜晚

塔基笑得翻了个儿,而克雷昂提斯依然保持着他的严肃。

塔基抹了抹嘴,接着说:"更绝的是,第二天,亚西比德请求他的岳父惩罚他,但是易普尼克斯却宁可原谅他以终止他这些怪诞的行为,真是个小丑!"

克雷昂提斯还是不发一言。

"不管怎样,他们是一家人,"德米斯说,"这个女孩是卡利亚斯的妹妹,她好像非常富有。"

"那当然。"克雷昂提斯断言道。

一个穿着紧身外衣的女孩摇摆着身体走到三位进餐者身旁,她的衣服非常的贴身以至于这三位忍不住幻想起其身体最重要的部位。

三个人的目光将她从头到脚打量了一番。鬈发人也注意到她的出现,他挥挥手示意她离开。

"这不是我们的年龄做的事儿了。"德米斯自言自语道,语气里满是惋惜。

"她有 15 岁,而且那个部位已经塞好了避孕棉。"克雷昂提斯观察着,不屑地说。

"有道理,无论怎样,现在已经没有人还认为人们应该抑制情感了。"塔基说,"钱,野心,这就是他们所知道的一切。当伯利克里死去数日之后,周围充满了人们面对无尽的失望的呐喊时,阿斯帕吉找到了一个新的伴侣,我猜想伯利克里的灵魂的傻笑会充满整个地狱的:他的继任者竟然是一个贩羊的商人!而且他的确非常的富有!"

"她甚至认为她会让他成为雅典最聪明的人。"克雷昂提斯说。

"或许他会借钱给亚西比德。"德米斯推测道。

苏格拉底夫人
罪的还魂术

"更何况,小伯利克里现在是亚西比德集团的一员。"塔基补充道。

"你们一直这样谈论亚西比德不烦吗?"克雷昂提斯不耐烦道。

"那你呢?"塔基反驳道,"我们一讲到他你就沉默不语,你烦不烦啊?"

三个伙伴不约而同地笑了起来。鬈发人已经当众测定他的漏壶了。于是人们互道晚安,起身离开了露营地。

鬈发人家的夜晚

6 公众家庭的一幕

　　近来一阵盛行起最为阿谀奉承的言论，就像被遗忘在玻璃杯中的红酒，一旦宴席散场，它便慢慢变质直到发酸为止。特尔斐城的阿波罗神殿的女祭司宣告苏格拉底的智慧后几个星期里，赞颂和恭维四处弥漫，就像雨后的蘑菇一样。然后，人们又厌倦于如此赞美一个人，即使他是由神安排的，于是敬意变为滑稽可笑。那些最为蔑视正统的人们甚至认为，女祭司把如此庄重的荣誉给了苏格拉底，那她自己大概也得到了这一荣誉获得者的崇高敬意。

　　不管怎样，女祭司的声明对于苏格拉底来说，仅仅意味着神圣橄榄枝编织的花冠、12 场盛宴、一坛美酒以及亚西比德给的一笔钱。亚西比德的慷慨解囊仅仅是一种陪衬而已，苏格拉底得养活他的老婆和两个儿子。于是，在奥林匹亚 88 年(公元前 428 年)，在粘西比的建议下，苏格拉底决定以学校老师的名义召集起他一直尽心尽力分别向他们授课的年轻人。粘西比暗地里希望着，如果门徒们聚集到一起，就会证明哲学家的名副其实的荣誉，而且会为他招徕更多的学生。她的希望果然得以实现了。因为，刚开始只有三四个学生，一段时间之后，学生的数目达到七八个，后来甚至超过了 12 个。

　　在那些最勤奋的学生当中，包括，年轻的卡里代斯；寡头政治的成员薛诺夫；被称作戈里提亚斯的贵族青年，他把他的表兄和姐夫也带过来了，那个年轻体壮的叫做柏拉图的小伙子擅长拳击，另一个成年人但也还算年轻的是夏尔米代斯。另外还有打算从事各种职业的年轻人，有想做律师的，有想从政的，还有

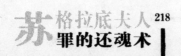

想做诗人的。卡里克莱斯、凯雷夫、柏罗斯、埃凯克拉特……苏格拉底曾经希望可以让年轻的菲利普，那个他所疼爱的青年也来加入的。但是粘西比控诉道："菲利普刚一取得了他的监护人为他谨慎积累的财富和利益，他就离开住到拉尔戈斯那里了。"

她曾经跟他说过："你要当心雅典，你英俊又富有，他们会粗暴地将你剥夺殆尽，使你什么好处也得不到。看好你的财产，在你养成熬夜和喝烈酒的习惯之前赶紧结婚。"

她应该是受过良好教育的，他最终听从了她的建议。

还有一个来自弗里吉亚的年轻人，苏格拉底几乎认为他是所有人当中最有天赋的一个，尽管他也是最不好管教的一个。他18岁，金色的头发，宽肩膀，力大无比，线条硬朗，身材短小，狡黠的方脸，有一条胡子遮不住的刀疤。15岁的时候，他因为在塔纳格拉战役中的勇猛非凡而出名。他叫安提斯代纳，自称曾做过诡辩家格尔基亚斯的门徒，现在离开了他来投奔苏格拉底。一天下午，他去了十将军会，大将军尼西亚斯发现安提斯代纳是由苏格拉底以及其他人陪同来的，便向他们走过去。他用一种不寻常的热情向安提斯代纳打招呼，然后转向苏格拉底，问他："他现在是你的学生了？"

苏格拉底微笑着点头。大将军又说道："听我说，这个小伙子应该开办一个装甲步兵学校，单他一个人，就打败了10个维奥地亚人，他会杀掉一半吓退一半的。他那会儿才15岁而已。"

"那就任命他为大将军吧。"苏格拉底开玩笑说。

"我想让他跟在我身旁，"尼西亚斯回答说，"但是他不想再听人谈论武器了，他决定学习你的艺术，你得当心，他这人喋喋不休，说话快得如同你的短剑。那天回家路上，一群雅典人指出他不是天生的雅典市民，他便斥责那帮人本身也不比这儿的蜗牛高贵到哪里去。"

尼西亚斯又笑了起来，他的笑感染了所有的人。

关于安提斯代纳，他还有好多其他的轶事。

作为一场盛宴的宾客，散席后，好像经常是这样的，他便因大家对性的乐趣而起身离去，其他宾客对此怀恨在心，第二天便向苏格拉底抱怨道："他以为自己比我们高尚吗？"

安提斯代纳便站出来很镇定地回答："我并不认为我自己更高尚，而且我更向往你们所追逐的疯狂的感觉。"

"为什么？"

"因为，第二天，你们精疲力竭地起床，头脑混乱，嘴巴里黏糊糊的，钱袋也空了，为那些根本不需要的欲望而过度挥霍。战争时，我们丝毫不需要酒精和性行为，你们根本就不会想这些。而当这些欲望出现时，人们一时冲动便做了让步。"

其他的门徒都听得惊讶，"他在说什么呢！"

苏格拉底微笑着点了点头，"他说的是自由。"

但是当他讲到伦理学和城邦道德时，苏格拉底就觉得更加受震撼了。安提斯代纳看上去几乎要比他的命题更胜一筹，而他最经常询问的人正是安提斯代纳。

他对安提斯代纳的智慧的敏捷有着分外的器重，同时也混杂着一种神秘的爱慕：不仅仅是因为这个小伙子卖掉了他的主要家产以支付给苏格拉底学费，同时也是因为他每天早晨都跑遍分布在他所居住的比雷埃夫斯港的雅典的竞技馆，仅仅是为了听到苏格拉底的声音。

偶尔亚西比德也加入到这些门徒当中，但是，他声名远扬，而且是大将军，且不提他和他的老师之间微妙的关系，总之没有人认为他和其他人是平等的。至于苏格拉底，仍然是由安提斯代纳总结了他对此的态度："亚西比德并不向往通过苏格拉底的教育而提高自己的智力，他是想要成为苏格拉底。"听闻这种想法，苏格拉底只是一笑而过。是的，可能这就是他迷恋亚西比德的关键原因吧。在亚西比德的欲望中，除了美貌，他还想要财富和权力，想要他老师的头脑。然而，这些并没有减弱粘西比对这个年轻人的厌恶，"菲利皮季谋杀案的真正凶手！"她坚持这么认为，"这么多年过去了，或许时间已经或多或少冷却了他倾注在哲学家身上的激情。"

"所有的这些混乱的局面……"他心里想，"人们带走了他对亚西比德的偏爱，这虚荣心啊！"当他想到他毫不吝惜地教授给那个年轻人的建议时，他便像尘埃一样来到了他的身边。

苏格拉底集会的地点随着季节和天气变换。春天和夏天的时候，是在学院附近的大体操馆，那里的阴影处非常凉爽，或者在艾利达河岸的小体操馆，但一到秋天，或者天下雨的时候，就转移到阿格拉，距离帕纳德奈路和大斯托阿不远，这样，在必要时便可以避雨或者喝杯热奶。

一天，他们正以此方式避雨呢，帕纳德奈附近一个女人的叫喊声打断了他们的谈话。这不可能听不到，因为人们都围在她的面前。她说："你根本不是一个丈夫，你是个杂种！结婚一年了，我见你的时间不超过一个星期！"

雅典的人们并不习惯将家庭的风波暴露在公众场合，但是，使这一场景不寻常的是，被如此斥骂的人正是亚西比德。他试图握住年轻女人的胳膊带她离开，但是她严词拒绝了，"你在妓女那里过夜，你把我父亲给我做嫁妆用的钱给她们！更过分的是，你和双性恋的妓女睡觉！不！你放开我，我有权力要求离婚！放开我，我要离婚！"

公众家庭的一幕

围观者们放声大笑，"这就是我们的大将军的家务事！"

苏格拉底和学生们疑虑地看着这场争吵。

"谢天谢地，卡利亚斯没有在场。"苏格拉底嘟囔道。

如果他见到亚西比德如此恶劣地对待她的妹妹，他一定会奋起保卫家族荣誉的，而且丑闻也会变得更为可怕。

事实上，易普尼克斯的女儿话讲得越来越刻薄了："……你想要的一切，只不过是像玩弄一个妓女一样玩弄雅典，无耻的大将军！我要离婚，我一定会离婚的！"

"够了！"亚西比德打了她两个耳光，强行把她带走了。他们在人们的戏谑中穿过广场。女人竭力反抗着，但是并没有人敢上前干预，哲学家和他的学生们目瞪口呆地立在那儿很长时间。苏格拉底刚想继续他的讲学，便注意到在围观者当中，大概十来步开外的位置，一个女人定定地看着他，是粘西比。她沮丧地摇了摇头，然后沿着斯托阿的方向消失了。这个世界上，没有什么会比她对亚西比德的蔑视更为坚定了。苏格拉底再一次思索起他老婆的预见。

"我们讲到哪里了？"他问道。思绪比较混乱。

"讲到所有的想法都体现出其持有者的主观态度。"卡利克莱斯说，"而我，无论如何我也不可能有和克里多一样的想法。"

"那这又是为什么呢？这一切是怎么形成的？"

"这在于每个人都是根据自己的经验来阐述世界的，而每个人的经验是与其他人不同的。"

"非常好，你认为所有对世界的阐述都是歪曲的吗？"

"不是的。"

"那你认为，即使卡里代斯所说的与你所说的完全不同，他也不会是完全错误的吗？"

"对,是这样的。"

"但是他也要考虑到,如果他的想法包括一部分真理,也同样会包含一部分谬误。"

"这正是我想要表达的。"

"但是,在这种情况下,你可能会认为,如果你自己的想法同样包含一部分谬误和一部分真理,找出你所说的话和他所说的话当中的公共部分,对你来说是有益的。"

"我有过这一点想法。"

"好的,这也就是对话的实用之处。"

卡利克莱斯用嘲弄的语气打断他,问道:"那么对亚西比德来说,找到他老婆言词中的真理的部分对他是有益的了?"

其他人则幸灾乐祸地看着学生将老师绕进他自己的言论当中。

"当然,"苏格拉底满意地说。他微笑着面对这个为他设好的陷阱。

"亚西比德做过你的学生,为什么他不懂得那样去做呢?"卡利克莱斯又说。

"因为他被激情所累。"苏格拉底用目光同安提斯代纳商量着。

"那么,你认为是他的激情蒙蔽了他的理性?"

"是的。"

"那你认为对于你的学生,应该教育他们提高理性还是教导他们控制激情的方法?"

苏格拉底用蓝色的眼睛看着他的对话者。

"我会教授论证的方法,但是我仅知道有两位老师能够教授控制激情的方法。"

公众家庭的一幕

"哪两位?"卡利克莱斯问道。

"年龄和失败。前提是,失败没有缩短你的生命。"

第二天,他得知十将军会和拉栖第梦人之间又有过一次交谈。尔后十将军会和阿尔吉夫之间也有谈判。他在鬈发人那里简单吃了点东西以恢复体力。忽然传来一阵噪音,上百只红隼的叫声伴随着低沉可怕的轰隆声。大地像在脚下跳舞。我们知道原因也没有用,因为根本不可能不害怕。鬈发人和他的顾客们脸色变得苍白。狗在狂吠,路人都向阿格拉跑去,好像那是一个比其他地方更安全的去处。地震过去后,每个人都把目光转向卡里托斯,卫城建起的地方。但是地震丝毫没有撼动这座庄严的建筑,也没有影响到守护神雅典娜的雕像。相反,这场地震一瞬间抹去了因亚西比德的公开的家务纠纷而引起的痛苦的痕迹,或者说是抹去了人们对此的记忆。

最严重的后果是,这次被按照传统认为是如日食一样的预兆的地震打断了同拉栖第梦人之间的谈判,且没有重新开始的意愿。500人议会中的一员下午的时候通报了这一情况。

"也就是说,和阿尔吉夫的联盟取得了成功?"苏格拉底问道。

议员点了点头。

苏格拉底思量着,好运又一次光顾了雅典。

"你看上去不高兴,"议员观察道,"你有偏向吗? 对某一个流派?"

"我只知道雅典学派,除此一无所知。"苏格拉底回答道,"相反,我为这种情况下两个派别的互相对立感到遗憾。"

"你是说尼西亚斯流派和亚西比德流派? 但是在民主制度下存在两个流派难道不是很正常的事情吗?"

"我们的民主脆弱得像从土壤中萌芽的小麦一样，"苏格拉底回答道，"这次地震可以被看作是一个象征。阿尔戈斯也很脆弱，但是斯巴达很强大，我觉得我们应该加强我们的安全防护，而不是投身冒险活动中去。"

　　"神谕还是有道理的。"议员说完，离开了。

公众家庭的一幕

7 戏剧的死亡

"如果以智慧作为测量单位来评价的话,苏格拉底是一个有分寸的人。特尔斐的神庙已经显示了神所授意的预见。我觉得我们应该多听从他的意见。"

这一切都得益于发生在羊皮商那儿或者偶尔发生在大路上匆匆进行的突如其来的某次交谈。然而,这些微不足道的小事情有时候是会改变舆论的。就如同雕刻家用他的凿子向他的有天赋的但是太学究的学生的作品所施予的修改一样,他赋予一件平庸的作品非凡之处。

"他会预言!"大将军反驳道。

"建议亚西比德听从他的建议吧!"

这样,便形成了一股潮流,不止一个大将军劝说亚西比德听从他的老师:这不会吃亏的。但是亚西比德已不再向任何人征求意见。他反驳道:"我们不和哲学家谈论政治,更不用说谈什么谋略了!还有,"他傲慢地补充道,"不同年龄的人对不同的事情感兴趣,苏格拉底的乐趣在于探讨哲学,而我,亚西比德的乐趣在于谋划策略。"

至于粘西比,20年来,她注视亚西比德的目光日益凶狠。

她对雷多说:"一想到这个蠢货兼恶棍夸耀自己曾经做过苏格拉底的徒弟我就气愤!如果我丈夫有一点公共意识的话,他就该诉讼亚西比德的诽谤罪了。"

苏格拉底听到了粘西比这一敏捷的答辩,因为她通常都是高声讲话的。

"国民大会的议员会立即抓住你这一话柄的。"他对她说,

"他们会让我们为亚西比德的决定负责任的。看看发生在普罗塔哥拉斯身上的一切吧。"

事实是这样的,几个星期之前,有一个好事者研究了普罗塔哥拉斯声誉最好的一篇论著《论存在》,然后在议会面前对这位哲学家表示了愤怒,称他为多余的外国佬。此人很过分地要求赔偿给他一笔数目为一万德拉克马的钱,因为普罗塔哥拉斯向年轻人传播渎神的学说。

"什么渎神的学说?"学生们问道。

另一个便高声念了出来:"神明,我不能说他们存在或者不存在,也不能说出他是什么样的形状,有很多事情阻止了我们去认识这一问题,敏感的消失以及我们生命的短暂。"

学生们意识到这句话是有双层含义的:"普罗塔哥拉斯没有说神是不存在的,但是他也不认为神是存在的。因为他并没有亲见。"

"我们是该要求教师教授他所想的,还是他应该想的?"原告坚持认为,"这就是一个坚持认为没有真理只有舆论的人。在他看来,星宿只是些石块儿,但我们知道,它们是神明!我们还没有公布惩罚这种渎神行为的教谕吗?"

这个人使得议员们觉得为难,因为普罗塔哥拉斯是一个有名望的哲学家,而且,几年前对另一个哲学家阿纳萨格拉斯的流放,已经激起了一场尖锐的批判。于是他们登记了他的指控,期待国民大会会将它驳回。然而,国民大会并没有想要探讨哲学的意图,因为这种辩论通常都会给那些多嘴的人们提供太多的无休无止叽里呱啦说个没完的机会。于是国民大会最终向阿雷奥帕奇提起了诉讼。而阿雷奥帕奇断定普罗塔哥拉斯事实上是在发表渎神的学说,并判处他遭流放。而且还判决他的书应被

戏剧的死亡

焚烧。尔后人们便见到一些自打离开综合教师家的凳子就没再碰过书的蠢货们在柴堆面前欢蹦乱跳,这景象让苏格拉底觉得像是自己被判了刑一样难受。

就在奥林匹亚88年后第二年,普罗塔哥拉斯离开了雅典。这对苏格拉底来说是最为痛苦的事情,他甚至都不再愿意走出城墙。他请求粘西比对此为他保密。

人们忘记了普罗塔哥拉斯。对于一个忙于战争的民族来说,根本就不在乎对于一个哲学家的多余的担忧,也不在乎对那些好心崇敬他们的人所怀有的不满。那些诽谤者,还有成群结队地奔走在城邦里尤其是在阿格拉的那些不知疲倦地搜集流言蜚语的间谍们,他们可不打算为此而浪费时间,风声过后,时间的尘埃便遮盖了这件事。

帝国在造船厂里打造了大批的武器,在铸造车间里,生产着大批的长矛的尖头和短剑,而在皮革商那儿,正在准备造盾牌的皮革。用来建造三层划桨战船的干木材的缺乏和战士的缺少造成了除先前的渎神行为之外的另一个重要问题。人们到处谈论几周以来木材商们通过木材交易所赚得的财富,他们从伊奥尼运来了大量的干木材,还有,人们也没有忘记谈论那个被主人释放的奴隶,因为他发明了一种方法可以把塔斯树脂和马其顿树脂变得浓稠,然后通过在里面添加细沙用来填塞船缝。

后来,便是酒神狂欢节时期了。尤其是埃拉菲伯利昂月(介于公元前423年的三月和四月之间,应该记住这一点,人们不情愿上演戏剧:戏剧是宗教节日需要保留下来的)的12号和13号,用来上演一部新的喜剧。人们在迪奥尼索斯竞技场的廊柱上、在卫城脚下张贴广告:《强者们》和《骑兵》。

剧目上演的时候,苏格拉底也在斯托阿,他在和克里底亚交

谈,他是亚西比德的表弟,他们在谈着关于政治冒险的事情。他一直都观看索福克勒斯的戏剧,诗人坚决邀请他前来观看,但是他不喜欢他认为很粗俗的喜剧,里面的演员丑陋极了,通常还套着肥胖的假腰以变得更加可笑,那些街沟里面的玩笑。

交谈一直延续着,而且天气对于这个季节来说是很温暖的。

"在最好的场景中,克里底亚,你的表演都是从公共道德中得益的;而在另外一些场景中,你的表演则是来自你的野心。"哲学家说道,"公共道德并不是伦理学,城邦的道德才是,并且,你可能会被迫置身于一些与真相相违背的场景中,即使你看上去并没有违背公共道德。如果你遵从,你很有可能会被推向既违背公共道德又违背伦理的行为。"

"目前看来,城邦非常地需要管理。"克里底亚称。

"事实上应该是这样的。"苏格拉底同意道。

他喝了一口酒,接着又说:"但是这是一项连赫拉克勒斯自己都有所犹豫的使命。"

"你不赞成伯利克里的所作所为?"

"噢,不是的,但那是曾经的伯利克里。"

忽然,一群熟人匆忙来到了他们身边。大家都非常激动,以至于气喘吁吁的。

"啊,苏格拉底! 真希望你是知道的。"

"我该知道什么啊?"

"阿里斯托芬……他的喜剧,《鸟》……是针对你的一场攻击。"

"针对我?"

他听着人们讲,在剧中他被表现为一个不忠诚的老疯子,固守在一个叫做"思想领域"的地方,向学生们讲授一些狂妄的言

戏剧的死亡

论以及亵渎神明的学说。这样,他声称不存在神灵,只有所谓"混沌、呼吸以及空气"。一个叫作斯泰普亚蒂斯的傻瓜向他求教以便掌握如何应用"苏格拉底的新智慧"来欺骗他的债主。而当苏格拉底对他讲到宙斯不存在时,斯泰普亚蒂斯便问道,那么雨是从哪里来的……

苏格拉底和克里底亚皱起了眉头。像三个步兵大队一样多的诽谤者也不能作出再恶劣的事情了。

"然后斯泰普蒂亚斯解释说他曾经一直认为雨是宙斯的尿通过大筛子降落下来。"

"那么人们就以此为乐?"克里底亚惊问。

"是的,他们不得不笑啊。"

"那这出喜剧的结局是怎样的?"苏格拉底问道。

"斯泰普蒂亚斯带领着一群狂犬病患者把你和学生们关在'思想领域',然后放了把火!你喊道:'我喘不过气来了!'而斯泰普蒂亚斯回答说:'你为什么侮辱上帝?你去月亮附近游荡吧!'"

苏格拉底喝了一口酒。

"这真是太恶劣了,"另一个接着说,"当你和你的学生们挣扎在大火中的时候,斯泰普蒂亚斯鼓动他的帮凶说:'打他们,为着不止一个的原因,打他们,尤其是因为他们说了亵渎神明的蠢话!'演到那儿,我就不再笑了。"

"但是这是在号召谋杀啊!"克里底亚喊道,"苏格拉底,你认为我们该对阿里斯托芬的诽谤提起诉讼吗?"

苏格拉底定定地看着他,沉默良久。

"这样做将会给他带来更高的声望。"终于,他说道,"不管怎样,我也没见他触犯了什么法律。好了,晚安。"

他起身回家。在路上，他自己思考了这场攻击的性质，这是反映了大众的感情了吗？然而他至今都未留意到这点。或者，这仅仅是一个题材，而苦恼的作者一时兴起便如此借助于做差劲的教师来进行创作。

但是数千名雅典人大笑着观看了他的谋杀被搬上了舞台，这可不是一件让人振奋的好事。

粘西比直到早晨才通过邻居们得知这件事。苏格拉底一离开家，她就叫嚷着要花钱雇人在这个阿里斯托芬的肚子上插一刀。苏格拉底镇定地返回来，答复她说："这样子，谁的情绪比较镇定，我丝毫不再怀疑了。"

在阿格拉，几乎所有的人都当众挖苦他。也有人前来安慰他，有人询问他做何反应，有人建议他狠揍一顿阿里斯托芬……

"为什么不是那些在比雷埃夫斯港飞翔的海鸥呢？"他回答说。

德尔斐的神谕失去了效应。

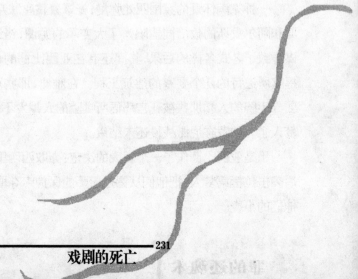

戏剧的死亡

8 石像阉割事件

"好像我们在外打仗还没有受够似的，人们又在内部挑起了争端。"一个老议员低声埋怨着，他和苏格拉底保持着联系。"寡头政治和民主派之间的对立导致了内讧。"

事实确实是这样的，告密者的队伍像寄生虫一样迅速扩大。寡头政治和民主派各自在城邦和比雷埃夫斯那些一无是处的人当中招徕自己的拥护者，而那些人仅仅因为他们的犯罪意图便狂喜不已，像打了胜仗一般。最后，我们远远地就能认出他们来了；只要他们一发觉有两三个人在交谈，他们便站在能够听得见的地方不动，装出只是偶然经过的样子。时不时地，他们会发现同时有好几个人都在监听同一场谈话，最后他们便都打起来了。一天，他们正在偷听苏格拉底和他的学生们的谈话，这些间谍中有两个家伙互相之间迅速地辱骂了几句，而后便殴打起来。恼火的安提斯代纳抓住他们两个的领子教训了他们一顿，让他们滚得远远的。

一种充满怀疑的氛围四处弥漫，笼罩着整座城邦。最后，雅典和阿尔戈斯的政治同盟陷入了大变革的泥潭，错综复杂的计谋导致了各式各样的后果，其间还有在亚西比德的命令下在阿提喀所进行的几个要塞的建筑工程。在雅典，那些可疑的善于耍弄手腕的人和那些被花言巧语所哄骗的人越发不信任拉栖第梦人了。伯罗奔尼撒战役还未结束。

于是亚西比德作了一个重大的决定：夺取西西里，然后从背后袭击拉栖第梦人，把他们从锡拉库萨的保护中夺取下来，抢夺他们的小麦。

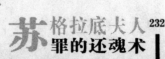

苏格拉底夫人
罪的还魂术

他在国民大会宣布他的计划的那天，鬈发人的小酒馆受到了巨大的影响，以至于他得雇用三个帮手以便能够照顾周到众多的大会出席者。

"这个主意真是疯了！这可不是我们在那儿建立的几个克雷洛克！伯利克里的目的是维护我们的帝国，而不是无限制地扩张。我们不能一直扩张到赫丘利的柱子那里去。"

苏格拉底听着这些言论，其他的不少人都竭力对这种情绪保持漠然的态度，可是这种情绪引起了激动和无秩序。然而，如何能对亚西比德的倡议保持漠视呢？

"那么，尼西亚斯呢？尼西亚斯做什么去了？"一个听众向议员中的一位问道，这个听众被国民大会的决议惹怒了。

"他曾经言辞激烈地反对道，根本没有理由发动这样一场出征，"议员回答说，"因为锡拉库萨太遥远，而且对雅典根本不构成任何威胁。另外，锡拉库萨、塞利诺特和阿格里真托，这些西西里的城市不是克雷罗克（在联盟的领土内，一部分城邦向其市民所征收和委托的农业垦殖税的地区，这涉及他们的雅典城邦居民的身份以及以装甲步兵的身份也就是以战士的名义进行选举的权利。也就是今天我们所说的殖民地），而是武装很好、防御工事坚固的城市，它们能够同我们的军队长期作战。最后，锡拉库萨的首领埃尔姆克拉特根本不支持我们，并且 10 年前开始就力图和西西里结盟以对抗雅典人的威胁。尼西亚斯还提及道，激情是最没有用的东西，这是最容易预测到的。但是没有用，如果他听从了理智的声音，他只能变成一个胆小鬼。他越是仔细述说那些困难，人民越是认为这是一项挑战，并且热情地崇拜亚西比德的计划。然而，我想亚西比德已经失去理智了。夺取西西里之后，他建议攻取迦太基，最终整个地中海变成了一片雅典之海！他好像忽略了一点，这样做会挑拨起其他保持中立的人结成联盟来对抗我们，而且，我们不可能战胜整个世界！他说，'我们已经打败了波斯人，我们也会打败斯巴达人的。'在他看来，我们别无选择：如果我们不对他国课税，我们就会失去我们的帝国。另外，如果我们不进行扩张，雅典会在颓废中衰败下去的。"

苏格拉底低下了头。

"但是，亚西比德用来反驳尼西亚斯对其尖锐反对的论证是什么？"听众又问道。

议员没有回答；他转向苏格拉底："那你呢？你怎么看待？"

苏格拉底思考了一会儿，表示对他的学生的反对吗？

"我觉得如果没有那些煽动他的人的话，亚西比德的鲁莽是毫无用处的。"他最后说道。

"你是想说整个雅典的人民都变疯狂了，而亚西比德只不过是这场疯狂的代言人而已？"

苏格拉底试图微笑。

"如果你认为武力征服的激情是一场疯狂，那么，是的，我认为我们在冒着成为阴谋的受害者的风险。"

"那你去告诉你的学生啊！"议员喊道，"你不是国民大会（国民大会汇集了所有的重要的雅典人，苏格拉底是其中一员）的一员吗？另外，你不是神谕所派遣来的希腊最具智慧的人吗？"

"你有没有试过和一个充满激情的人谈话啊？"苏格拉底反驳道，"他会回答你说，你没有勇气，你一定已经看到他是怎么对待尼西亚斯的了？"

雅典一半的人都到了阿格拉。他们攀上塑像基座的喷水池，或者坐在简陋的长凳上，他们这样那样的叫喊着。流动商贩

依然镇定地推销着他们的甜点和馅饼。苏格拉底在人群中无法挪动；他沮丧地回到家，在他家院子的墙角处，他甚至已无法抑制自己的失望。亚西比德提出他的计划后，激起了人们巨大的热情，更激化了依然处于分裂中的雅典的矛盾，尤其是引起了人们对神明的不信任。故事正像索福克勒斯所说一样，苏格拉底不再怀疑：这是一场悲剧。

那么，这个庞大的机器的操纵者是什么命运？我们该称呼他什么名字？上帝？上帝？真的是这样的吗？

粘西比也发现了他在庭院里，就像他每次需要思考时的样子。她甚至无需打扰他：雷多已经告诉了她关于事件的传闻，粘西比很轻易地猜测到了这件事对于她的丈夫的影响。她仅仅对他说道："我真庆幸城邦的事情使这个人远离了你，他原本会在导致雅典的损失之前先导致你的损失的。"

他用目光打断她。

"你没看到吗？"她接着说，"他要放弃雅典了。"

自从在埃隆街发现菲利皮季的尸体之后，他便试图理清楚那根点燃他的老婆针对亚西比德的痛恨的导火索，是什么事情使她变得如此？因为男人的帝国？还是因为人的本性？

第二天，他通过卡里克莱斯得知西西里出征已经被国民大会在激情澎湃中投票通过了，而且，这一切大大超出了亚西比德所期望的。这样，将军们获得了100多艘战船，而不是先前的20艘！可是，借款绝没有到达！真是悖论啊：此次出征的首领一职竟然委托给了反对最为激烈的人，尼西亚斯！

所有的这些事情激起了年轻人的狂热，而且，苏格拉底学生中有两三个人承认，他们觉得当他们家族里其他的年轻人和他们的朋友带着雅典人的希望远征去海的那一边时，他们还在学

石像阉割事件

习哲学,这真让人尴尬。苏格拉底会怎样反对他们呢?他自己不也曾经好几次为保卫雅典而拿起武器吗?教育是多么的虚荣啊!突如其来的直觉横扫过他的由意识构筑起来的脆弱的大厦!他仅仅是问了句:"生命的目的只是为了建造一个帝国吗?或者是在帝国的版图上将其扩张?"

这次出征需要数日的准备;一天早晨,一大早就出去在流动商贩那儿买甜瓜、牛奶以及面包的雷多回来后非常不安。她把食物放到桌子上,喊道:"粘西比!出事了!出大事了!"

苏格拉底在他的卧室里面听到喊声,便出来。

"昨天晚上,有人把所有的赫尔墨斯塑像都阉割了!"

粘西比正在搓桶里的绳子,她停了下来。

"什么?"

"我是说,有人,不知道具体是什么人,他们把所有的赫尔墨斯塑像都给阉割了!"

那些赫尔墨斯塑像是顶上置有为雅典人所熟知的神祇的胸像的柱子,在城邦以及附近到处都能见到,在民房或者豪宅的人口处,在街道的十字路口都有。牧羊人普绪卡波普的赫尔墨斯塑像看管着死者的灵魂,同时也引领着生者,保护他们不受伤害。支撑他的石柱在半空中裸露着他的生殖器,而且,通常人们经过他时都会抚摸一下以求他的恩宠降临到自己身上。阉割一个赫尔墨斯塑像相当于剥夺了他的神力,对于雅典人来说是一种让人忍无可忍的渎神行为。

这些神像中有一个位于埃隆街的街角,距离苏格拉底家几步之遥。

"我们的也是吗?"粘西比惊呼。

"是的,连我们的也遭此不幸了。"

苏格拉底满心疑虑地出去验证。一小拨人群正围在柱子前面。果然，神像被阉割了。地上只剩下几块石片，这就是神祇的生殖器所剩下的惟一了。

"太不幸了！"一个女人喊道，"有什么可怕的事情要发生了！"

其他人盯着被毁坏的塑像的碎片，紧皱着眉头。

"这是雅典的敌人做的！"有些人嘟囔道。"他们正在策划阴谋呢！"另外一些人说道。当一个年轻人气喘吁吁地赶来告诉人们所有的赫尔墨斯塑像都被破坏了时，一种不幸的氛围在人群中弥漫开来。不少人匆忙赶回自己家里闭门不出了。

苏格拉底想到此人以此给城邦带来的这场混乱。他回到家喝了一碗热奶，穿上了他的外套朝阿格拉走去。他并非没有注意到，自打他一回来，看上去好像在热烈谈论着什么的粘西比和雷多忽然就闭嘴了。上路后，他在路上发现了其他一些围在塑像前面的人群。同样的议论，同样的阴森的解释，同样的怀疑。他在路上收集了凌乱的句子："……亚西比德……出发之前……寡头政客们。"他寻思着或许他老婆和雷多之间的谈论同样也是涉及亚西比德的。

阿格拉的人竟然如此之少，这令他很惊奇。在德洛斯，在布勒戴里昂，他还以为会发现上午会议的代表，但是门是关着的。一个看门人对他解释说所有的人都去比雷埃夫斯港了。

"在比雷埃夫斯港？"

"是的，去为船队送行。"

他没听错吧？这刚好是远征西西里出发的日子！而且这场闹剧也发生在同一天！他也去了比雷埃夫斯港。为什么要去？为了参与这场悲剧的上演？然而对此的好奇心以及担忧已然促使他上路了。踏上去比雷埃夫斯港的路——在南弗斯山和宙斯山之间,他发现了低处的庞大的人群果然正朝着港口的大门涌去。他便和其他几百个迟到者同时加入了人群,有男人、女人、小孩,因为所有的人都想观看这次远征西西里的光荣之举的出发盛况。就像是一场节日,然而没有人意识到它会以鲜血终结,如同所有的军事活动一样。一些流动商贩腰上挂着酒壶或者头顶甜瓜篓子,也在这行列当中,这几乎像是一场宗教节日。

天空万里无云,不久天气便炎热起来(按照某种计算,这是在公元前 415 年七月八日),这都是好兆头。人们在长墙中挪着脚步前进,人流导致了比雷埃夫斯港一个小广场的堵塞,那儿的林阴路通往着冈塔罗斯地区、阿卡泰区、泽亚区以及穆尼西亚区。实际上,不仅是雅典人想要见证这次光荣远征的出发,除了比雷埃夫斯人和法莱尔人,还应该把临近乡村的阿格里勒、阿罗柏卡、阿利姆斯甚至更远的乡村的人们计算在内。庞大的人群汇聚到法莱尔海港,这是一个惟一能够容纳一百艘船的海港。

很明显,并不是所有的人都能够在码头找到位置。于是人们便爬上了屋顶,以及法莱尔甚至泽亚所有公共建筑物的顶上。找不到一把空椅子或者一张空桌子:它们已经全部被那些想要找到观看这一场面的好位置的人们租用了。另外,不少桌子都被它们的占有者的重量给压塌了。

苏格拉底失望地来到海边,他在路上被那个从前对他宣布令人得意的阿波罗神谕的那个议员认了出来。议员挤在人群里,手里拿着一卷羊皮纸,毫无疑问应该是演讲的稿子。

“如果你呆在人群里的话你什么也看不到。”他告诉苏格拉底,“跟着我,500 人议会和国民大会已经在码头上安排好了位置。”

他们好不容易到达了目的地。雅典所有的重要人物都到场

了,议员、司法官员,还有掌管城邦军事权力的大将军。苏格拉底面对一个尼西亚斯的拥护者感觉局促,那个人认出了他,并不是很热情地跟他打了招呼。"那不是苏格拉底的学生吗？那个阿里斯托芬揭发的可怕的思想疯子,不正是他挑起了这次愚蠢的远征吗？"但是他并没有时间来表示他的不满,因为人群暴乱起来,这使得不少权要人士失去了平衡:这是由于一队不满的装甲步兵的到来所引起的;事实上这些志愿者们一听到出征的通知,一大早便激情澎湃地武装起来,但是当他们来到大将军那儿时,有人告诉他们没有他们的位置了。800 名失望的装甲步兵于是停在停泊场上,他们摆出一副(如果可以这么说的话)保卫城邦的样子。

有好多明显很激动的人转向苏格拉底,这个既是智者又是亚西比德的老师的人,他被问题、议论以及感慨所包围着,但是他只是支着耳朵听,他已被那场面吸引了。在无可挑剔的明媚阳光下,100 艘长约 45 米的三层划桨战船浮在法莱尔海港的港口,新护盾闪烁着光芒,装甲步兵的武器立在护板(为挡住敌人弓箭的甲板上部的防护装置)后面的甲板上。

忽然,人群中爆发出一阵欢呼,人们的拥挤引发了场面的混乱,二三十名权要——雅典娜的神甫、波塞冬的神甫、阿波罗的神甫、狄俄尼索斯以及宙斯的神甫都包括在内,他们险些再次失去平衡掉进水里。城邦警卫队拿着棍棒赶走了兴奋的人群。当他看到亚西比德、尼西亚斯以及众位将领登上浮桥告别他们对城邦的职权的时候,苏格拉底暗自思索着这场欢呼的目的在于什么。

铠甲和耀眼的头盔似乎将所有的光芒都集中到了亚西比德的脸上。镶嵌在头盔和帽带里,这张被人们爱戴的脸便是一张仅剩下闪烁着光芒的眼睛的面具了。亚西比德不再是一个人，而是一个半神。苏格拉底的心痛苦地跳动着。这张脸，曾经使他承认天主对爱情的法则，这是一种排斥其他一切人的观念……而现在，这种观念再现了，但是却因为神祇可能遭他的创造物诬蔑的猜疑而被玷污。像尼西亚斯和其他将领一样，当亚西比德认出在第一排的苏格拉底时，他握住了他的双手。他的表情忽然改变了。他张开了双臂，苏格拉底紧靠在他的铠甲上。

"希望神明会保佑你。"苏格拉底小声说道。

"这件事本就该发生在今天的。"亚西比德以同样的声音说道。苏格拉底的手按在他的肩膀上，目光落在他的曾经令苏格拉底为之陶醉的蓝色的眼睛上。亚西比德迎着他的目光。苏格拉底于是告诉自己，亚西比德并不知道关于神像被阉割的事情。

"赫尔墨斯神像和诸神都会保佑你的！"他说。

尼西亚斯就在附近，他听着两人的祈祷，把手抬起来放在面前，示意这告别仪式太长了，没过一会儿，亚西比德就不在那儿了，其他的人们在拥抱告别。苏格拉底一直伸着手，但是现在是将领们在跟他拥抱了。

演说还在继续："……父辈的灵魂啊：孩子们的美德……雅典人民的意志……宙斯、雅典娜、波塞冬的仁慈……"苏格拉底不再听下去了。

接近中午的时候，亚西比德、尼西亚斯和将领们穿过浮桥以登上他们各自的船。人群爆发出新一轮的欢呼，这欢呼伴随着出发的号角以及即兴创作的锣鼓声的旋律。亚西比德从一艘船跳上另一艘船，最后抵达他的船，最远的那一艘。将领们同样上了他们各自的船。船长们和乘务长们的命令声交替响起。第一艘船，也就是亚西比德的那艘，在船队的最外端，慢慢地驶在了

其他船只的前面,它先是漂流了一会儿,随后18米长的桨才能够在水中随意划动开。它向大海深处前进,它的帆隆隆地张开在风中膨胀起来。角状的铜制船头转向西方,一会儿工夫人们就只能看到它的高高的船尾了,船尾刚好高过两名掌握方向桨(还没有发明舵,人们用方向桨来掌握方向)的领航员的头部。人群中数不清的胳膊挥动着,女人们哭泣着,胜利的祝愿在人群中沸腾着。第二艘船起航了,然后是第三艘、第四艘……一小时之后,场面依然是激动人心的:上百张风帆像白鸽一样在平静的海面上航行。悬着一颗心,苏格拉底转身回城了。尼西亚斯挥着他的胳膊说:

"相信我吧,"他说道,"胜利和失败一样危险。"

他又阴沉地笑着补充道:

"赫尔墨斯塑像也会保佑我们的!"

石像阉割事件

9 事件和疯狂

　　黄昏时,苏格拉底回到家中,记忆中仍然闪现着他见到的亚西比德的最后的画面。他跟粘西比说的第一句话是:"那些赫尔墨斯塑像,不是亚西比德干的。"

　　但是她似乎已经认定了自己的想法,因为她短促地回答道:"不是他一个人干的,我当然愿意相信这点。"

　　"根本就不是他。"他直视着她坚持说道。

　　她叹了口气。

　　"这个人永远都享受着你的宽容! 不是他把匕首插进菲利皮季的身体中的,但是是他的朋友。我们见到他的随从了。"

　　"今天中午我和他谈过了,"他说,"如果是他干的话,他应该会找一些其他的话来遮掩这件渎神的事件。"

　　"那好吧,你得说服雅典相信这一点……"

　　这些言词并不是为了使苏格拉底放心。他决定等黑夜的降临给他带来灵感。但是无济于事。第二天,他希望着,但是也并没有做过分的期待,船队的出发所引起的情绪会减轻人们对亵渎圣物者("赫尔墨斯塑像事件"也就是"神秘事件"在雅典的政治生活中引起了强烈反响)的情绪。他刚到阿格拉就失望了。午后两点,他在那儿遇到了前天晚上给他指过去法莱尔码头路线的议员,而且这个权要人物对他很特别。

　　"苏格拉底,在这个事件上,我们需要你的建议。今天晚上我们会进行辩论的。对雅典神祇之一的冒犯波及了其他的神祇,这种冒犯好像是别有用心的。我请求你用你的智慧来解释一下,而且我事先告诉你,我会把你的意见转告其他人

的。我之所以这么说，是因为公共谣言指向了你的朋友和学生亚西比德。"

苏格拉底颤栗着，不过他极力控制着自己以表现出镇定。

"事实上，这件事在我看来是有意图的，"他回答说，"城邦里有多少赫尔墨斯塑像？"

"107座。"议员回答。

"它们都被破坏了吗？"

"据负责调查这件事的代表称，好像只有位于马拉顿的一个塑像例外没有遭破坏。"

"告诉我，他们用了多长时间在城邦里转了一圈？

议员好像对这个问题感觉很吃惊。

"听着，他们今天上午很早就出发了……黎明是有人把我叫醒通知我说我住的区里有两座塑像被破坏了，在埃法斯特昂附近，然后我就对附近的同僚发出警告了……他立即派出他的两个儿子来确定遭破坏的神像的名单……总之，我得说他们用了6小时吧。"

苏格拉底点了点头，思考了一会儿。

"好吧，你认为一个从事这样一件应受斥责的勾当的犯人，他会冒着被当场捉住并被阿雷奥帕奇判处死刑的危险在一小时之内完成这件事吗？"

"当然不能！"

"这样，他就得在一点钟开始，那会儿才能保证大家都睡得足够熟而听不到他们的声响。城邦睡得很晚。你知道，午夜之后才睡。而现在，六点左右天就亮了。如此一来，这个人用了五个或者六个小时的时间，也就是说和你刚才提及的那个代表用了同样长的时间。"

议员点头表示同意。

"这样就可以得知,一个人不可能完成这桩罪行,"苏格拉底接着说,"这件事至少是有两个或者三个人分工完成的。在你看来,需要多长时间来破坏一个塑像?"

"我不清楚……我觉得是 10 多分钟吧。"

"这也是我的看法,有一部分塑像是新的,它们的石块承受破坏的能力比其他的要强。但是在这种情况下,用一个小时,一个犯罪人至多只能破坏掉五六座塑像,还不算他从一个目标去向另一个目标在路上所花的时间。五个小时之内,他只能破坏25 到 30 个塑像。"

"确实是这样!"议员喊道,"我怎么就没想到呢?"

"如果真是这样的话,犯罪的至少是五六个人才能顺利完成他们的计划。正是在他们之间来分工这桩罪行的。"

"阿波罗神谕选中你果然是灵验的!"议员说道。

他的一个同事来同他会合;他兴奋地向他的同事总结了苏格拉底的推理,那人便频频点头并挥着手表示他听得很明白。苏格拉底又被赞扬了一次。

"现在,"他接着说,"我们感兴趣的便是到底谁是凶手了。你刚才遇到我时,你告诉我人们怀疑到亚西比德头上了。我不知道这种怀疑的动机是什么。我只想简单问你们一句:你认为一个正忙于发动我们历史上最重要的远征之一的军事首领,而且是一次他自己的船也将参与的一次远征,他会有充足的精力在夜里跑去做一件与这次远征毫无关系的事情吗? 难道你们不认为他为那些他所全神贯注从事的无数的准备工作而精疲力竭之后,他在陆地上所要做的最后的事情不正是好好睡上几个小时吗?"

两位议员用目光交流了一下。"事实上呢,我想,他应该是倾向于睡觉的。"最终,他们当中的一个承认道。

"这是有可能的,"苏格拉底说,"总之,你们知道亚西比德最亲密的朋友为了将来可以分享他的荣誉和他一起登上了他自己的战船;昨天你们都见到了。要想策划这样一桩罪恶的事端,你们不认为他需要的是比奴隶更忠诚的人吗?"

议员们仔细考虑了一会儿这个问题。苏格拉底又对他们提出了另一个问题。

"你们认为,这些冒着遭受最严厉处罚的危险而且一旦他们被抓获名字永遭唾弃的人,他们会眼看着他们的同伴将来会在我们的热切期盼中满载荣耀而归,而自己却冒险做这样无耻的事情吗?"

两位议员看上去有些困惑。他们可能是紧紧抓住了揭发亚西比德的谣言不放,因为,在愚昧的人看来,谣言要比什么都没有更令人信服得多;而他自己也才刚刚摆脱这样的想法。苏格拉底简要地意识到了对于这种情形的讽刺:为了保护亚西比德,他已经应用了粘西比用来证明她的怀疑的方式。

"这样,"最终,其中一位说道,"现在你能帮助我们调查这桩卑鄙行径的动机吗? 可能这动机会使得我们重新查出对哪一个人或者说是哪一些人有好处。"

他们转向斯托阿走去,想要喝一两杯酒凉爽一下。

当他们安坐下,并把嘴唇浸润到大杯的新鲜啤酒中之后,苏格拉底观察道:"这起渎神行为最明显的特征是,它的疯狂。它没有表现任何的意图,因为它的操纵者是在暗中进行的,这样便不会被认出。他们想要造成大的危害以打击那些几乎完全忠于亚西比德的事业的人们的精神。他们的胆量并不是出于自然

事件和疯狂

的：他们是想给人勇敢的印象。"

"那然后呢？"一位议员问道。

"然后，我觉得这些人们希望大家把他们的恶行归咎于那个在雅典因胆识而著称的人。"

"那就是亚西比德了。照你看来，也就是他的敌人做的这件事？"

"他们不是已经达到目的了吗？刚开始你所说的话，还告诉我说立刻怀疑到了他头上了。"

"确实是这样。"

"这起渎神行为的另一个明显特征是作案时间：不是 8 天前，而刚好是亚西比德率领船队出发的前夜。"

"你推断出什么来了？"

"这种侮辱想要表明亚西比德正在策划着最恶毒的计划：他不仅仅想夺取西西里，甚至还想要回来之后做雅典的皇帝，并毁掉雅典人的信仰。"

"你认为这可能吗？"

"不，因为我已经向你们指出来了，在这个阴谋中亚西比德什么也没做。另外，从阴谋策划者的角度来看，这样一桩渎神行为，在任何方面都不会给他的命运带来什么好处；他只会通过使人们相信不祥的预兆出现在远征出发前，从而搅乱人们本来关注着亚西比德的出发的热情。至于这不祥的预兆，他本人是热烈期待着的。"

"太对了！"议员中的一位判断道。他一口气喝了半杯的酒。

"这起渎神行为的第三个特征，"苏格拉底接着说道，"是它几乎是被用军事的方式来策划的。这不是两三个狂热的年轻人经过神像时因逞能而做出的蔑视行为。不是的，而是一些有预

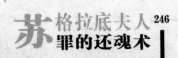

谋的人干的,他们晚上出发,破坏掉所有的赫尔墨斯塑像的生殖器。"

"你有什么推断吗?"

"这涉及一个目的是侵犯并恐吓我们城邦的一个政治集团。赫尔墨斯是我们的保护神之一。"

他们都喝光了酒杯里的酒,并且又要了一杯。

一段沉默之后,苏格拉底接着说道:"这个行为象征性地警告雅典它不再受保护,并且将成为暴力政治颠覆的对象。"

鬈发人给他的客人们端来了酒。

"但是,如何把这些和人们怀疑亚西比德这件事情联系到一起呢?"一位议员问道。

"这并不矛盾。这些策划者们想要指出,这种指挥航海远征的胆识也可能导致暴力行为的。而且,这可能都是由亚西比德主使的。"

"但是为什么要陷害他? 如果他和这场阴谋无关的话。"

"可能亚西比德妨碍到他们了,"苏格拉底回答道,"或许对他们来说他的权力太大了而他又不够顺从。总而言之,如果我们坚持把这桩丑闻归咎于他的话,只能导致他失去信誉背井离乡。"

"你所说的太重要了!"一位议员说,"就像你这样明智的解释一样,一会儿你愿意过来向国民大会阐释你的想法吗?"

"不,"苏格拉底回答说,"我以和亚西比德的友谊而自豪,对于我说的话,他们会以为是一个拥护者的看法。最好是你们把我的思考转告给他们,因为你们已经认同了。"

"你还没有指出谁是凶手呢。"议员中的一位注意到。

"没有,但是我告诉了你们找出凶手的方法。"苏格拉底笑着回答。

会议的时间快到了。他们起身出发到国民大会。苏格拉底独身一人。是的,他并没有指明凶手:正是他们想要颠覆民主。他如此出色地维护了亚西比德,在某种程度上,他寻思着,亚西比德应该是反对这起阴谋的。如果真是这样的,他已经在某种程度上使他们明白了。

激情如同刺啦响着蔓延的荆棘火,而思想与之不同,它是跟随着山中草药采集者的步伐的:思想缓慢地进展,左顾右盼,寻找着开满上千朵伞状花的蓍草,以及有紫色茎和粗糙叶子的益母草,或者开黄色花的款冬。然后提取它们的药性,它们的煎剂或者香脂。苏格拉底并没有防备到忽然靠近他的火灾。

三四天里,关于怀疑、逮捕和控诉的传言不断爆发,一个比一个更疯狂,严重影响了雅典。人们想要弄明白这两种瘟疫,身体的和精神的,哪一种更好一点儿。

这一切始于一个叫迪奥克雷代斯的人呈给审判官议会的关于赫尔墨斯塑像事件的证据。这个人,看上去面部形状非常奇怪(眼睛和嘴巴不相称),讲述在那个朦胧的夜晚,在月光的照耀下,他看到三百多个人在城北分成了三组。他保证自己还能认出来其中的 42 个人并指出是:两个 500 人议会的成员,一些贵族家庭出身的人,尼西亚斯的一个表哥,克里底亚、雷奥哥拉斯,他的儿子昂多西德……然而,没有提及亚西比德。

审判官们惊叹于他能够在晚上隔着那么远的距离认出 42 个人。是这些人阉割了神像吗? 为了什么目的? 又怎样解释他们那种选择在有月亮的夜晚集合的粗心,就算不是他们的

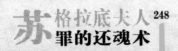

身份,那他们的数目也会使他们在众目睽睽之下显得异常的。这个迪奥克雷代斯所讲的故事简直和选择在新月的晚上侵犯赫尔墨斯塑像一样可疑！审判官们用越来越尖锐的问题给告密者施加压力,最终他承认整个故事都是他编造的。这是为什么呢？因为"某个人"给他一笔钱指使他这么做。某个人?谁？审判官们可没有好心情仅仅满足于他的脱身之计。这"某个人"是两个人。谁？他讲出了名字,这场风波之外的风波包括亚西比德……的表兄,也叫做亚西比德,但是出生于德弗雷岗特家！审判官们把造谣者关进监狱,将两位传唤来,两个人在此会合了。

然而,500人议会在街的另一边发现,迪奥克雷代斯所捏造的谎言一眨眼的工夫便传遍了街道,消息最初是由传令官和教士带来的,后来,是由那些听过传令官和教士的传达的人们带来的。很明显,这些散布者们只选取了故事的前一部分,那是在他们看来最为下流的部分。一小时之后,故事就在雅典散播开来了,两个议会的成员被城邦居民们包围着。天气炎热,要不断地补水以便能够咽唾液:鬈发人的小酒馆又赚了。所有的人都想得到迪奥克雷代斯列的名单！酒精更加激化了人们的情绪。

"这是寡头政治集团的阴谋！"有人喊道。

"是的。"有人认同道,"寡头政客们是想要船队成为拉栖第梦人打开大门的一部分！民主正处于危机当中！"

尽管人们看到有15000名奉命保卫雅典和长墙的装甲步兵时刻坚守着岗位,但是没有用,人们还是继续叫嚷着称民主受到了威胁,控诉他们的敌对者做告密者,做拉栖第梦人的间谍,做寡头政客,或者三者兼备。总之,如果他是最容

事件和疯狂

易遇到的狂热者,他并不是惟一的一个。将近8点钟的时候,其他很多人表现出一种男人式解决问题的表情,完全沉浸在一种要保卫城邦的决心当中。他们组织了自卫队,以警戒民主的敌人。最为激昂的一支队伍跑去了阿森纳想要夺取武装,但是他们遇到了城邦指挥官,他本身便从事寡头政治并且是民主的敌人,他以立即逮捕他们为威胁遣回了他们,而且根据埃萨吉利的雅典惯例,允许立即逮捕所有的民主假想敌,以便在人民法庭前捍卫民主。指令下达之后,20多个武装的装甲步兵的出现制止了这场闹事者们的好斗的趋势进一步发展。

这根本不是爱国的行为。实际上,这些自卫队闯进了迪奥克雷代斯所捏造的名单上的人家里,在夜里将他们逮捕了。事情变得严重了,入伍的青年不仅逮捕了两名500人议会的成员,同时也逮捕了他们的家属、朋友,还有其他的成员,而后者们根本没有被列入名单。临时组成的伸张正义的人们和这些人发生了争执。入伍青年们挥动着匕首,发疯一般,被逮捕的人的父母于是派密使去了出征的船队的驻扎地求助。一个方阵的步兵到达了,和入伍青年们发生了争吵,后者威胁道要将他们以玩弄寡头政治权术的理由逮捕。"是你们玩弄寡头政治权术!"装甲步兵的指令官反驳道。在忍无可忍的情况下,他对那些最为极端的人行使手中的权力决定将他们捆绑到早晨,这期间人们看得更清楚了,用眼睛也用心灵。

因担心事态变得严重,鬓发人决定给他的小酒馆安装木质屏障。苏格拉底被这场巨大的疯狂震惊了,他更加明确地决定回家。他太清楚了,由船队出发引起的狂热在炎热中骚动着,这

种狂热已转变为一种疯狂的陶醉。真想不到,这就是在理性女神的神盾庇护下的城邦!

但是关上了身后的门,他又不得不良心承认,如果亚西比德在赫尔墨斯塑像事件中是无辜的,他的有说服力的疯狂的言论与落在滚烫的沥青上的打火石的火花有着一样的效果。

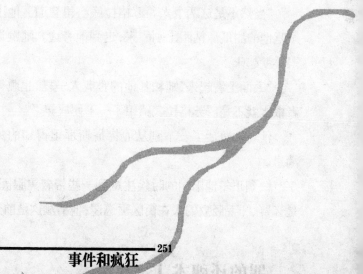

事件和疯狂

10 "……有钱人的言论!"

因为口渴,苏格拉底一早就起来了,他想去厨房找一个甜瓜解渴。他在厨房里见到了雷多和一个年轻力壮的陌生人,这让他很惊讶。他很客气地对他们笑了笑并道了早安,他注意到几个能够证明这两个人一起过夜细节:蓬乱的头发、某种气味。他去架子上取了一个甜瓜,粘西比把它们摆放在那里了,然后他又找刀子。

"主人,"雷多羞涩地说,"厄梅尼斯昨天在阿格拉呆到很晚,他得知维奥蒂亚人占领了阿提卡。"

苏格拉底皱着眉头把刀子切进甜瓜里。

"昨天晚上?几点钟的时候?斯托阿是开放的吗?"

"不是,我在那儿没有见到灯光。但是广场上到处是人。已经有新消息称维奥蒂亚人占领了阿提卡。"

这显然无法使情绪平静下来了。

"我认为大多数人昨天夜里都没有睡。"厄梅尼斯又说道。

"当然不是这两个人。"苏格拉底心里想道。他出去到庭院里吃他的甜瓜。粘西比刚醒来,走到他旁边。她发觉苏格拉底很早就起床了。

"表面上看起来,她和其他的雅典人一样,也睡得很晚。或者根本就不是。"苏格拉底猜想了一下便放弃了。

他对她概括了一下刚从厄梅尼斯那里得知的关于昨夜的消息。

快到正午他出门的时候注意到一些带着黑眼圈、目光里满是怀疑、汗毛竖立的人在街区里巡逻;他猜测这是前天晚上临时

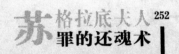

组成的自卫队的一部分。

　　一场巨大的混乱蔓延在阿格拉。一队队同样没有睡醒的人激烈地交谈着。他竖起耳朵听着。首先，审判议会和国民大会下达了命令要求重新找出那个或者是那些在前一天晚上散播消息说维奥蒂亚人入侵的人，从而查明消息的来源。如果这件事是真的，那伯利克里所建造的坚固的前哨将会首先受到攻击，而后亚西比德一定会立即向雅典派遣密使快马加鞭前来通报这场侵略的。这只需要四个小时就足够了。然而，现在已经中午了，我们还没有见到密使的影子呢，这使得入侵的消息显得十分可疑。另外，十将军会，或者说还留在这里的将军，一大早就派遣了三名密使带着加急命令前往阿提卡，并要求他们立即赶回来报告情况。

　　然后，几名贵族，不知道具体数目，被逮捕了，他们正被自卫队看守着。自卫队正急不可耐地想要伸张正义，想要确认他们新的权力。其他的人逃跑了。三个议会从午夜之后第八个时辰就开始磋商，与此同时人群聚集在广场上等待着磋商的结果。

　　首先是国民大会表明了自己的决定。

　　它的最有资历的长老出现在前厅，由另外十名首领陪同。

　　"雅典的人民，"他宣布，"我们得知，昨天晚上有几支队伍为了保卫雅典对抗阴谋而组织起来。我们向他们的警惕和爱国的热情表示感谢，但是，我们依然认为他们是在错误消息的基础上鲁莽行动起来的。雅典拥有身强体壮的人民和必要的选民代表，我们会奋起抵抗不会纵容别人的。现在我们命令自卫队立即释放他们抓获的人。"

　　抗议的狂潮从人群中爆发出来，夹杂着嘘声。自卫队的首领之一以正等待着这一行使他的权力的时机来质问长老。

"……有钱人的言论！"

"那些我们逮捕的犯人？那些背弃民主的人？你们要我们把他们也释放了？"

"民主要求你们遵从它的法律，"长老回答说，"如果你们确认这些人是有罪的，那就向审判议会提交你们的诉讼。但是要先释放你们所逮捕的人。"

"那你们是寡头政客吗？我们不会释放他们的！"

"如果这样，那我们要立即逮捕的正是你们这些挑衅雅典法律的人！"长老反驳道。

苏格拉底颤栗了，内讧的残烬在他面前劈啪作响。人群都要冲向国民大会将他们撕成碎片了。

但是国民大会已在和审判官协调之后做出了它的决定，刚刚到来的一个方阵的装甲步兵出现在人群的后面，他们取道帕纳德纳斯而来。方队的指挥官迈着坚定的步伐朝那个挑衅过长老的自卫队的首领走过去，扳住他的肩头。自卫队的首领则挣扎着给了方阵指军官一拳头。有三个人连商量都没商量便上前将他制服并捆绑了他的双手。其他的自卫队员想要躲避起来，但是他们立即被前天晚上的同谋或者是被寡头政客的间谍给揭发了，这是必然的。他们也被逮捕了。正在这个时候，他们的犯人走上前来要求长老把他们的双手捆绑起来，这些人是两个500人议会的成员、一个猪肉食品商、贵族克里底亚、亚西比德的表兄、一个小麦商雷奥哥拉斯和他的儿子昂多西德，还有其他20多个人。议会并没有忘记登记他们的身份并警告他们出席法庭以查明谣言背后的真相。到此为止，挑衅者都被关进监狱了。

人群被国民大会表现出来的权威震慑住了，刚刚还吼叫着他们对议会的非难，现在已经平静下来了。苏格拉底想起亚西比德曾经问过他的问题：平民是女人吗？可能吧。他不断地自

问什么是女人。更加为难的是如何回答这样一个问题。

苏格拉底不想离开这一现场,他想等待其他的决定被下达。他接受了两位议员的邀请去鬈发人的小酒馆吃点东西恢复体力。小酒馆已经重新开张了,但是只接纳老顾客。

他们思忖着阿格拉的雅典人的行动:人们的情绪看上去平静了,行为举止不再粗暴,总之一切都平静而且节制多了。甚至在斯托阿那端,小花商又重新出现了,左比利斯的店铺前,也有了诗情画意的琴声和笛音。

4 点钟之后不久,由五名还留在雅典的将军和五名临时代理人组成的十将军会的首领发布了声明:"雅典的人民!"他高声说道,"昨天晚上有谣言传播者说维奥蒂亚人将要占领阿提卡。我们自己的密使今天早晨已出发前去证实。那儿什么也没有发生。但是,这些谣言昨天晚上被其他一些阴谋反对民主的造谣者搅得混乱不堪。我们认为,这些到处散播谣言的人正是民主的真正敌人,而且,我们要求他们服从我们的判决。如果他们不从,他们也会被同谋揭发的。"

人群安静地听着,就像是一群听从学校老师训斥他们的喧闹的小学生一样。苏格拉底和其他议员也听着大将军的声明,其中一人说道:"终于平静下来了。"一个看热闹的人用讽刺的眼神看了他一眼。议员觉察到了,便对他称:"你们已经选出了代表,他们也通过了你们的法律。请坚持你们所说的!"

"这个啊,我的胖子,"另一个反驳道,"这是有钱人的言论!"

虽然如此,苏格拉底还是希望能够重新开始讲课。风暴已经过去了。剩下的只是希望着亚西比德能够胜利了。三天过后,他又汇集了他的学生,但是迫不及待地需要知道该如何回答那个看热闹的人:这个啊,我的胖子,这是有钱人的言论!他所

"……有钱人的言论!"

有的学生都是能够出得起高额学费来学习辩论的小伙子。那么教育难道是只为有钱人准备的？那智慧呢？民主到底是什么？有钱的年轻人，如同亚西比德，他们可以有数之不尽的爱好，而其他的人只要能做一个双桅船的桨手就已经万幸了。

又过了三天，克里底亚从由于不公正的逮捕所引起的情绪中恢复过来之后，他向苏格拉底问了一个有着相似主题的问题："应该禁止财富吗？民主不应该包括平民在内吗？"

苏格拉底当然体会到了这个年轻的贵族说话的语气里所包含的讽刺。

"对我来说，克里底亚，"他回答说，"我一直都反对这样的人，他们认为只有包含了奴隶和那些为一个德拉克马便不幸出卖城邦的人的参与，民主才成为真正好的民主。另外，我还一直反对这样的人，他们认为寡头政治的形成不会导致城邦被少数派的暴君政治所控制；而由那些用战马和盾牌来干涉的人掌控民主，一直以来，我就想过这才是最好的解决办法，我一直就是这么认为的。"

11 自欺欺人

谣言的性质是众所周知的。它甚至都成为了公共特征中的一个。它反映了一种心灵邪恶的人们自发的恶意,那些人把别人命运的优势或者是性格的优势看作是对他们的一种人身侵犯,他们不想别的,只想要将他们毁灭。有什么工具比谣言更有效呢?阴暗的、无法证实的、无处不在的,它就像是充满了房间的臭气一样没有人知道来源。

你借给亚西比德一笔钱吗?没有什么比这更能触怒你了。如果你借了,就说明你有能力借,并且,你很富有,还有,即使不是违背良心的,你也是很容易便赚到了钱的。你想要提供服务,那你的偷盗或者挥霍的名声就传开了。

谣言是阴险的:它的目的总是相似的,否则就不能使其具体化,但是它以一种让那些微不足道甚至毫无意义的小事变得严重的方式出现。它四处扩散,尤其是在混乱的时期,那些平庸的人们最终希望能够掌握那些在和平稳定时期被否定的权力。通常一切都从一种被定义为嫉妒的感情出发,但是希腊人,他们,称之为"phtonos",是"毒眼"的意思,对此人们感觉到一种几乎神圣的恐怖。因为,"phtonos"是积极的。天哪!

关于反对民主的政变的谣言和维奥蒂亚人入侵的谣言发生几天之后,苏格拉底证实了这一切都是子虚乌有的。怀有恶意的人们想知道是否他们的希望在这样一个如此有智慧的城邦中也是悄无声息的。鉴于民主受到了维护,军队也时刻警惕着,他们断定他们最完美的靶子便是那个出发后留下了明显的痕迹的人,他勇气过人且有望获取无上的光荣:亚西比德。流言蜚语散布得更厉害了,就像被黑夜变得勤奋的老鼠一样。

终于气氛有所改善了。事实上,当那些被自卫队逮捕的人被从监狱释放来到审判官面前时,证实了这样一件事,如果迪奥克雷代斯撒谎,称自己参与了赫尔墨斯塑像的破坏活动的准备工作,他证词还是包含了一部分真相的。事实上,犯人中的一位——昂多西德,雷奥哥拉斯的儿子,他良心发现做了让步,以拯救那些和他一起被不公正地抓进监狱的人,而他这样做是冒着生命危险的。他称和他自己一起被关进监狱的父亲是无罪的,他承认是他的手下做了这桩渎神的破坏行为。他称自己是无罪的,但是阿雷奥帕奇还是把他判了流放。是什么使得这些出身高贵的年轻人去从事这样一件既反叛又荒谬的行为?当我们想要问讯时,发现他们都跟随亚西比德的三层划桨战船出征了。"不论怎样,赫尔墨斯塑像事件结束了。"苏格拉底稍感慰藉。他告诉粘西比昂多西德丝毫没有提及亚西比德。她反对道,在谣言中总有一部分是真理的,而且,雷多告诉过她,的确有人控诉了亚西比德。"那不是一个人,"苏格拉底道,"那是他的表兄,亚西比德·德弗雷岗特。"

他的舒缓不过是昙花一现而已。情况的转折实际上促使谣言散播者们更加剧了他们的可耻行径。疯狂的告密行为再一轮展开了,且更为严重,而且,这一次矛头直接指向亚西比德。一天早晨,他去梅特隆登记领取他老婆从一个亲戚那里得到的一点简单的遗产,在巴亚尼亚那端的一块小菜园旁边,他被一个议员叫住了。

这是一个魁梧的年轻人,是伊奥尼代人。他和苏格拉底曾

经针对最有利于思考的地点交换过意见。这个人依然保持着乡下的行为方式,他万分惊异于人们能够在雅典这种无序又动荡的地方培养智慧。苏格拉底对此付之一笑。他还告诉哲学家他并不赞同这次远征西西里,因为他的随军出征的哥哥,传回消息告诉他雅典人低估了西西里这座岛屿的广阔和富庶。他们一起走了一段路,在宙斯和雅典娜的双雕塑下停住。议员在那儿问道:"你知道亚西比德嘲笑宗教的事情吗?"

苏格拉底大吃一惊,他回答说他不知道,如果知道的话,他会严厉训斥这个他从前的学生的。但是,这到底是怎么一回事?

"是这样的,"议员接着说,"通过一次揭发,我们得知在可怜的昂多西斯的一个表兄夏尔米代斯家,他们篡改了一次埃勒西斯神秘事件,亚西比德也参与了。你认识夏尔米代斯吗?"

"当然,他是亚西比德的亲戚,也是我的一个学生,如果我们说的是同一个人的话。"

"这个人证明了这场揭发的真实性,你知道我们有多么难以相信这个夏尔米代斯竟然是亚西比德的一个手下。"

"那这场篡改行为是什么时候进行的?"

"有好几个星期或者有好几个月了吧,现在还不知道。"

苏格拉底沮丧地沉默了良久。这个新的事件可以说是扩展了前一次的事件,因为人们查明了来自同一团伙的人,他们都活动在亚西比德的周围,他们都怀着嘲讽宗教的态度。

"那能够确定这是一场篡改,而不是被心术不正的目击者所误解的一次诗歌朗诵吗?"

但是,不管怎样,他感觉到了自己努力的无用。他在做无谓的申辩。这样一场模仿,正是和傲慢的脾性,以及亚西比德的挑唆者相符合的。串通所谓预言家巴易路所策划的那场灵魂错误显现的闹剧不是已经证明了这一点吗? 亚西比德嘲笑一切,他嘲笑雅典,嘲笑民主。他只会对那些无法满足他的虚荣的人示以轻视。他疯狂的侮辱泄漏出了他对一切的轻蔑。

"这不是一次背诵,"议员回答说,"亚西比德在这场渎神的闹剧中扮演着主谋。有新成员被介绍进来,年轻的男人和年轻的女孩,他只要接纳他们就可以……你猜猜接下来的情形!"

他当然可以猜得到! 闹剧发展为一场纵欲的狂欢。

"就是在那儿,发生了一场严重的渎神行为,"议员接着说,"不管怎样,我们不能再任由这谣言继续散播了,要让人们相信我们城邦的基础正在遭受践踏是很困难的一件事,而做出这一切的正是我们伟大的城邦居民。我们应该质问亚西比德本人,以及他的叔叔、他手下的年轻人,那些跟随他上了战船的人们。就算他们不是嫌疑犯,也是外邦人,这些人是密谋一致的。"

"那你们要怎么做呢?"苏格拉底问道,"他们现在在西西里呢!"

"我们要让他们回来。"议员简要地回答道。

事实上,第二天,在审判官的紧急命令下,高速双桅战船萨拉米尼亚号带着官方使命起航前往西西里召回亚西比德、他的表兄亚西比德·德弗雷岗特,还有列举他手下的名单上有记录的另外三个年轻人。至于阿亚克西奥斯,他失踪了,不知去向。

农民眼见他即将收获的田野被雷电烧毁的痛苦以及某人看到一整年的劳动成果化为乌有的痛苦,这些损失都是物质的。而苏格拉底,他眼见自己多年来的教育、耐心、爱情,一切都白费了,这是精神和肉体的痛苦。苏格拉底意识到,长久以来,并不

是因为渎神的行为他才如此责备亚西比德,而是因为他所实施如此疯狂的计谋以及他的篡改行为。这一切都暴露出了他对其他人的蔑视,而这种蔑视也只能是对于他本身的蔑视。这个优秀的年轻人曾经是他想要的理想的儿子,他把前者推向最高的抱负,而今天,面具掉了下来,然而,多么可悲,在这之后,又是另一个面具。亚西比德一直就喜欢炫耀,他在苏格拉底这里所喜欢的,很可能便是智慧这个至高无上的工具,它能够保证他的事业成功。他已经仅仅是一个丢脸的儿子了。几乎不用等待审讯的结果,年轻的大将军就该动身返回了,苏格拉底对此确信。

他设想着人们自愿被美貌所欺骗而承受的失望。这是最为糟糕的。因为这意味着我们是在自己欺骗自己。而这正是自从他认识亚西比德15年来所做的事情。每一次他出现在这个年轻的男人面前时,他都会浑身颤抖,他们互相爱抚的时候仍然会让他震颤。如此长期的蔑视,他自言自语道,能够反映出判断上的严重错误。他想到普罗塔哥拉斯的断言:"没有真相,只有偏见。"他把亚西比德的美貌当作一种美德了吗?"如果这样的话,"他困惑地自语道,"我得引用贵族的成见,他们希望美貌的人同样也是有美德的人,也就是 kaloikagatoi。"

美貌的埃里斯忒曾经在亚西比德家向他问过的问题再次浮现出来:"告诉我,苏格拉底,你是怎样调和民主和你的爱情的,而后者是更美、更高尚、更勇敢的?那么你认为平民们是不美的吗?你认为他们基本上都不高贵并且绝对不勇敢吗?"埃里斯忒有细腻的直觉:是的,热爱美貌,身体美的协调,脸色红润的富有的年轻人的美貌,他们把时间用来锻炼肌肉,涂抹香水,最后,他们是政治的选择。"喜欢美貌的小伙子,这便是支持寡头政治的态度。"他自己冥思苦想着。怎么早没想到这点呢?那么其他人

自欺欺人

他们想到了吗？例如，粘西比？上帝可以作证，她，从未把美貌当作美德的符号。

粘西比的优雅在于，她会克制住自己的得意。她保持着沉默。更可贵的是，她分担着她丈夫的悲伤。

12 | 逃跑！招认

船队出发后有将近一个月了，而萨拉米尼亚号出发也有三天了。雅典在等待着受命保卫城邦的将军们的声明：几场光辉胜利的通知、某种信息，无论什么，只要是能讲出来的就行。雅典只好看着议会和国民大会的成员们每天拉长的脸。雅典开始担忧了。

这天晚上，鬈发人家里聚了五个人。

"那么，"塔基冲克雷昂提斯喊道，"我们的出征怎么样了？到达哪里了？在审判官的决定下，亚西比德好像要被带回雅典，被判为渎神的犯人。又一个。我们不在乎亚西比德！西西里呢？我们都是国民大会的成员，真难以相信自从船队出发后这个城邦里几乎没有人接到通知那边发生什么事了！"

"我和你们一样是国民大会的成员，我怎么会比你们知道得多呢？"克雷昂提斯平静地回答道。

"因为你同时也是审判官议会的成员……我们不是同亚西比德、尼西亚斯和将领们商妥了会有双桨战船回来通知我们战况的吗？"

"如果有双桨战船到达比雷埃夫斯港，并带来消息的话，你们会和我一样清楚的。"

"不是这样的，现在，"阿纳斯塔斯淡淡地打断说，"中立的帕特雷港口的一艘商船几天前从锡拉库斯回来，带回了一些秘密的消息。"

"对谁来说是秘密？"

"它们本应该被报告给十将军会的，但是将军们会决定禁止它们扩散的,为什么呢?"阿纳斯塔斯具体说道。

"因为他会立即考虑到那些相信皮革商们的话的人是否可信。"克雷昂提斯说。

"那么,你是相信这些消息的。"塔基说。

"我像所有人一样得知并散播了这些尚待证实的传言。没有什么秘密可言。"

"那么这些既没有验证又不神秘而且没有人知道的消息是怎么说的?"塔基用讽刺的语气问道。

"没什么惊奇之处。斯巴达打算反对我们对西西里的干涉。"

"还有呢?"德米斯不耐烦道,"不要再继续说得这么简短了。"

"据这个商人称,斯巴达将会援助锡拉库斯。"克里昂提斯遗憾地说道,"俄斐末斯率领的我们的船队在卡马里纳遭遇了埃末克拉特,锡拉库斯的首领……"

"卡马里纳? 在哪儿啊?"

"是西西里的一个城市,它表示中立。埃末克拉特控诉我们进行了霸权行径。于是他拒绝和我们结盟。西西里的其他城市将会和锡拉库斯联盟,比如吉拉。斯巴达也会派遣军队,由他们最好的将领之一吉利普率领。"

其他的人相互瞪了一眼,他们喝了一口酒,移开目光。

"但是,那是详细的军事报告啊! 那我们的军队呢? 我们的船队呢? 亚西比德、尼西亚斯还有其他人呢?"

"我再重复一遍,我们不能认为帕特勒的皮革商的消息是可靠的。亚西比德回来之后我们会知道更多消息的。"

"一切都看上去不妙啊,"塔基说,"下次国民大会时我得提

到这一点。"

"21 天之后,你就可以自由提及皮革商的言论了。"克雷昂提斯用讽刺的语气提醒他。

但是国民大会的召开比预期要提早很多。实际上,几天之后,这在比雷埃夫斯港引起了巨大的骚动。萨拉米尼亚号和阿克梅尼德战船,还有亚西比德的战船刚刚在法莱尔港口靠岸了,但是亚西比德人不在!港口负责人和城邦居民们不断地向船长提问,但是他们拒绝回答,他们庄严地宣称他们将在国民大会前作陈述。于是,第二天早晨就召开了国民大会。苏格拉底收到了通知,从家里出发时,粘西比只跟他说了一句话:"勇敢点!"

讲坛一片肃静,萨拉米尼亚号战船的船长到达时这儿正挤满了布勒戴里昂人。船长是一个 40 多岁的人,身材看上去像个木桩,腰圆背厚,鼻子像是船头的马刺。

"雅典人民,"他开始道,"你们将我派遣到锡拉库斯带亚西比德回来。我在贝德罗密昂月(大致为 12 月初)的第十天的下午 3 点到达了这个城市的海湾,我找到了亚西比德的战船。我通知了他国民大会要求他和他的五个伙伴返回雅典审讯神秘事件的决议。他点头回答我说会跟我回来;他告诉我他确定他的同伴也会和他在一起。然而,因为他不能够让他的船失去指挥官,他说他得和他的船一起回来。我们不能在晚上返航,于是我们谈妥第二天上午 9 点出发。我和阿克梅尼德号的船长计划好了路线。我们在约定好的时间出发了,两艘船并排着前进。为了避免经过附近的伊奥尼亚海,因为这个季节那儿风浪大,我们沿着布鲁提奴海(即卡拉布里亚)行进,正午过后第三个小时我们绕过了泽斐里昂角,近六点的时候绕过拉西侬角,夜幕降临的时候我们在塔伦特海湾停泊准备前往图鲁尔,准备第二天能抵达高尔希尔。第二天和第三天之间的午夜前一个小时，我看不到阿克梅尼德号的航灯了。直到第二天黎明前我才重新看到它。昨天早晨已到达比雷埃夫斯港，我竟然没见到我奉命要带回来的亚西比德以及其他五个雅典人，这让我大吃一惊。船长告诉我他们在图里瓦已经下船了，不知道去了哪个方向。"

国民大会响起了此起彼伏的低语声。轮到阿克梅尼德号的船长了，他解释说没有人通知他亚西比德和他的同伴是渎神事件的嫌疑犯；他是到达比雷埃夫斯港才得知这一点的。亚西比德既是大将军又是他自己的船的主人，于是他坚持要求船长服从他下达的命令。

苏格拉底把手捂在脸上。逃跑！也就是招认！

国民大会认为这两个船长都没有犯错，相反，对于亚西比德和他的手下拒绝服从雅典的法律的行为则将给予惩罚，人们非常认同这一说法。这成了下次特殊会议的主题，且议会定好了日期。

亚西比德的光芒黯淡了。人们记住了这笔账。苏格拉底的两个儿子一个 19 岁，另一个 16 岁，他们很少呆在家里面，而雷多大多时间都和她从未想过要嫁给他的那个情人一起过夜。对于粘西比，如果她的丈夫没有照例每周陪她两三个晚上的话，她便孤零零一个人了。她跟着灯光走动，从一盏灯看到另一盏灯。学生当中最富有的那几个经常宴请苏格拉底，但是酒肉对他而言已经没什么滋味了，调味汁也变得乏味。

难道这就是爱情的幻灭？是神的火花？是上帝的愚弄？或者干脆是幻觉蒙蔽了双眼？

13 │ 雅典遭神祇放逐

几天之后，从西西里回来的间谍告知议会，亚西比德和他的人在图里瓦下船之后便为埃末克拉特效命了，向他汇报了雅典人进攻西西里岛的计划。公愤爆发了，国民大会以压倒性的多数派的投票，通过了判处亚西比德和他的同谋死刑的决议，并没收他们的财产公开变卖。

苏格拉底慌乱了。他一直觉得有人在步阿里斯托芬恶犬的后尘，并控诉他通过教育助长了他最喜爱的学生的背叛行为。没有什么可庆幸的，不止一个议员诅咒着亚西比德的恶的本性："他想要控制希腊最聪明的人，但是他没有从中得到任何利益！"至于他，他还要继续为此懊悔吗？亚西比德没有更好地听从他吗？他把亚西比德、哲学、雅典联系到同样的爱慕中。三者互受牵连。

关于出征西西里的坏消息开始传来。首先，大将军们，尤其是尼西亚斯和拉玛哥斯，在攻占岛屿的策略上产生了分歧。然后，附属于雅典的城邦几乎都没有给予远征以热情援助，因为在他们看来这次出征是攻击性的又是容易得罪人的。"雅典人会在那里做什么？他们试图把他们的法律强加给全世界吗？假使在作战方式上没有坚定的信念，如何能够成就一项事业？"这些城邦的首领们抗议道。

间谍们的另外一些汇报煽动起雅典人的愤怒；亚西比德告诉锡拉库斯人他所知道的帝国的军事计划后，他和他的同谋登上了一条商船去了伯罗奔尼撒！他现在在斯巴达了！这个人简直连狗都不如！最起码狗还是忠诚的！

可恶，一到斯巴达，亚西比德就在拉栖第梦人的议会面前发表了厚颜无耻的演说，可能还希望着演说会被报告给雅典。一个间谍记录了好几张纸，其中最无耻的要数这条："如果你们见到我，我请求你们不要把我看作罪人，我，曾经被看作一个爱国者，现在断然和他国家的最顽强的敌人一起反对它。也请不要把我的言论归咎于流放者的仇恨。我想要回避那些将放逐我的人们的下流行为，如果你们相信我，作为回报，我会为你们服务的。我们最危险的敌人不是妨碍我们的反对者，而是那些强迫他们的朋友成为敌人的人。"

不少对这段演说的摘要在国民大会上被念了出来，这次国民大会汇聚了有史以来最多的人数：六千城邦居民！这导致了一场规模空前的愤怒。人们说，这是大海在愤怒而不是台阶上的人们在低声埋怨。全是无耻下流的言论，亚西比德在斯巴达人面前表示他的家族一直都是支持他们的城邦的，并且为斯巴达人对待敌人所表现出的宽宏大量感到气愤。"判处他死刑！判处他死刑！"

苏格拉底不再为亚西比德做任何辩解。甚至，他第一次开始反对亚西比德："这个小伙子难道是个傻瓜啊？我们给他提供政治职位并准备领导一次军事远征，而他却组织篡改埃勒西斯神秘事件的活动！"

许多城邦居民站出来握紧了拳头喊道："够了！我们无法继续忍受这样道德败坏的言论了！"但是他们应该尝尽艰辛。他们变得坚强，继续忍受接下来的苦酒。因为行在前面的亚西比德鼓励斯巴达人在锡拉库斯人的帮助下发动进攻："应该更加果断地推进战斗，这样，锡拉库斯人知道我们支持他们，会更强悍地抵抗，而在雅典人那边，他们要想再次派遣加强部队就会遭到

阻止。"

在某一段记录中，挑衅已经超过了所有人所能忍受的限度，亚西比德声明："民主，我们，这些优秀的人，我们知道它的价值在于，我可以完全像另外一个人一样任意辱骂其他人，像其他人对我造成伤害一样去伤害别人。然而，怎样重新命名普遍公认的疯狂？现在，当你们在那儿作为我们的敌人的时候，变化对我们来说是很偶然的。"

陈述再一次被愤怒的喧哗所打断："骗子！是民主人士选举你的！寡头政客去死吧！"

国民大会中有人被惊动了，因为从今往后人们会把他们看作与背叛者相似的人物。如果亚西比德想为他们效力，这并不是时机。他们也喊叫着："亚西比德不是寡头政客！寡头政客不是叛徒！去死吧！"

记录念到了这样一段，叛徒建议拉栖第梦人通过夺取洛里昂的银矿来削弱雅典，这银矿是雅典财富的中心。人群中爆发出一阵喧哗。国民大会的首领很难使场面重新安静下来。然后便讲到这罪行的最高潮：亚西比德在结论中鼓动拉栖第梦人"最终摧毁雅典的力量，包括现在的，也包括将来"，而后就可以安全地生活，而且整个希腊会在他们的领导下变得秩序井然。到此，六千与会者都陷入了疯狂当中：他们完全愤怒了，叫喊着"判处死刑！"仿佛判决还未被下达。

当场面稍微安静下来时，国民大会的一个成员接过发言权："我们可以从这场可悲的自卫中判断出亚西比德欺骗和背叛的本性。他称自己的背叛是因为我们将他流放。根本不是这样：还没等我们下达任何判决，他就逃跑了！如果他是无辜的，他就应该回来为自己辩护。当他讲到所谓下流行为时，他指的

雅典遭神祇放逐

是谁？是那些把他选为大将军的人吗？这个叛徒的言论打消了雅典对于亚西比德本质上的道德败坏的最后的犹豫，无论是寡头政客还是民主人士，都看清楚了这点。"

人们的掌声几乎要疯狂了。

"你是怎么想的？"苏格拉底旁边的人问他。

"曾经，"他回答，"雅典团结在对它的英雄们的爱戴中，崇高而伟大。这使得雅典变得强盛。而现在却是团结在对背叛者的仇恨中，对此我深感遗憾，因为在其中我见不到崇高。我希望人们能够忘记亚西比德。"

但是在接下来几个月里，忘记这个人物是很难做到的，因为我们能够判断出他的背叛所产生的影响，并且，人们对他满怀复仇之心。间谍汇报说亚西比德就关于毁灭雅典的方法对他的建议作了具体阐述。拉栖第梦人在雅典的北部有一个前哨，德塞利；在他们新国王阿吉斯，也就是阿希达穆斯的儿子的率领下，他们发动了一次入侵。然后他们又继续南下洛里昂，途中洗劫了阿提卡，然后到达洛里昂，重要银矿的所在地，而这银矿对雅典财富来说是极为宝贵的。在那儿，数千服役的奴隶都逃跑了。银矿被劫掠了。银矿是战争和事务的关键要素，帝国的军事活动和商业活动都因此大受影响。

西西里的战况毫无改善。受益于亚西比德透露的敌方的计划，锡拉库斯人制定了必要战术以对抗雅典人将发动的围攻。雅典人的这次围攻正以长墙隔离了锡拉库斯人，忽然斯巴达人的统领吉利普派遣了一支增援部队与锡拉库斯人的军队会合了，他们强力突破了包围。因为在陆战中处于劣势，雅典人不得已又重新选择了海战。但是雅典的船队不久就遭遇了物资的匮乏：当船员登陆寻找淡水时，他们惨遭屠杀。每次雅典人取得了

一场海战的胜利,他们又要遭遇一次陆战的失败,比如普雷米里昂,这个他们储备军需的要塞。冬天到了,尼西亚斯派遣了密使回雅典汇报称他坚持不了多久了。

国民大会召开得日渐频繁,城邦居民全都得知了这一消息,所有的人都在谈论帝国所受到的威胁。每个人都成了大将军,女人也不例外!苏格拉底向粘西比和雷多解释一艘船在海里呆的时间太长会越来越难控制的,因为浸满水之后它就会变得沉重……

国民大会讨论着撤去尼西亚斯的职位,但是不知道谁可以代替他;于是给他派去了一名助手,德莫斯泰诺,这个人在10多年前的伯罗奔尼撒战役中非常著名,斯巴达人对他深恶痛绝。德莫斯泰诺率领着新的船队和军队出发了。春天来了,然后是夏天,雅典人从未取得过优势,但同时也没有真正处于劣势。希望和失望交替折磨着雅典的人们。

当一个议员向苏格拉底透露雅典人开始失去活力时,苏格拉底说:"灵魂会耗竭的。"

灾难的命运再一次残酷地降临了:夏天快结束的时候,人们得知一艘战船遇难了,事实上,它本可以逃回比雷埃夫斯的。尼西亚斯犯了一个致命的错误;他撤退得太晚了,被锡拉库斯人包围了。他试图逃向南方,但一切已无济于事,他不得不带着依然跟随他的精疲力竭的军队投降了。至于德莫斯泰诺,他所率领的六千人被敌人的骑兵部队包围了,他也不得不投降了。

国民大会在一片死寂中听着这个消息。船长强咽着唾液来完成他的陈述:尼西亚斯和德莫斯泰诺被锡拉库斯人和他们的同盟判处了死刑,判决已经被执行了。锡拉库斯人俘虏了将近一万人!他们将俘虏关在拉多米斯的采石场中。

雅典遭神祇放逐

连勇猛的男人们都泪如雨下。神祇们放弃了雅典。苏格拉底一直在想粘西比的话："我告诉你，这个人太危险了！他会毁灭雅典的！"难道女人比男人更受神的恩宠？而亚西比德，他是神的工具吗？

几天的时间里，雅典遭遇了比瘟疫时期所遭受过得更为惨痛的破坏。它的建筑的完美像是在耻笑雅典的悲哀。这座宛若地上奥林匹亚的剧院，它会变成坟墓吗？

一天晚上，苏格拉底做了一个梦，梦中他被一种奇怪的胁迫感唤醒。在夜色中他看到了一个头戴银冠的女人，她的一只手里拿着苹果树的树枝，另一只手拿着转轮。他认出了她！是涅墨西斯！但是神啊，她想为什么报仇呢？为什么他会梦到她？

14 感谢接待

雅典如同升上天空,向天空敬献卫城最绚烂的建筑,而斯巴达隐藏在一个巨大的盆地之中,盆地的边界向西是高耸入云的泰杰特山脉,向东和向南是帕特农顶峰,海拔更低一些。雅典呼吸着来自大海自然清新的海风,而斯巴达则从大地中获取力量。众所周知那里的民风古朴。夏天,一直到晚上才会有北风从山谷间吹入,驱散白天积聚的暑热,而在冬天,潮湿的寒气迫使人们不得不活动起来,亚西比德和其他的叛变者正是在这个季节到来的。斯巴达人为附近拥有茂密的树林而庆幸,有了这些树他们不缺少生火取暖的木柴。

阿吉斯,阿希达穆斯的儿子,首先安顿亚西比德和他的朋友们住在了一间宽敞的房间里,过去那里住的是他的母亲,在斯巴达城里面,厄罗达斯繁茂的树林深处。显然,这位太后对园艺没有兴趣,因为通往小河的土地是十分荒芜的。到达的当天晚上,他们就见到一些狐狸在荆棘中追赶野兔。亚西比德和他的同伙安顿下来,他们打开带来的行李。屋子里火盆不断地燃烧着,地上几块山羊和绵羊的皮是这间装饰简单的宫殿惟一的奢侈品。这些流放者只有在晚上才回到这里,国王和他的大臣、过去的埃夫尔人经常邀请他们进餐,永不厌烦地听他们讲述关于雅典的事情。

菜肴很简单,斯巴达风味,即使是在皇宫里面提供的也只有酒,仍然十分节省。当流放者掏空了他们的消息口袋时一件最无趣的事情发生了:现在是听斯巴达人教训他们的时候了。讲话最滔滔不绝的人是当年的埃夫尔人安狄奥斯,亚西比德猜测他有极大的野心,甚至要与国王作对。埃夫尔人享有很高的特权;他是国王的监督者,拥有广阔的权力。他是培养的对象。

"雅典的民主制是什么样的?"安狄奥斯问道,"一个适合雅典的制度。公民就没有权力选择另外一种方式吗? 雅典人是不是认为处在国王统治之下的斯巴达人十分不幸?"

亚西比德表示肯定地点点头。对方得寸进尺:

"多么傲慢自大的雅典人! 你们拥有盟友,你们想要独霸一切! 你们指责皇权,但是伯利克里表现得就像一个国王! 不,他还不是一位国王,他是暴君! 真正正义的捍卫者,是我们,不是雅典人!"

亚西比德再次点点头。

"我完全同意你的观点。雅典已经转变成为暴君政治。这就是为什么必须重新将它引入理性的轨道。"

安狄奥斯很高兴听到别人同意自己的想法;他因此对亚西比德十分友好,这并不困难的。

幸运的是,斯巴达的年轻人和雅典人一样讨人喜爱,侍从让来宾在几个奴隶的陪伴下回去,这是一些波斯和斯巴达的混血儿,或是波斯和维奥蒂亚混血,这从他们褐色的脸色和阴暗的眼睛中可以看出来。由于长期和波斯人接触,斯巴达人保持了一种纯正的染色:他们喜爱房屋上鲜艳的色彩,服装的五彩缤纷,他们从亚洲学来的各色辛辣菜肴:番红花、小茴香和胡椒。

"下面该怎么办呢?"过了几天查米德斯问,"我们还要这样持续多久呢?"

"一直等到战争结束,"亚西比德回答,"我向你保证,那时我们就返回雅典。"

"受奴役的?"

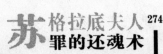

"胜利者姿态的。"

"穿着斯巴达军队制服?"查米德斯讥讽地说。

泰西克莱斯,这位一直陪伴亚西比德从雅典到锡拉库斯,又从那里到了图里瓦再到斯巴达的年轻人用心地听着。他们护卫亚西比德从雅典走向耻辱。但是走向哪里?直到什么时候?

"我们只会穿着代表我们利益的制服,查米德斯。"亚西比德用同样生硬的口气回答。

"这是不是苏格拉底教给你的,我怎么不知道?"

亚西比德没有理睬他的挖苦,继续说:"你不了解的动机是什么,查米德斯?"

"大概是丑恶的动机。"

"很好。在所有你了解的动机和你生存的成功之间,你选择哪一个?"

查米德斯笑笑。

"我认为不如接受普罗泰戈拉的理论。"

"普罗泰戈拉是一位伟大的哲学家。"亚西比德总结道。

几个星期之后,拉栖第梦人的胜利验证了亚西比德的建议,首先是在锡拉库斯,然后是在洛里昂。在西西里,比如,他建议斯巴达人派遣人员到海军充当桨手陆军充当装甲步兵,这样大幅增加了兵员;他是有道理的,吉利普靠着这样的方法拯救了锡拉库斯。他还建议斯巴达通过切断雅典财政来源的手段削弱雅典的实力;他又说对了,雅典开始缺少资金了:它甚至都无法给色雷斯的援军发放军饷,因为士兵们要求每天每人一德拉克马,他们的要求超出了财政的能力。

安狄奥斯成了亚西比德和皇宫的座上宾。亚西比德重又找回了两年前的热情,相信雅典卷入西西里灾难性的经历。

感谢接待

"把握住你们的机会！"他对国王和埃夫尔说,"情形从没有对你们如此有利过,而今后也不会再有！埃贝准备要摆脱雅典的奴役,在亚洲,爱奥尼亚发生暴乱了！那是雅典最后的抵抗堡垒。两个总督第萨费纳和菲尔纳贝兹急忙和你们缔结了盟友关系。"

国王阿吉斯和他的父亲一样,生性卤莽:他对加入重大事件很反感,要是他无法确定能否成功的话。然而他没有这样做,因为他没有足够的资金。他向亚西比德解释了原因,向他介绍了一个亚西比德只通过道听途说知道的人,一个留长发的沉默寡言的大胡子,名字叫做利桑德。据说他是著名的赫拉克利德家族的私生子,是人与半神的结晶。

"我不想重复雅典人的错误,他们叫来色雷斯人帮助,随后又驱逐他们回去,因为雅典不能付给他们军饷。"阿吉斯向亚西比德解释道。

"向波斯大帝借款,"亚西比德建议,"波斯人很有钱。"

"那我怎么还呢?"

"从雅典人身上剥削。"

国王向亚西比德投去一瞥好奇的目光,没有应答。利桑德发过牢骚之后就一言不发了:"一群野蛮人"。没有动词,主语也不完整;只有"一群野蛮人"几个字。见到他的魅力对利桑德不起作用,亚西比德只好作罢。

要是有人在近处观察,就会发现亚西比德没有理解场景,那些斯巴达人心中充满了顾虑。他们同样受迷信控制,这令亚西比德十分困惑:如此说来他们在新月之下断然拒绝无论任何计划！然而他们的军队却接受过严格的训练;这些年轻的小伙子们心中没有一丝虚荣的想法:他们训练不是为了卖弄博得他人

的赞扬,也不是为了让诗人歌颂,而是为了使他们的身体时刻保持备战状态。在军营里在体育馆里,他们跳跃着,搏击着,奔跑着……

但是由于不断的热情,叛变者赢得了安狄奥斯的同意:斯巴达决心向波斯借款,给自己足够的钱用来给雅典以致命一击。剩下的就是要了解两个总督中哪一个他更为偏爱。第萨费纳占了上峰。波斯和斯巴达会面签署建立了联盟协议。撰写协议的过程是非常艰苦的;商谈的最终结果是,胜利之后将所有亚洲的雅典城邦让与波斯。同时,还应向埃贝和爱奥尼亚发去一份外交公文,使他们也被联系在协议之内。国王决定派亚西比德去,他和爱奥尼亚人有一些联系。几天之后他就要出发。

一天晚上,在安狄奥斯家里,亚西比德有些喝多了,他双臂在空中挥舞着,大声叫着查米德斯:"雅典就要完蛋了! 我敢保证!"他狂喜。而查米德斯和泰西克莱斯只是浅浅一笑。复仇的狂热欲念令他们困惑不已。他们为了留住脸面远走他乡;受到亚西比德的牵制,又犯下亵渎神明的罪行,他们无法否认。否则的话,他们无论如何也不会盼望雅典毁灭,那里生活着他们的父母和朋友。但是他,是野心将他推向仇恨吗? 雅典究竟犯了怎样的错误?

它错误地将他命名为将军,正是这个人把雅典引向深渊。他所做的一切不都是为了叫世人忘记他曾经是西西里惨案的主谋吗? 然而他们隐藏了不满,因为在斯巴达他们比在雅典少受耳光鞭笞。还有正是因为有他,他们才可以拥有住处有饭吃。不管怎么样,一有机会他们就会逃离的,他们选择前往帕特雷,他们中的一个人在那里有娘家的亲戚。

亚西比德没有改变。在斯巴达他又重演他的丑闻和荒唐。

感谢接待

几天之后，一场地震袭击了城邦，他们来看看他的情况。已经是深夜了，街上到处是光着身子的惊恐的人们。当查米德斯和泰西克莱斯发现亚西比德没有和他们在一起的时候，他们冲进他的屋子叫喊他。他喝得太多了，睡得太沉了吧？查米德斯冒险冲进他的房间。他不在那里。查米德斯摸摸床；是凉的。

一个小时之后他们看见他回来了。

"你去哪里了？"

他只微微一笑，没有回答。毫无疑问，一场风流韵事。随后他们听说皇宫的护卫曾经看见他从王后的房间里出来。又过了一段时间，王后怀了他的孩子。

那个人没有真正对款待表示感谢。最终，丝毫感谢也没有。

15 │ 阿波罗的庇佑

那些通常是间谍的旅行者将这些事情传到了雅典。整个城邦感到蒙受奇耻大辱,人们都在怨恨背叛城邦的那个人,毫无疑问,与谚语正好相反的是,有时候报仇必须要及时。几个月前亚西比德刚刚被处以死刑,在布勒特宏的各个城门上张贴着亚西比德的动产和不动产目录,他的所有财产都已经被城邦没收,审判官议会(这大概是历史上第一次拍卖会)的职员将对它们进行拍卖。拍卖所得将会收归资金严重短缺的国库。

雅典城中的确还有一部分钱,但都掌握在私人手里。那些土地,320普莱特的可耕地(大约26公顷。雅典的地产所有者不能超过这个限度)被分成了十份,并且很快就在一个贵族的花园中分掉;事实上,没有一个人为劳动力的问题担忧,因为在城里有过剩的逃跑奴隶等着被雇佣。很多人前来观看他的宅邸,议论着这栋房子前任主人的荒谬行为。阿斯帕吉,她在接任伯利克里的皮革商的关心下发了大财,买了两张镶有纯金雕像的铜床。亚西比德的塑像卖给了一个寡头政治派的银行家,而一个牲畜商人在他妻子的劝说下,选中了一件刺绣织品、银制和玻璃的杯子,同时看中的还有一个纯银的便壶。

受好奇心的驱动,粘西比一个人在拍卖前参观了这所住宅,屋内的陈设以及那些有意掏钱的买主赞不绝口的夸奖让她十分气愤。一个人独自占有如此多奢华却无用的东西,与此同时城里有一半的人每天只能勉强糊口,面对这样的事实却似乎没有一个人感到愤怒。

参观者聚集在餐厅的大幅壁画前,谈论着雅典城里的大事小情。一幅壁画竟然挂在私人住宅里！那个家伙自以为是神吗？这幅壁画象征着什么？也许是奥林匹斯山，一些几乎全身赤裸的伟大人物围绕着一位金发的神祇，那大概是阿波罗。这幅壁画将属于买下这栋房子的人，人们确定是一个居住在雅典的侨民，一个色雷斯的皮革商将会买下它，因为没有一个雅典人敢住在这样一所房子里。

粘西比在豪华的房间中走动，目光忧伤。她来到卧室，许多有钱人赞叹一张铜床大得足以睡下一个班的人。她推开一扇藏在墙中的门，忧愁地凝视着，足足有 20 多双便鞋摆放在一个鞋架上。20 双啊！那是什么样的鞋啊！上面镶嵌着金银宝石……她俯下身，头脑中闪现出一个意念。她很快选择了一双看起来最旧的只镶有一颗红色珍珠的皮制便鞋。拿起鞋，粘西比把它塞进大衣里。

然后她就离开了那里，想着这个毁掉雅典的家伙的卑鄙言行，如今他却在斯巴达过着安逸的生活。

那些旅行者除非长了翅膀否则他们不可能追得上亚西比德的行踪和了解他生活的新情况。事实上，他已经离开了斯巴达，带着拉栖第梦人的委托乘船前往爱奥尼亚。他承诺信任亚洲各国各岛的统治者，他们要与斯巴达联合起来共同打破雅典使人无法忍受的枷锁。但是他承诺过太多的事情！他说话很多，有时候是太多了。阿吉斯国王甚至埃夫尔人安狄奥斯逐渐开始发现这个雅典人实在喜欢臭摆架子：他几乎和爱奥尼亚的所有人有联系，他认识提斯费尔纳，他把这些人控制在手心里，三下两下地处理他们……人们有时候甚至相信，依照他的说法，从今以后他就是斯巴达的领袖。对于拉栖第梦人来说，一个谨慎寡言的统治者是多余的；亚西比德大概曾经否认过拉科尼亚位于伯

罗奔尼撒半岛和创造了"简洁的"这个词语的事实,然后,无论他讲述什么,他背叛了他曾为最高统帅的雅典;人们可以相信他并让他成为斯巴达的代表吗? 这的确需要冒着很大的风险。

除此之外,他还让王后怀了孕!

利桑德,他,只从他蓬乱的胡子中吐出一个字:"阴谋家。"话很少,但意味深长。

然而,拉栖第梦人任由他做了。一个星期之后,亚西比德吸引拥有庞大船队的希俄斯议会归顺斯巴达。随后轮到了亚洲各国:艾里特和克拉索门的两个城市也加入其中。作为委托领导的拉栖第梦人惊叹于亚西比德出色的口才;要是他们说得过多了,那些雅典人就会制止他们的演说。特奥斯,同样位于亚洲一侧,也倾倒于亚西比德的口才,继而是米利都,爱奥尼亚最大的城市,最后是艾费兹。雅典的使者直到那时仍相信这些城市的联盟,他们向爱奥尼亚人指出亚西比德是一个叛徒,竭尽全力阻止亚西比德的政治演说活动,听了这话之后,爱奥尼亚人不再忠实于他们曾经许下的诺言。

诚然结果有利于斯巴达的利益,但是对于亚西比德来说有点多。当一个拉栖第梦使者在与雅典船只在米利都的交火中被杀时,情况变得使他们不能接受了。这一次失踪不仅让亚西比德成为委托一事的领袖,并且成为拉栖第梦政治上事实上的统治者。但是,拉栖第梦人不会就这样屈服于一个金头发的能说会道者。

在一次达成协议之后,国王和安狄奥斯向伯罗奔尼撒船队总管处派遣了一名密使,他在希俄斯落入冬天的冷水中;事实上,就是在那里,他等待着亚西比德的回归和委托。

然而,斯巴达使者的船只无法靠岸,大部分船只已经搁浅,船队的首领跑来向他们报信:船员们等待着一场盛大的宴会。亚西比德赞叹着迅速而又盛情的接待。亚西比德和他的同伴于是就安顿下来,房子归他们所有。

正当他拆开行李的时候门开了。一个男人没经过允许就进来了,并从他身后把门关上。一个30多岁的男子,没有胡子,棕色头发。亚西比德仔细地观察他,来访者用手指指向自己的嘴,这让亚西比德很惊奇。他迅速地打量着这个来访者,心怀戒备地观察着任何微小的可疑征兆。

"你正处于极大的危险当中。"陌生人低声说道。

亚西比德没有说话。

"甜酒将会把你带入梦境。一把匕首结束了你的生命。你的尸体会被抛到水中去。"

亚西比德惊呆了。

"是谁?"他只问了一句话。

"船队的首领。遵照国王的指令。"

亚西比德沉思片刻。

"谁派你来的?"他问。

"王后。"

一阵沉默之后,男子又补充道:"孩子已经出生了。他是王子。取名雷奥第提达斯。"

亚西比德点点头。10个月已经过去了!

"天一黑就赶快离开这里,"陌生人又说,"你装作像是要去参加宴会的样子。而事实上,你是要去港口。一艘商船,欧吉尼奥斯女儿号,停靠在港口的北面,今天晚上就要起航前往亚洲。你要在黎明时分到达那里。再见。"

陌生男子消失得如同他的到来一样毫无征兆。亚西比德合

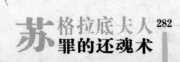

上行李箱,陷入沉思。这会不会是一个陷阱呢？也许不是；这个报信者向他报出了孩子的名字。但是名字是完全可以虚构的。一个谋杀他的阴谋是很有可能的；亚西比德非常清楚他的成功招来了世人的嫉妒。王宫里哪个嫉妒他的人想要了他的命呢？他的妻子或者政治家？还是安狄奥斯？利桑德？有一件事情是无疑的：他被出卖了！过去他有用处,现在人们不再需要他了,像扔掉一双旧便鞋一样将他抛弃了！永别了,斯巴达,我会跟你算这笔账的。

拂晓时分亚西比德下船。他向萨迪斯走去,来到了提萨费尔纳的一个省：他的第三次背叛带着浓厚的复仇色彩。因为这一次他背负着在斯巴达和雅典的失败。

斯巴达和雅典的间谍有好多天寻不见亚西比德的踪影。这个地狱的魔鬼躲到哪里去了？他们听说亚西比德已经在提萨费尔纳的皇宫里住下了。这个消息如同惊雷一般在斯巴达和雅典引起了强烈反响。

苏格拉底以一种令人不快的方式获悉了消息。一个他非常看不起的议员,因为这个人总和亚西比德搅在一起,有一天正当苏格拉底和他的信徒们谈论相反真理的原则以及它与道德的关系的时候,这个人打断了他们的交谈："告诉我,苏格拉底,你有没有教你的信徒背叛？"

一个如此粗鲁的质问让哲学家无语。

"我看得很明白,你无话可说。"这个人冷笑道,"因为有一天他们会……背叛你的。"

"你的挑衅对我有什么意义呢？"苏格拉底问道。

"有关你亲爱的亚西比德的新消息。为了在斯巴达的好处他首先背叛了我们。那时我们认为他的因放荡生活而变得艰涩

阿波罗的庇佑

的思想相信斯巴达的制度优于他曾被选举为最高统治者的雅典的制度。可是现在他已经躲在了波斯国王的庇荫之下！不是他的信仰驱使他如此行事，是背叛的精神！"

苏格拉底又一次无语。亚西比德在波斯！那些蛮族，雅典永远的敌人！

"你说什么？"苏格拉底轻声问。

"亚西比德变成了波斯的军师！他大概在那里认定我们强加了他的意志。有分寸地安排你未来的教学吧，哲学家！阿里斯托芬只对你说了一半他应该告诉你的东西！"然后他向苏格拉底和信徒们投去鄙视的目光，信徒们见这情景愤怒地向他围过去。苏格拉底做了一个手势阻止了他们。

晚上，苏格拉底为白天的事件感到耻辱，于是冒着新的对亚西比德的诅咒的危险，他向粘西比讲述了这件事。实情是他担心很快他就会没有信徒了。粘西比又一次心甘情愿地不做谴责。"这个人比诅咒还要邪恶。"她小声嘀咕，"接近他的人不是人，他们会后悔的！伯利克里已经被免职，而且不可能卷土重来，他眼看着他的儿子们死去，自己也追随他们去了坟墓。雅典为自己对他厚爱付出了沉痛代价。他的那些没有被驱逐的盟友都被关进了监狱。现在是斯巴达和你。"

她的分析使苏格拉底惊呆了。美丽难道只能散布灾难？依照粘西比所说，美丽真的是诅咒吗？他同时为他妻子强烈的感情和忧虑所震惊。如果亚西比德站在她的面前，她会亲手用匕首杀死他的。

她不是惟一的人。冬天(公元前412-411年)还没有过去，曾经质问过苏格拉底的蛮横无理的议员的预言就变为了现实。带着成为其特点的不小心，亚西比德派密使前往撒诺斯，一个靠

近爱奥尼亚臣服于雅典的岛屿。雅典的守卫部队在那里驻守，其中包括受到亚西比德蒙蔽的盟友。消息传达给了那些最诚实的人，这是描述那些最富有的人的一种方式，因为正如众所周知，平民是一些无法无天的人。他命令他们放弃民主，作为交换波斯国王与他们交好并许诺奖赏给他们一些并不属于自己的钱。简言之，他要寡头统治，不仅仅是在撒诺斯，还要在雅典。

"民主，要让他的密使来说，是一个下流的制度，因为它令一个最著名的公民被驱逐出境。以强大的波斯国王的友谊作为交换，亚西比德一心向往着回到他的故乡，和他的同胞生活在一起。"

"这简直太惊人了！"几个官员大叫，他们很明显是消息的接收者。他们中的一个人，菲尼索斯，夸张地说："他不仅使雅典陷入西西里岛灾难性的运动当中，然后背叛雅典并唆使斯巴达人毁灭它，又使斯巴达和它的盟友分裂，现在他还想回到雅典，建立寡头政治！简直是异想天开！"

撒诺斯的军事统帅们，被称为他们自己的主人以及获得波斯王国增加的钱财的利益所诱惑，他们中的一些人表示愿意在事实上建立寡头政治，并急于向雅典派去密使，由一个叫比桑德的人领导，目的是劝说雅典的官员们也做同样的事。

听闻撒诺斯军事统帅们的构想以及他们的支持者甚多，雅典的寡头政治家认为他们的时机来了。几乎没有人再相信国民大会了，国民大会已经没有能力掌控风暴中的城邦。就前途问题而立法？寡头政治家促使议会通过了关于检查修改宪法的必要的提案，然后他们成批地出现在国民大会，投民主派的反对票。当天晚上，在人们不知道它将进行怎样的改革以及权力如何分配的情况下，寡头政治在雅典建立起来了。

阿波罗的庇佑

夜里发生了血战。贵族的亲信大批死去,他们暗杀民主派主要领导人的消息在城里传开。

当国民大会召开的时候,粘西比跑到佩里穆加索,从大衣的褶子中掏出一双便鞋。一阵阴冷的风从海上吹来。她没有重新查看波涅斯和山羊,大概,一个为人类所煎熬,另一个受时间的折磨,她问自己那个她询问过的女人是否还活在人世。旧情人的敌意蔓延……

"安提戈涅!"粘西比叫道。

"请进!"回答道,"我从窗户看见你了!"

阿波罗神殿的女祭司躺在床上,一根拐杖横在床上。

"我的脚踝扭伤了,"安提戈涅勉强一笑,解释道,"我感觉很冷。一个人总是不太好办事情。"

"要我帮忙煮些什么东西吗?"

"帮我重新热一热剩下的鸡肉。还有请你往炉灶里再添一些木柴。"

于是粘西比就开始忙碌起来。炉火燃烧起来,为深冬苍白的日子增添了一抹亮色。铁锅里的水泡在表面翻滚起来,发出咕噜的响声。

"你带来了什么?"安提戈涅终于问道。

"我想拥有世上绝无仅有的最有力量的魔法。"

"很好。"安提戈涅说,"我喜欢那些相信魔法的人们。"

"谁不相信呢?"

"你丈夫的信徒。"安提戈涅从床上站起来。

双腿落在地面上,她抓住拐杖,俯身向粘西比走过去。粘西比从大衣里面取出那双便鞋。安提戈涅仔细地检查,然后笑起来。

"是珍珠！雅典再没有第二个人可以佩戴它……依我看，你对他有根深蒂固的仇恨。"

粘西比点点头。

"这一次你不是惟一的一个了，相信我，"安提戈涅继续说，"我已经付出沉痛代价。节省你的钱。魔法是相连的。但还要等待时机。"

"多长时间？"

"7年。"

"7年！可是在这之前世界就会被毁灭了！"

"那又如何？"安提戈涅说，"苍蝇不叮没缝的蛋。让它去毁灭吧。我只是众神的中间人，粘西比，不是女神。我可以传达众神的意志，可以用媚药吸引一个羞涩的情人或者施加魔法让他厌烦，但是我不能改变一个人的命运。"

粘西比静默沉思了一会儿，笑着说："鸡肉已经热了，等一会儿我从火上取下铁锅。这个锅我有些拿不动。"

安提戈涅费力地站起来，用拐杖支撑着，蹒跚地走到桌子前，坐下。

"他被阿波罗保护着。你知道吗？阿波罗（他杀死了普里阿摩斯国王）。他是众神当中最残忍的一个。他在自己的祭坛上杀死了拿波多莱姆。他活剥马拉斯的皮，只因为马拉斯的笛子比他吹得好。你会承认他们的过去有多么美好。我可以给你讲述。"

"安提戈涅，难道人们就不能……"

安提戈涅摇摇头。"你认为我比雅典娜还要有力？或者你认为，像亚西比德一样，你复仇的念头可以改变整个世界？不要像他那样，粘西比。"

粘西比察觉到建议是明智的,感觉自己一下子衰老了。

"当那些像你这样渴望结束生命的人来到我面前,当我祈求地狱的神灵的时候,总会有两只猫头鹰飞来,在屋子上空盘旋。就发生在白天,粘西比。雅典娜的鸟从不在白天放飞。一些神明告诉我:'雅典娜很痛苦,不要折磨它,它在等待着它的时机到来。'你该把鸡肉从火上取下来了。我饿了。昨天就没有吃饭。原谅我就不邀请你了。"

粘西比从火上面取下铁锅,摆在桌子上。天渐渐黑了。她向正在舀汤的安提戈涅告别,离开了她家。

"便鞋!"安提戈涅提醒她。

粘西比耸耸肩。

"把它们给你的邻居吧。"

"不,"她在回家的路上小声嘀咕,"众神一定是不可以经常交往的。"

16 ▌粘西比公开复仇

　　尖叫声响彻夜空。人们不时听到有人在街上奔跑，随后一列十几人的士兵喊着不知什么口号结队追赶，他们不时喊着："追上他！在这儿！"或是"小心！他有武器！"

　　粘西比一夜无眠。她和雷多坐在卧房里。在外面走廊里，孩子们也没有入睡；他们说着想出去看看外面发生了什么事；苏格拉底也被声音吵醒，他不允许他们外出。

　　"军队的人会把你们带走而你们还不清楚自己究竟做了些什么。你们想看杀人？"

　　外面的确发生了谋杀。被杀的是民主派的领袖以及那些也算不上是领袖的人。在大街上奔跑的不是逃跑的民主派，就是追逐他们的成员。在寡头政治建立之后，就在几个小时前，一个议员就通知过他这件事并且建议他不要离开家。雅典的新主人依照法律进行裁决，事实上，他们靠武力草草了事。

　　深夜来临，在休息前不久，苏格拉底喃喃自语道："我过去竟然不知道那些寡头政治者人数众多！"

　　压抑住心中的忧虑，像往常一样，第二天他出门了。阿格拉在狂风中显得愈加荒凉。布勒特宏和审判官议会的各个大门全部敞开，一些人在里面忙碌着，搬运成捆的羊皮纸，同时焚烧另一批文件。有一个人看见了苏格拉底，向大门走过来叫他，苏格拉底眯起眼睛，认出是特拉芒斯，他是过去的一个信徒，不勤奋，40多岁，曾经在公务中搞过阴谋。苏格拉底记起，为了学习演讲，这个人曾经去过诡辩家佩底戈斯家里，在被民主派抛弃之后，他又回归到寡头政治者中去。

特拉芒斯兴高采烈地走过来,伸出手:"苏格拉底,我的老师! 真高兴见到你!"

苏格拉底点点头,回应他。

"你在这里做什么?"他问。

"你很清楚,苏格拉底,我一直是寡头政治的支持者。我是他们中的一员。"

苍天可鉴,他凭借着怎样的阴谋手段,才得以加入他们的行列!

"我为你感到高兴。什么时候才能见到寡头政治者的改革措施?"

"改革很快就会确定下来的。但是权力将由一个权力受限的议会承担。"

苏格拉底点点头。

"你看起来有些疲劳?"特拉芒斯关切地问。

"因为那些人在街上大叫奔跑,夜里没有睡好。"苏格拉底回答。

"他们一定是在庆祝我们的胜利!"特拉芒斯说。

"对,手拿尖刀的胜利。"

"我同意,有些行为是有点过分。然而强权阻止了极大危害雅典城的动荡。不要再担心了,你是我们的人! 我知道你对亚西比德的忠诚。我期盼着他早日回来。他一心只想回到故土,而现在那些极端民主派都逃跑了!"

"这个人可真有分辨能力。"苏格拉底自言自语地嘲笑道。热情地道过再见之后他们就告别了。苏格拉底等待他的信徒;但他们没有来。他去了斯托阿,看到一个运动员和一位老者站在药店门前。

"你愿意用哲学来换取一片涂抹橄榄油的奶酪和一些面包吗?"他问鬈发人。

"我愿意无偿地给你,"老板回答,"我担心事情不会那么简单。你把我当作什么? 哲学家?"

鬈发人大笑起来。

"当别人叫喊的时候,请你闭嘴。"

"就这么多?"

"你还有能够维持几天的吃食。除了交换给你的橄榄油之外,我还要加一点:人只能和头脑空空或者与自己意见相同的人讨论问题。"

鬈发人笑得更加放肆起来,他离开去寻找他的奶酪、橄榄油、面包还有小酒一壶。

"和面包交换,"苏格拉底补充道,"在变革时期,最强硬的人物需要最软弱的人们。但是父权又回到了伊索时期。"

鬈发人思索着他的话。"你认为我们现在有新消息?"他问。

"为什么没有呢?"

"议会很少举行会议。而且如果这些消息有碍于新上任的统治者的统治,他们会将这些人弹劾掉的。"

"很有可能,"苏格拉底表示同意,"但要是他们足够聪明的话,他们会清楚坏消息比恶意的谣言更有价值。"

一个人的时候,苏格拉底在心中盘算着亚西比德回归的可能性。不可能,他做出结论,即使是在寡头政治者的统治下,人民也会将他碎尸万段的。

几天之后,雅典人陆续从家中走出来,苏格拉底比以往更仔细地观察人们的举动,他吃惊地发现一场政治制度的更迭竟然能够对人们走路的方式造成影响。过去雅典人走路迈着悠闲自

粘西比公开复仇

在的方步，表情坦然，目光宽广，而如今他们步履匆忙，驼着背，目光垂向地面，或者胆怯地向四周投去匆匆一瞥。要是有某个旧相识叫住他们问好，只是简短的回答，偶尔的聚会也是为了释放一下喉咙。另外，人们说些什么呢？观点每天随着谣言、告密、转变而更改，就像一条蟒蛇将自己的身子系上又解开，特别是个人利益：有理由相信一个溃退就会在城里引起强烈反响。

一天苏格拉底在阿格拉又见到了他的信徒克里底亚，从今以后他就将是苏格拉底收入的主要来源了，他很有钱，知道老师不富裕，就付了两份钱。作为寡头政治党派的领导人他被新的逢迎者簇拥着。

"这次事件对你有什么启示吗？"信徒问。

"你大概期待着我做出一个政治上的判断。或许是，但事情与你想象的不同。自从伯利克里死后我在雅典的生活中逐渐感受到，在某种程度上我们的私人生活是依赖于雅典城邦的。在伯利克里时期，或许在荷马时期我们就已经明白，城邦是惟一有能力对野心——人类最不可抗拒的情感之一，产生影响的事物。这是一种灼热的激情，如同爱情一般困扰着人类。然而伯利克里时期的稳定暂时延缓了我们的焦虑。人人都清楚实现野心的计划是什么。当黑夜来临，人们却臣服于享乐。"

"那么现在是什么情况？"克里底亚问。

"情形紧张而多变，使得野心不断地冒险尝试。雅典会走向左还是右？还是极右？或者，在我看来是很多人的选择，运用武力选择？人们在什么意义上施展他的野心？出于对这种警惕的畏惧，欢悦不见了，鬈发人昨天发现在阿格拉城里寻找财富的年轻人变得稀少起来了。"

克里底亚笑起来。

"不如说政治毁了我们。"

他语气坚定地补充："那么,我们要去减轻人们心头的苦痛了。"

苏格拉底笑笑,继续说:"所有的动作都会引起反应的,克里底亚。我感到很奇怪,这样强制的禁欲竟能被忍受那么长时间……"

"哈,亚西比德的宴会在哪里呢?"克里底亚叹气。

苏格拉底对此没有做任何评论。

寡头政治者无力的政府和追随他们的逃逸杀人犯已经达到了他们的目的,引起了人们的恐慌。大家怀疑所有人,账目条款假借公民责任的名义追逐,但通常是以匿名的方式。当议会宣布权力必须要由一个四百个公民组成的议会控制时,出现了一段死寂的沉默,其他人都跑去看张贴的目录。没有人评论,没有人发出声音。

外面事件的纷繁从此以后成为人们主要的谈论话题,那些和外国有联系的人把消息传了出去:主要是一些海员。比雷埃夫斯于是取代了阿格拉。要是想学习点什么东西,就必须长途跋涉前往康达罗、阿克特或泽亚。在那里,能学到有用的东西。

通常是雷多带来新消息,因为她经常去比雷埃夫斯买鱼,在一些仓库前停下买面粉和橄榄油;她叫她的情人厄梅尼斯拿着这些东西一直走到埃隆。由于她相貌漂亮神情谦逊,她到处打听事情,人们热情地回答她,于是她就像买鱼一样轻松地得到了信息。

有一天她得意洋洋地宣布:"萨摩斯的民主派起义造反了!"当时厄梅尼斯正将手中的重物放进厨房。

寡头统治之下的雅典城里的人们对于外面世界的事情一无

293

粘西比公开复仇

所知,苏格拉底每一次都焦急地等待着她的归来。他急急忙忙地走进了厨房。

"色拉西布洛斯将军带来一批士兵,他废除了在岛上企图建立寡头政治的阴谋! 他取胜了!"

"那亚西比德呢?"像每次一样粘西比一边检查着一大堆沙丁鱼和三条大鱼,一边问道。

"这是另外一个消息。他挑拨波斯人和拉栖第梦人的关系!"

"他竟会使自己和蛮族不和! 他们应该把亚西比德千刀万剐,然后吃掉,他们有这样的传统!"粘西比叫喊着取出了鱼的内脏,"厄梅尼斯你愿意帮我刮鱼鳞吗? 留下吃晚饭吧。雷多,帮忙清理一下沙丁鱼。"

"现在萨摩斯有民主派,雅典有寡头政治派,那边是贱民(低等公民,以劳动获取生存,组成了萨摩斯主要的守卫军队),这里是贵族。"苏格拉底分析说。

"是的……"雷多说,她正歪着脑袋处理案板上的鱼,一只手伸进盐袋里,突然变得欲言又止。

苏格拉底等着她的话。她向粘西比的方向看看,粘西比正在刮第二条鱼的鱼鳞,尴尬地笑笑。

"你嘴里含着石头不能说话?"苏格拉底问她。

她抬起头说:"萨摩斯的将军已经更名为亚西比德将军了。"

粘西比转过身,手里拿着一把刀。"你说什么?"

"亚西比德现在是萨摩斯的军事统帅了。"

粘西比挥舞着她手中的刀,"可是那里的人并不勇猛啊! 他们选择了一个将我们的国家推进深渊的人作为统帅……"

"我对此也不甚了解。"雷多说,像是道歉。

厄梅尼斯吃下一块肉。

"开玩笑!"他大叫,"亚西比德向他们许诺过波斯的友谊和钱财,而且由于他们想继续对拉栖第梦的战争,他们热情地接待了他!何况他挑拨波斯人和拉栖第梦人的关系。现在,萨摩斯的官员们一心要来到雅典,在这里重新建立民主。"

粘西比神情沮丧,转向苏格拉底。

"请给我解释。这些事情我一点儿也不了解。亚西比德将会做什么?"

"我也不知道他会做什么,"苏格拉底平静地说,"但是我们有理由怀疑如果民主在雅典再重新建立起来,亚西比德会回来的。"

"但这是不可能的!"她睁大眼睛,叫起来。

"粘西比,你提问题,我就回答。要是你不想了解真相,就不要问问题。"他严厉地说。

"沙丁鱼要怎么做?"雷多问。

"加一些油和盐,一起放进大铁锅里。"粘西比机械地回答着。

她手里一直拿着刀,不停地耍来耍去。

"如果地狱的狗又回到雅典……"

"他还没有回来,"苏格拉底小声说,"这两张桌子我们在哪一个上面吃饭?"

因为屋里陈设很简单,几个人只能坐在床边吃饭;再说,苏格拉底觉得这样更舒服一些。女人是和男人一起吃饭的。

"大的那张桌子。"粘西比回答。

苏格拉底在桌上摆了四个盘子。

"面包在哪儿?"

"应该已经烤熟了。你来拿吧。"

他问自己,他和普罗泰戈拉究竟谁是亚西比德的老师。不存在事实,只有观念,普罗泰戈拉曾这样说,然而归根结底这可以很好地定义亚西比德的思想。永别,公民责任! 厄梅尼斯洗过手用老鹳草擦手,鱼还在厨房里烹炸着,他和苏格拉底坐在院子里饮起酒来。

"我还有一个消息。"雷多坐在桌前说。

"留心。"厄梅尼斯开玩笑地说。

"下星期人们要上演阿里斯托芬最新的喜剧。"

苏格拉底轻蔑地撇撇嘴。

"这是在雅典人面前丑化苏格拉底啊!"粘西比叫起来。

"这次和苏格拉底没关系,"雷多平静地指出,"是关于女人的。"

"女人?"粘西比重复道,也坐下。

苏格拉底从锅里面取出三条沙丁鱼,放到自己的盘子里,低下头。

"关于向男人复仇的雅典女人。"

"你是怎么知道的?"

"通常都是谣传。"

"在比雷埃夫斯?"

"不,就在雅典城里。厄梅尼斯认识一个出售阿里斯托芬作品的商人。"

"这出戏名为《利西斯塔特》。"厄梅尼斯说。

"女人向男人复仇……"粘西比重复着,陷入沉思。

苏格拉底嚼着第一块沙丁鱼肉,吐出鱼骨和尾巴,向她投去嘲笑的目光。

"时间差不多了!"粘西比突然说话,"雷多,我们去看这场戏!"

天黑了,埃拉菲波利雍历的第12个月(这一个月处于三月和四月之间。是公元前411年阿里斯托芬喜剧可能上演的日子,在四百人寡头的阻挠下仍然上演;史料中没有指出剧场演出何时出现,过去戏剧只在宗教节日上表演),她们朝狄奥尼索斯剧场走去。至少有一半的观众是妇女,无论年老年轻,女人们在花2块钱(是固定的价格,由剧场专门人员管理,所有收入捐献给雅典的穷人)买票之后,坐在高高的台阶上,饱览彼此间从未谋面的人群;几乎有2万雅典人聚集在这里,女人们庆幸不是坐在前排:前排的座位被寡头政治者和祭司占据了。

粘西比从没有去过剧场;她一直控制着复仇的情绪。在整个演出过程中她表现得很严肃,当演员从制服上衣中掷出一根木棍时,她发出一声尖叫。人们都认为她过于严肃了,甚至怀疑她不是来看一出喜剧的,因为她几乎不笑,即使是在其他人哈哈大笑的时候。演员浑圆的肚子和带有鼻音的腔调使角色变得更加滑稽,但这也不能使她快活起来。她密切关注着女主人公的行动,利西斯塔特发动雅典的女人起来反对男人,作为起义妇女的领袖,她带头占领了雅典的金库,进行性别罢工直至男人们接受停止战争。她只在结尾处才变得兴奋起来,此时剧场里响起了雷鸣般的掌声。她站起身,十分激动,像高利邦特那样手舞足蹈起来。雷多起初很惊奇,随后很快就被粘西比的样子深深打动,目光凝视着她,她看见一行热泪从苏格拉底的配偶的脸颊上流淌下来。

终于平静下来,粘西比挽着雷多的胳膊,气喘吁吁的,情绪很激动。

"雷多，我终于报仇了……利西斯塔特，其实是我！是我！男人……啊！我们一样，我们也可以……啊！雷多，多么伟大的杰作！我原谅阿里斯托芬以前对苏格拉底说过的话！"

她还在鼓掌，双手通红，大法官请作者上台，向他颁发奖品，一篮无花果和一罐酒。

粘西比终于得以在公众面前复仇。

17 "时间让我们成为了其他人"

尽管流言四处传播,雅典仍然期待着萨摩斯的民主派战士下船登陆,也就是说雅典期待着一场内战。和其他人一样,塔基和德米斯十分忧虑。他们决定冒着被匕首刺死的危险出走,他们又重新拾起鬈发人的习惯,在大衣外面裹上轻暖的衣服以抵御寒风。

"我不知道今年夏天能不能回到乡下的别墅去,"德米斯说,"我的那些雇农一定会轻视我的,因为他们自视为小块地产的所有者,我是寡头政治者,于是就是穷人的敌人!我是!"

"从现在到夏天……"塔基说,"顺便说一下,我接受了去特拉芒斯参观。"

"你也去?"他们大笑起来。

"信任关系已经建立!"德米斯分析说,"这个特拉芒斯人向你建议不要担心,现政府的被他称为暴行的行为,不可能持续很长时间了,他为他们感到惋惜,还有四百人议会的一些成员。"

"的确。他对一半以上的雅典人都是这么说的。你认为他已经形成了一个小团体了吗?"

"我想他们应该有几个人,在某种程度上他们意识到他们是不受欢迎的。不久以前,阿莱克西勒斯将军,你认识他,寡头政治者当中最为傲慢的一个,来到这里喝了一杯酒,但是人们一认出是他,全都落荒而逃了。他感觉像是鼠疫患者一般受人歧视。"

"这个特拉芒斯人,你觉得他怎么样?"

"一个骑墙派。不管怎么样还算聪明,还明白照目前事情的发展速度,他有可能不能在此地长留。是个温和的寡头政治者。"

"我倒是很想知道什么才是一个极端寡头政治者！你注意到没有鬈发人扩大了他的势力?"

"日常物品行不通的,为了留住顾客,他倾向于送出更多的奶酪而不是将它扔掉。"

突然他们看见克雷昂提斯来了,样子相当的烦躁不安,很容易被人认为是冷漠的典型。他找了一个座位坐下。

"你们好！"他看着他的朋友们说,"世界就没有安静的一天！"

"清醒吧,祝福你！"德米斯戏谑道,"有什么事发生了?"

"那些装甲步兵……"克雷昂提斯开始讲述。

他抬起胳膊,为了吸引他们的注意力。

"一个萨摩斯的小壶！"

"你拿我闲开心呢?"鬈发人说,"萨摩斯的?现在?除了希俄斯,还有其他的！"

克雷昂提斯耸耸肩膀。

"这是什么样的国家啊！"他叫起来,"那些装甲步兵……"

"喂,你说什么?装甲步兵?"

"他们在比雷埃夫斯拘捕了阿里克西勒！而且议会的四百人,也扬言逮捕特拉芒斯人和他的拥护者！他们指控特拉芒斯人和民主派缓和关系,并且串通一气！"

这一次,塔基和德米斯变得十分不安起来。同时在场的鬈发人脸上也变了颜色。装甲步兵的肆意行为预示着还会有更糟糕的事情发生。

阿里克西勒被逮捕之后开始了三个星期的令人难以置信的

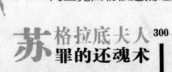

混乱,在这期间派仆人出去检查城里是不是平静之前,谁也不敢离开家门半步。事实上,几天之后,雅典的船队相信受拉栖第梦船队威胁的俄贝已经投入到战争中去,与此同时雅典被打得落花流水失去了俄贝。有三大威胁悬在雅典人头上:一是萨摩斯的民主派将要发动和被认为仍然服从于寡头政治派的军队的冲突;二是拉栖第梦人要攻打雅典,而现在比雷埃夫斯缺少海军力量;三是当寡头政治派和装甲步兵进行内战的时候,拉栖第梦人在附近海域交叠出现。

一天早上,出于对寡头政治的怀疑和被越来越大的忧虑所激怒,雅典人召开了所有公民参加的大会,投票结束了四百人议会制度的使命,并立刻由一个温和的民主体制五千公民议会(事实上他们有九千人)取代了它。寡头政治者躲在家里不敢进行干涉,满足于他们的告密者提供的信息。

就这样雅典推翻了暴君。只剩下在和拉栖第梦人的战争中取胜。人们记起亚西比德曾许诺过波斯的援助。不可思议的事情发生了:五千人议会投票同意他的回归!

每个早晨和每个夜晚,粘西比总是问雷多:"他回来了吗?"

然而亚西比德没有回来。在民主派的统治下,他的几个穷追不舍的敌人取得了胜利,如果他回来,要冒着受到他们袭击的危险。在雅典的朋友们叫他努力集结船队和提萨费尔纳的钱财。波斯人帮助雅典!大家都认为这是在做梦!苏格拉底又一次成为议会的一员,他询问一个将军,然后询问第二个、第三个。他们的回答是相似的:他们认为波斯船队不会来的,不会给雅典带来船只和金钱的。

证明是提萨费尔纳的总督以抓住亚西比德为结束。有一个月人们没有听到任何流放的消息,甚至怀疑起它是不是真正的

"时间让我们成为了其他人"

执行了。然而他成功地逃跑了并且到了爱奥尼亚群岛。他失去了所有的王牌，和提萨费尔纳的友谊在谎言之下不攻自破。他彻底垮台了。

不！战争一直在佩朋提德海域(马尔马拉海)附近赫勒舟桥海峡上进行着。雅典是塞斯托斯、伯罗奔尼撒一方的，支持背靠善索纳斯的阿比多斯。一天的战斗之后，人们来不及等待21艘舰船从地平线上出现。当第一艘舰船向着雅典驶过来的时候，船长用喇叭筒向人们大声宣布他的舰队是由亚西比德指挥的。不到一个小时，战争的结果因为这个从天而降的增援而发生了转变：雅典占了上风，得到了30艘战舰，同时还额外收回了上一次战争中拉栖第梦人抢夺的船只。一段时间之后，在西底克海域的战斗同样取得了胜利。难以忍受的天气并没有让亚西比德灰心丧气，相反，他利用暴风雨封堵了60艘企图进入港口的舰船。当敌人向海岸发起进攻的时候，他命令全体船员围剿他们，杀掉船员、船队首领、焚烧舰船，夺取西底克。在这之后，他又拿下了塞利比亚(今安豪兹，土耳其岛同名)，然后他又重新征服了向雅典供应小麦的广大地区。还有更加令人难以置信的事，他征服了拜占庭！但是他是如何做到的呢？这个人是无法抵抗的吗？

不，和通常一样狡猾，他料到发疯的伯罗奔尼撒首领回去向波斯人寻求帮助，在城中设下陷阱。的确发生了。在这期间，亚西比德和城里的居民谈判，而他们竟然为他打开了城门！

这些消息带给雅典城的喜悦之火燃烧了几天，随后就熄灭了。帝国反抗，人们可以对雅典人少期待一些吗？亚西比德难道不是雅典城的孩子吗？但是金钱呢？为什么要继续这场没完没了的战争？是为了金钱？然而，亚西比德清楚事情的紧迫：他

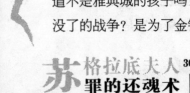

强制征服或重新征服的城邦进献贡品，在博斯普鲁斯海峡的入口处加收关税。

"他表现得像雅典的施主。"苏格拉底和奇迹般地从洞穴里出来的克里底亚争辩时分析说。

"他在你眼中不是吗?"克里底亚问。

"当然是，"苏格拉底微微一笑，回答道，"但是我宁愿他一直都是。"

亚西比德在雅典的追随者队伍日益壮大。他依靠着在这里的朋友和派来的密使。年末的时候，他通过他们表示准备竞选将军。这个消息在雅典城里引起了轩然大波。

克雷奥冯和他的追随者表示强烈的反对，他们在议会上表示他们的反对不仅要引起最大的敌人的注意(因为亚西比德独裁的意志导致了议会的解散)，还要告诉世人亚西比德是雅典的敌人，是帝国的敌人，这一点从他接二连三的背叛中显现无疑。他说了足足有一个钟头，追随者为他热烈地鼓掌。但是只有一个人指出了他的蛮横无理。卡里克莱，亚西比德最忠诚的追随者，质问他说:"克雷奥冯，你对亚西比德的敌视难道不是因为他的回归为你的退出敲响了警钟? 因为你也许会明白你的声誉不会超过长墙，你最卓著的功勋是建立在对人民在细枝末节处讨好之上的!"

嘲笑削弱了一个小时演讲的效果，被驱逐的人当选了。

"太好了，"听到雷多告诉她这个消息之后，粘西比喃喃低语道，"人们选择了正确的人，城里人是愚蠢的。"

"你的话是在骂人!"苏格拉底否定地表示。

但是他突然想起伯利克里被免职的当天晚上亚西比德问了一个问题:平民是醉酒的女人吗? 他曾经跟妻子提起过这个问

"时间让我们成为了其他人"

题。他又改变注意,因为粘西比曾说亚西比德知道事情的真相,这也就是为什么他如此表现的原因。也许她说得没错……

这些考虑让苏格拉底一直思考着亚西比德不可避免的回归背后的东西。当整个雅典都在不停地争论把一个曾被判为死刑的人提升至最高职位的可能性,而苏格拉底,他正在思考平民是不是醉酒的女人,而独裁,少数人是寡头政治的原则,是一个男人。在这种情况之下平民和独裁是相应而生的,也许是用来互相反对的……想到这情景,他一个人笑起来。

之后有一天,苏格拉底曾经挚爱的男人派密使来看他。

"亚西比德派我来问你是否在等他。"他开门见山地说。

他的问题在苏格拉底心中激起了一阵他当时并没有意识到的疼痛,关于失去的爱的回忆。

"我等待着我熟悉的那个男人,"一阵沉默之后他回答,"也许,他也期望重新找回他熟悉的那个人。"

密使扬起眉毛,因为他不确定自己是否已经听懂。

苏格拉底解释道:"时间,使我们成为了其他人。"

苏格拉底夫人
罪的还魂术 304

18 伟大的演员

他终于还是回来了。

那一天是清洗卫城雅典娜雕像镶金铜饰的日子,这是雅典城的传统。人们在雕像的四周竖起脚手架,放下帷幔,一些人手拿湿布拭去堆积的尘土。

他选择这样一个具有象征意义的日子是不是意味着应该用先贤的训诫清洗他呢?

以克雷奥冯为首的他的敌人,跑来观看着哪怕最小的让步,监听着哪怕最小的嘲骂,这使他们能够逮捕他们憎恨的那个人。7年前,人群也聚集起来观看他站在船首离开。两千或者三千人?是否存在一个怀有公共情感的贵族阶层?

情形和诗人们描述的是相似的。海天之间闪耀着金银的色彩,远处一艘满帆的船出现了。船帆是深红色的,那是皇室的颜色。他的蛮横一点儿也没有改变。20艘战船紧随其后,白帆仿佛轻轻掠过波浪。

雅典人眯起眼睛,当闪闪发光的铜制船首渐渐靠近的时候,他们才相信那确实是亚西比德站在船头。乌利西斯回到了伊萨卡……远处的人是一个年轻人的形象,没有人敢承认他有43岁了。他金黄色的头发闪烁着光芒。

人们的目光又转向了其他船只:甲板上堆放着盾牌和闪烁着金属光芒的器物,人们认出那是从敌军那里缴获的战利品。

一阵笛声从海面上传来,人们猜是给划桨手打节拍。手臂举起来,喧闹声响起来了。那是他的拥护者和朋友们为他的归来欢呼。

苏格拉底一动不动,沉默,心头阵阵发紧。回忆使他感到敬畏。关于爱和欺骗的记忆,这位领导人向每一个人讲述他的私生活。

后来,人们越来越激动。亚西比德迈步走在浮桥上,人群跳跃着尖叫着涌向他,为他戴上了花冠。他左顾右盼地寻找他的支持者和朋友,仿佛被这样狂热的人群吓倒。他曾经可以到处演戏,而在雅典,不可以。

他的脚一踏上雅典的土地,四五十个曾经被他判刑的人手拿武器包围了他,他们推开并且形成人墙阻止热情的人群,就像从前粘西比想做的那样,试图将一把匕首插入他的胸膛。看热闹的人爬上围墙,带孩子的人把孩子放到肩上,为的是能够看清英雄的样子;其他人在唱歌……长笛,铃鼓演奏出一曲胜利之歌。人群被刚刚登陆的船员所吸引,人人都想接近他们,拥抱他们,如同是为了收集一点点亚西比德的荣誉。

雅典人列队簇拥着回归的队伍一直走进城里。苏格拉底和队伍保持着一段距离,既可以观察他们,而自己又不会被别人看到。他想看什么呢? 他问自己。除了他的巫术,也许还是因为他,亚西比德的回归引起了十分恐怖的场景,就像荷马曾经描述过的那样,地狱的英雄到来了。

在议会,人们同样给予亚西比德皇帝般的礼遇。从那里,他又去了国民大会,十分成功。欢呼响起。他举起手臂。

"雅典公民们……"

苏格拉底坐在布勒特宏的最后几排听他的讲话,远远地听他的声音,他发觉如同不是在听一个此时此地的人在讲话,而是一个身处梦境一般的剧场的演员的声音。赫拉克利特,

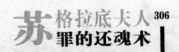

雅典人，直白地说眼睛是比耳朵更准确的证人。于是，苏格拉底就观察他说话。亚西比德陈述了他的荣誉、胜利、阴谋和他在波斯为了阻止波斯人援助拉栖第梦人船只和钱财而完成的业绩。还有他对雅典的忠诚：他不是阻止了萨摩斯的民主派向寡头政治者的挑战，因此也因为他一个人的力量而避免了一场战争吗？难道不是他赢得了海陆的全面胜利吗？难道不是他征服了一些城邦强制他们进贡而使雅典的国库充实起来吗？他最后提起了那些狂热分子和蛊惑人心的政治家对他的不公正的指控，正因为此民主派不再是它理想的样子了。他说，他清楚在雅典仍然有他的对手，他已经做好迎击的准备，因为他已经不再服从他们的专制统治。这难道不是他正直的体现吗？但是雅典已经看清了事实的真相，人们不是重新选举了雅典将军吗？

一个演员，的确。终其一生他都是一个演员，从没有改变。直到在港口他的出现揭开了深红色的戏剧大幕！亚西比德既是一部讲述他个人的英雄史诗的表演者又是阐述者，他不仅要让雅典人知道他的功绩，还要让斯巴达人、爱奥尼亚人、波斯人，让全世界都知道……一个伟大的演员，这毫无疑问，但只是一个演员。他的勇气是不容置疑的，但是怎么能护卫为他的热情所掩盖的衰弱呢？"诡辩派最杰出的弟子也许还没有出世呢，"苏格拉底自言自语道，"他应该是一个非凡的演讲家。那么我的学生呢？"苏格拉底摇摇头。不，他从没有教亚西比德去背叛。

亚西比德的辩护书宣讲了两个小时。最后热烈的掌声响起，伴随着拥护的叫声。如果他不是一个女人，平民也会如此表现的。国民大会经过将近一个小时的慎重考虑，投票同意恢复这个曾经背叛过雅典、给城邦带来耻辱的人的全部权力，议会只专注于曾被判处死刑的人！这种狂热让苏格拉底想起了赫拉克利特的另一句话：打击越轨行为比熄灭大火更重要。如此的热情只会预示着同样强烈的厌倦，只是会晚一些。

无论如何，苏格拉底从没有想象过这样的结局。他笑了起来。然而表演继续进行着。船队成员列队前进，他们把从敌人船只上缴获的战利品摆放在讲坛上，有武器、陶罐、金制手袋，人群中又爆发出热烈的掌声，书记员亮出了一些清单，上面写着哪些应该交归阿塞纳尔，哪些应该交给国库。

克雷奥冯将军和其他一些亚西比德的政敌，不得不在步兵卫队的保护下离开，因为群众对国民大会内外的敌对是令人恐惧的。在走廊，一个市民用嘲笑的语气对他说："嘿，克雷奥冯，今天晚上你上了一堂蛊惑人心的课吧！"

人群散开的时候，天已经很黑了。亚西比德和他的同伙赴议会首领款待的宴席去了。苏格拉底，回家去了。他没有心情混到人群中去，忍受他们的问题，或是加入到他们的狂热中去。他看到粘西比因为月光无法入睡。苏格拉底在她身旁坐下，向她讲述发生的事件。她默默地聆听着。

"最让我痛心的是，"她轻声说，"是悲伤。如果他被处以极刑，你会为他悲伤的，当你见证了人民的反复无常时，你仍然悲伤。我对他的憎恨对我从没有坏处，而你，你对他的爱害了你。这难道不能说明一些问题吗？"

"我对他的爱。"他重复着，声音疲惫。

然后他拿起她的手。

当天夜里，鬈发人整夜开着店铺。也许主宰雅典命运的

神灵不是雅典娜,智慧女神,而是狄俄尼索斯,放纵之神。或者是波塞东,变幻无常的海神。在幕布后面人们清洗的是什么呢?

伟大的演员

19 彗星的轨迹

赫拉克利特还说过,"人不能两次踏入同一条河流。"亚西比德并不知道雅典已经发生了变化,他还是开始了演出。人们曾经指控他拙劣地模仿埃莱夫西斯的神话吗?是的,他利用了传统。

但是对他而言驾驭传统还是不够的;他还要隆重地庆祝他的胜利,享受他四周的氛围。雅典西部通往埃莱夫西斯的道路从此变得不再是最短的路,因为这条路变宽了,是小鸟可以跨越距离的两三倍;沿瑟菲斯河向北直通得塞利,向南直到埃莱夫西斯的海边。进行这样一个大工程是有它的道理的:借助于他们着手进行的祭礼仪式,庆祝者要求不停施工。否则,因为斯巴达人已经在那里建立了一个前哨,那条道路就不再使用了;斯巴达人乐于粗暴对待衣着华贵的庆祝者和显贵,甚至杀掉他们。因此他们选择了沿海的一条路,庆祝仪式就缩小了。

那一年的情形比亚西比德建议斯巴达人巩固地盘的时候更加棘手。他在炫耀他的所有财产。

三千人在马拉松城门口要求离开雅典。为首的祭司由两个表情冷漠的步兵左右护卫,被眼前的情形所震撼。阿雷奥帕奇和审判官议会的贵族跟在亚西比德身后,随后是庆祝的人群。在这些人中,大多数是穷人。在过去的日子里他们比其他人经历了更多的苦难,因此他们表现出一种感谢这些贵族的愿望,是亚西比德重新带来了幸福的生活!当庆祝的人群来到了得塞利围墙下,拉栖第梦的监视者惊讶地发现雅典人浩浩荡荡的庆祝队伍缓慢地向他们走来,如同他们不存在一样,然后安静地向埃

苏格拉底夫人
罪的还魂术

莱夫西斯南下而去。他们不禁怀疑这是一个陷阱,的确是。但这不是军事性的:亚西比德刚刚对国王表示了嘲弄。

在庆祝的人群中,几乎没有人怀疑亚西比德是斯巴达王子的父亲。人们赞扬着首领的勇气和伟大。他是无敌英雄!队伍刚一到达埃莱夫西斯,狂热的人群就要求亚西比德进行演讲。大多数的人为崇拜而发狂。

"将军,"他们对他说,"在我们的保护神雅典娜的指引之下,众神们会一直庇佑你的。"

毫无疑问演讲很精彩。

"你的安全来自于雅典,那些曾经支持和现在支持你的人们,同样还有那些富人们,你会在其中找到政敌。在祈求大地的神灵之前,在平息给帝国带来深重灾难的狂热之前,在废除削弱我们实力并引起灾难的法令之前,我们请求你! 这样你就可以处理事务,而无须担心诋毁有功劳的人的流言。我们称您为将军并给予您绝对的权力。请保证我们的公民安全,保证那些有良心的人们的宁静生活!"

简言之,人们在曾经指控亚西比德独裁之后,却要求他宣布独裁统治。而他则小心翼翼地不说一句有害于自己的话,避免使投票给他的人失望。他说,城邦就像船只;总要经历风暴,但狂风暴雨已经过去了,宁静重又回到人们心中,在众神的庇佑之下帝国的安定和繁荣重又回到穷人和富人的身边。

消息在庆祝队列回到雅典之前就传回到了城里;克里底亚把消息告诉了苏格拉底。

"苏格拉底,你同意不同意结果证明了手段?"他问,"我知道你心中在谴责亚西比德,我从你的眼中读了出来。但是在经过了那么多的波折之后,城邦又重新接纳了他,他得到了祭司和民众的支持,他使他的敌人哑言……"

苏格拉底点点头。

"克里底亚,如果我根据结果来判断的话,我兴许会同意你说的。但是我不能分清你所说的结果和手段。对于看重道德的人来说,手段同样也是结果。"

沉默了片刻之后克里底亚说:"我来是想问你,你会不会接受亚西比德的邀请。"

苏格拉底想了一会儿,才回答:"如果我不去,那是给我施加压力,如果我去了,那对他就太容易了。我更希望你邀请我们两个。"

克里底亚笑了起来。

几乎和往常一样,所有诡辩派的成员都出席了宴会。12位宾客。但是对于所有人来说只有两个人在场。一见到苏格拉底,亚西比德就冷落了交谈正欢的朋友,向哲学家走去。他们长时间地拥抱在一起,两眼湿润。

"那么多年了!"亚西比德喃喃道,"如同只是一天一样!"

"你的转弯太长了。"苏格拉底笑着说。

"这说明我本可以不这样做的。"亚西比德大笑一声,立即回应道。

"我安排你们坐在不同的位置上,"克里底亚大声说,"因为我们大家不想漏掉一点儿你们的谈话内容。"事实上,他叫他们坐在相对的两个位子上,他自己坐在了索福克勒斯身边。

"我马上就会知道苏格拉底爱我是因为我的年轻还是我这个人本身。"亚西比德说。

"你认为你的年轻和你的人有区别吗?"苏格拉底回答说,"或者你认为当你年轻的时候那一个人不是你本人?"

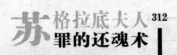

"真是一个好的开始！"索福克勒斯笑着说。

"你呢，苏格拉底，你怎么想？"亚西比德问。

"你真正想问的是：如果今天我是第一次遇到你，我会不会像以前那样爱你？答案肯定是不会，因为对于我来说爱上一个雅典乃至亚洲最有名的人是很危险的。"

"但它还是发生了。"亚西比德马上回答。

"的确，是那些比我更有吸引力更有野心的人。"

"那么你呢，亚西比德，"索福克勒斯问，"你一直都爱着苏格拉底吗？"

"他给我的强大吸引力在于，我因为他的智慧而爱他，他的智慧在这些年间只会不停地增长。也就是说对我而言，他比从前更有魅力了！"

"人通常会爱上的人，这个人拥有他所不具备的优点，或者拥有的程度更深，是不是？"苏格拉底说，"所以金色头发的人会爱上棕色头发的人，软弱的人会爱上强大的人，穷人会爱上富人。"

亚西比德点点头，苏格拉底继续说："如果你拥有从我这里获取的智慧，你还会爱我吗？"

亚西比德笑笑，没有回答。

克里底亚问苏格拉底："爱上自己所不具备的东西是不是应该受到谴责？"

苏格拉底说："这本无可非议。但是如果他只向对方要求他渴望的东西，而不给予对方什么的话，那么他爱的只是他自己而不是别人。"

"你是想说我拿走了你的智慧，却未给予你相应的回报吗？"亚西比德问。

"完全不是！"苏格拉底叫起来，"我想说的是，我获得了你的美貌，而你却没有得到我的智慧！这使我今天成了你的恩人。"

克里底亚和索福克勒斯再也忍不住笑了起来，在座的宾客也笑了起来。

"苏格拉底！苏格拉底！"亚西比德大叫，"你一直坚持避免成为一个诡辩者，但是刚刚我听到的却是我知道的诡辩主义最杰出的范例！"

"然而，这却是你的领域！"苏格拉底说道。

又一阵笑声。

"你认为我没有得到你的智慧？"亚西比德问，神情突然变得很严肃。

"要是你得到了，"苏格拉底立即说，"你的行为就应该像苏格拉底，而不是亚西比德。"

"这说明什么问题？"

"这说明全世界都不懂得智慧，而我永远也不会成为亚西比德。"

"难道我的行为有什么错误吗？"亚西比德问。

"是你，而不是我来判断它们的对错。众神护卫着你的每一个脚步，荣誉围绕着你。你难道对你的生活不满意吗？"

亚西比德微笑。

"我希望你告诉我，我是不是应该这样生活呢？"

"我教授的是智慧，"苏格拉底低下头说，"不是正义。再说，你希望我从哪个角度判断你呢？人性的方面还是神性的方面？"

"众神难道不是人间正义的监视者吗？"亚西比德回答说。

"我们希望事情是这样的。但是道德是人类的创造，它和生命的长度是一致的。神灵有他们的种族。"

苏格拉底夫人
罪的还魂术

"是什么呢? 告诉我,苏格拉底。"亚西比德用一种轻蔑的语气问他。

"自然是神圣的正义,你的表现像一个半神。"

对话十分激烈,如同一对拳击手的对决。他们还留在那里,为的是不给在场的宾客留下冒失的印象。亚西比德露出一丝神秘的微笑,如同古代年轻男子的雕像,人们不知道他们的微笑表现出的是幸福还是嘲讽。也许他明白了苏格拉底肉欲的爱已经让位于哲学性质的爱情。他没有对苏格拉底最后的回答做出反应,随后谈话转移到比较轻松的话题上。

这是他们的最后一次见面。

首先,亚西比德身边的人变成一批品行拙劣的家伙。他被一群阿谀奉承的小丑包围着,其中还有阴谋家、投机者,甚至水手,他赋予他们过高的权力,就像这个安塔基亚人,一个无知下流的奉承者,掌管着船队的指挥,其他许多官员要比他胜任一百倍。

"这就是总督的表现!"几个民主派和一些贵族一致感到失望。

随后,战争的问题又重新浮上水面。亚西比德回归的狂想曾使他有几个星期忘记了这件事情,但是斯巴达和雅典之间的矛盾并没有真正改变。就更不要提波斯了。亚西比德的阴谋和谎言曾经使波斯总督一时昏了头,然后是提萨费尔纳、菲尔纳贝兹,就像寓言故事中猴子的顽皮使一群狼惊奇一样,但是波斯国王揭穿了他的谎言。所有的人都被这个雅典人戏弄了。居鲁士大帝,波斯国王的儿子,手握指挥的权力,来到了斯巴达。因为他很富有,所以他使伯罗奔尼撒军队的军饷翻了一番。这对雅典人是很沉重的打击,他们越来越多地求助于雇佣兵。

白痴安塔基亚人跟在船员后面来到了以弗所的海港,那里停靠着利桑德率领的船队。亚西比德大概以为他可以沿着停泊在港口的船只戏弄伯罗奔尼撒人,就像挑逗一只老虎一样。

利桑德的反击是沉重的:20多个雅典女人失去了她们的丈夫。

衣服越白,污点就越明显。"你们以为亚西比德是战无不胜的?他把船队的统帅权交给一个小丑,这就是结果!"他的政敌们,克雷奥冯派来的监视者叫嚣着。英雄头上的光辉很快黯淡了。在得塞利城下无理放肆的庆祝也得到了报答:斯巴达人一直南下到了雅典城下。这就是牧羊人对牧羊女的回答。

随后,流言、控告、抱怨和从前一样愈演愈烈。萨摩斯军队的放荡、不满,在色雷斯令人怀疑的行动……亚西比德以为他的已经被遗忘的过去又一次被一种来自多方面的力量重重地摔下。人们不再相信他。克雷奥冯撰写了一份指控书,曾经在几个月前欢迎亚西比德的议会在他缺席的情况下罢免了他的职务。

出口被关闭了。在雅典丧失了神一般地位之后,亚西比德出发前往色雷斯附近的善索诺斯,在那里他得到了强力的支持。

恒星很普通,但是固定的。那些彗星虽然能够吸引目光,但是它们很快成为过去。

20 山羊水道

在国民大会集会上听到的关于亚西比德的每一条消息和雅典城里散布的传言在苏格拉底心中掀起层层波澜。他从前和雅典城融为一体,亚西比德与哲学怀有同样美好的梦想。那是伯利克里当政的时候。在不到三分之一世纪的时间里,一切都瓦解了。归根结底,雅典是一群变幻无常的民众,在民主和寡头政治之间摇摆,亚西比德这个哗众取宠的演员,不再以客观的目光审视松软沃土上的花朵。

苏格拉底对此也感到不耐烦。亚西比德就像一枝枯败的树枝一样在他心中渐渐淡去。他对此并不感到痛苦;他痛苦的是他内心的冷漠。

当菲利普带领着他的孩子们来到屋里时,他很受感动,好像一头狮子向它的主人介绍它的幼狮一般。粘西比热情地欢迎他们。

"有亚西比德的新消息吗?"苏格拉底自问道。他向他们保证过他们的未来:孩子们不知道他们永远是成年人的债务人。当他们长大成人,债权人早已不在了。

苏格拉底在宴会上斥责亚西比德的消息已经传开。他又回到他的身边。这是真的吗? "是也不是。"苏格拉底回答说。人们猜测对于公开地否认一个被打败的人他有一些顾虑,人们赞扬他的敏锐,又重新提起特尔菲神庙里雕刻的圣言。至少他没有从亚西比德的胜利中获取一丁点儿利益。"正直的苏格拉底!"人们这样说。即使是克雷奥冯也公开地赞颂他,结果是人们将他提名到议会。因为他是把正直和轻蔑等同在一起的人。

在接受这种荣耀的同时,他一直不怀疑他必须区分开人间正义和神灵正义,和亚西比德最后一次见面时他已经弄清楚了,就像他经常为他的学生做的那样。海神波塞东,似乎收回了他赐予雅典的海洋财富,因为在过去雅典曾经大肆挥霍过。他用一种特别的手段完成了这件事情。在米蒂利尼被伯罗奔尼撒的船队击败之后,安塔基亚人的继任者柯农夸口要进行复仇。雅典人分享了他的愤怒。在一种毫无希望的努力之下,他们用手中仅剩的一点钱重新组建一支船队,招募所有健康的公民、骑士、外国侨民和奴隶。苏格拉底的儿子索夫洛尼斯克、伊昂和其他人一样应征入伍。

"我憎恨雅典,更憎恶雅典的男人们!"粘西比叫道,"这个城邦是男人的城邦,是那些残暴的男人的舞台! 哈,雅典,我诅咒你,我诅咒你!"

"当心你的诅咒不要让外面的人听到。"苏格拉底劝诫她道。

因为他莫名地惧怕他妻子的诅咒。在亚西比德的事情上他已经见识过了。

93 届奥林匹亚运动会(公元前 406 年)之后的第二年秋天,110 艘舰船加上从米蒂利尼来的增援的 40 艘船投入到了对敌船的战斗中去了。两军相遇在莱斯沃斯和亚洲之间的阿吉诺斯岛,但是四散的军队对他们极为不利。49 艘船参加了战斗。那是悲剧性的胜利! 13 个雅典船员受伤,另有 12 人丧命。船队 8 个将军的神圣职责要求他们救助遇难者。然而一场骇人的狂风卷起,为了保存实力,剩下的船只守在海岸线上。救援是不可能的,被抽调前去救援的水手难以完成解救落水战友的任务:两千人啊! 当他们回到雅典通报他们的胜利,议会以渎神罪判处那些将军死刑。

议会的 500 名成员中只有一人站出来反对死刑：就是苏格拉底。

"这些人并非没有履行他们的职责，"整个希腊最智慧的人说，"他们被现实的情况所欺骗。他们的船只和沉没的船是一样的。要是他们去救其他人，他们自己也会沉船。他们的荣誉保住了，但那是死后的事情了。雅典本应该以胜利为荣的，但是它却在最需要人力的时候失去了上百个男人。如果我的两个儿子像他们的战友一样战死沙场，我要说的仍然是这些话。因此我反对死刑。"

说完话他就坐下了。人们把他的宽恕归结于伯利克里二世（阿斯帕吉的儿子）当政时期对死囚的宽容。他对此很清楚，哲学对现实和它的反面没有任何用处。特尔菲神庙的铭文说出了他心中所想，雅典人要的是血腥。如果人们蔑视神圣的定律，被近来的事件所折磨，雅典该去向何方？499 位议员投票支持死刑，利刃落在了 6 位胜利的将军头上。他们身首异处的尸体被抛在尼科斯附近的巴拉特专门用来填埋死尸的深坑里。

苏格拉底对此十分忧虑，粘西比担心他会生病。他像往常一样起床之后散步一小时，之后几天闭门在家，神情沮丧，萎靡不振。

"人们不在乎智慧和城邦，"有一天他望着妻子喃喃自语，"是不是我应该明白人类的不公和神界的是一样的？"

粘西比知道她嫁给了一个正直的男人。她哭了。丈夫因 6 个斩首的将军和淹死的水手而悲伤，这使她泣不成声。还因为她隐约看到孤独的幽灵，正义的孤独。

"你不是雅典的化身！"她抗议，"生活！为你自己而生活！为你从死神手掌中逃脱的儿子生活！"

她的命令和令人信服相比更加感人。

苏格拉底重又恢复他每日外出的习惯,并接受宴请,这是为了听一听城里的风声:啊,亚西比德在哪儿啊?他在的时候,情形根本不是这个样子!归根结底,亚西比德曾经是这个城邦的配偶和情人,那些情绪的不停变化就像是家务事的不同场景。但是他们不会第二次想起亚西比德的好处:他曾经在公开场合叫人鞭打过他们。

阿里斯托芬刚刚完成了他的新剧本《蛙》,里面残忍地揭露了雅典城中的混乱。苏格拉底又记起了粘西比的话:你不是雅典。哼!如果他是,他就会在所有人之前成为他的情人。雅典的灵魂住在他心中!

对亚西比德的回忆萦绕在雅典人心头,法官、将军、政客,此时将军们计划要重现赫勒桥海峡成功的袭击。他们刚刚听说利桑德,伯罗奔尼撒船队的头领,已经朝着这个方向来了。白痴!他们说,他不知道赫勒桥海峡是不利于他的!雅典船队,或是说残留下来的船队再一次出发前往这个天然的水道,在那里可以埋伏无数的诡计。利桑德刚刚夺下朗撒克,他们正向着塞托斯进发,那里曾给亚西比德带来好运。

去塞托斯的路上,雅典船队发现了停泊在朗撒克海港的利桑德的船队。雅典船队被敌人的出现所迷惑,在一个名字只能描述为阿埃戈斯帕特茅,山羊水道的小镇放船下水。海滩上不过有几个破房子遮盖山羊的警卫。生活必需品和水的补给,没有!不要说酒,就是购买面包和奶酪都要去塞托斯,同时,大海的另一面,利桑德率领着一支由波斯王国充分补给的全新队伍,波斯支付的军饷是雅典军队的两倍,每日有朗撒克的面点师、奶酪师和屠夫制作的新鲜食品供应给军队。更糟糕的是,两个指

挥底德和莫桑德意见不和,雅典的水手们的表现就像散步一样悠闲:他们随心所欲地上岸,在树丛中醉酒或是在海里洗澡。总之,他们就像放假的小学生那样四散而去。

这样戏剧性的事情发生甚至让索福克勒斯,欧里庇得斯,老迈的埃斯库罗斯都不敢相信这是事实!亚西比德!是,千真万确,是亚西比德本人!是这个人!他从哪儿来?在善索诺斯海滩,他犹如一只飞翔的麻雀。他什么都看见了,也什么都明白了:他解释说阿埃戈斯帕特茅不能提供任何反击利桑德进攻的抵抗,船只散落在海岸线上,远离供给点,命令也不能到达。

他向色雷斯的首领提出建议,如果他们的骑兵和执矛骑兵登陆的话,会令利桑德闻风丧胆。

亚西比德?亚西比德提出建议?底德和莫桑德对此不屑一顾。

"我们才是将军,不是你。"

反对前任将军最有威力的武器是轻蔑。他回到了他的土地。

当利桑德发起进攻登陆的时候,他的士兵发现雅典的船员只剩下一半了,部队四散在海滩上。他们抢走了雅典船队赖以生存的全部所有,也就是说 160 个船员。然后他的部队追赶雅典士兵,把他们打得落花流水。利桑德将俘获的士兵和船只带到了朗撒克,除了 9 艘逃跑的船,柯农夺取了塞浦路斯。他派人杀掉了三千囚犯,亲手杀死了将军菲罗克莱斯,他曾经凿沉了两艘承载斯巴达囚犯的船只。相反,他宽恕了阿得芒多斯。

8 艘船回到了比雷埃夫斯,通报了所发生的事情。雅典军队没有一艘船了。雅典在等待利桑德。

在 8 天之内,一种阴郁的沉寂笼罩在雅典城的上空。阿格拉,就像阿斯非代勒(埋葬死人的地方)的田野,被一个沉默的幽灵围绕着。站在雅典卫城的高处,在比雷埃夫斯港口燃烧的船照亮了夜空,白天烟雾让这个城邦阴云密布。斯巴达人在城邦外摆放了一个位置。装甲步兵可以用来做什么呢?任何盔甲也无法抵御死亡,任何弓箭也不能抵挡耻辱。任何盟友也不能解救被包围的抵御。雅典等待着众神的援助,但是它看到斯巴达人在堡垒前摆出了他们的冬季宿营地,他们决心放下武器投降。

被迫和斯巴达签订和平协议,失去了掠夺地,雅典船队只剩下了 12 只船,不得不接受最后的结果:利桑德命令雅典人推倒了维护城邦独立的长墙。而且他命令他们伴随着笛声拆毁城墙。

然而最精彩的是全体民众如同获得了解放一般接受了投降。事实上,雅典似乎重新找回了它的自由。它放弃了称霸的野心。有些时候,没有什么比理想更沉重。

21 "厚葬"

苏格拉底几个月以来一直怀着忧伤的情绪。随着战败变得不可避免。究竟是雅典还是民主会逐渐衰落？他没有解释，因为，不管怎么样，没有人问他这个问题。雷多问过，粘西比回答说："他的朋友都远离他了。他感到孤独。"索夫洛尼斯克和伊昂在接受了步兵的军事训练(古希腊青年必须参加的军事训练)之后双双回到了家里，有一天向他们的父亲询问："那么现在呢？"

"您想说然后。我们现在是民主制的帝国。我猜测有一天我们会变成有君王统治的城邦。或者是一个独裁者。"

"如果民主制将我们引向了灾难，那是不是因为它是混乱无序的呢？"索夫洛尼斯克问。

"并不是民主制将我们引向了灾难，是强权主义。在我们进行这场循环战争之前，我们曾是希腊、斯巴达、阿尔戈斯或者奥林匹亚的主人。然后我们就希望整个希腊成为雅典，我们变成独裁者。"

过去的 40 年在他眼中如同一瞬，但是他如此大胆地判断过去，以至于他收敛了笑容。他就是这样讲述生活的！他的儿子们在他面前跷着二郎腿，不知道如何抓住父亲言语的要点，他们的父亲被称做雅典最有智慧的人，经验防止孩子重犯他们父亲犯过的错误。他凝视他们片刻，如同是第一次见到他们。在他们的年龄，性格开始改变，甚至面孔也发生变化。他再一次地努力练习像所有的父亲那样体察他们每一个和他相似的特点以及与粘西比相似的。但是他在索夫洛尼斯克身上发现更多的他自己父亲的特质而不是他的，在伊昂身上看到了他母亲粘西比的影子。他们在船队的经历为他们铸造了一层坚硬的外壳，他们在那里学会了粗犷的表达方式，走路迈大步，这使他很不开心。那么，他们迟早要学会用文明的方式行走的。

"民主派会成为专制统治吗？"伊昂问道。

"所有的权力都可能变得专制，"苏格拉底笑着说，"雄辩可以吸引人群，花言巧语能够牵制人的思想，美丽能使心灵甘愿为奴。他没有天才，没有美德，没有欢乐，没有痛苦就不可能成为专制者。"

过了片刻，他补充道："情感是专制的。"

"我们的祖国是雅典还是希腊？"

这些男孩提出尖锐的问题。

"自由所在之处即祖国！"

"如何抵抗专制？"

"等待专制过分发展，教会年轻人对内对外如何与它作斗争。"

他看得很清楚，他的回答并不能使他们满意：利桑德作为雅典以及所有曾经是雅典人的至高无上的主人，他难道不是专制者吗？那么应该如何反对他？

"无能为力。暂时他拥有军队的指挥权，我们的实力和他相比实在太渺小了。相反，你们的死关系不到任何人。像通常一样，对权力的狂热追求也许会缩短他的任职期。"

一天苏格拉底和儿子们前往阿格拉，议会的成员发现了他，急忙告诉他寡头政治派重又抬头，从昨天起，他们公开发起运动扬言废除宪法，苏格拉底几乎无法抑制他们的愤怒。他们在废墟中又获重生了！

"去和他们谈判！"他们要求他。

"你们知道我不是议会的成员。"他说。

"请你还是要去!"

最后,与政客交谈不是他的职业。普罗泰戈拉所说很有道理:试图和一个疯子讲道理,就是妄想不用鞭子就能够驯服野兽。

他在鬈发人家等待着议会商议的结果,他的儿子们和两个新进门下的信徒,其中一个贵族名叫柏拉图,和他的哥哥——将军阿得芒多斯。柏拉图曾经宽恕过利桑德;这是两个健壮的人,宽厚的肩膀和有力的双腿。他们等了很长时间。在太阳西斜之前,一些议员前来通知他们,商议陷入僵局。议会既不想废除也不想更改宪法,寡头政治派也不想固执己见。大家一致同意征求利桑德的看法。

第二天两派的意见书递交到了比利埃夫斯征求那个斯巴达人的意见。利桑德下令废除民主制,如同在一栋房子表面重刷泥灰浆,他将签署的协议交给三十个人,这毫无疑问是寡头政治派的建议,从今以后将由他们统治雅典。第二天两派的意见被张贴在议会门口:一派要求废除宪法并建立一个临时政府,另一派提供了一份名单,政府由上面选举出的 30 位公民领导。苏格拉底在名单前面仔细辨认,当他看到他的两位信徒克里底亚和查米德斯榜上有名的时候,不禁一阵颤抖。

"你认识他们,是吧。"索夫洛尼斯克问道。

"是的。"他语气慵懒地回答。

"你看起来不太高兴。"

"人们会谴责我接近专制主义的。"

"我们会保护你的!"

这三十个人没用多久就重复了四百人议会所犯的过失。

从上台的第一天起,他们就派人逮捕并处决了民主派的告密者,当然是由他们自己的告密者揭发的。在随后的日子里,肆意的逮捕、随意的处决、驱逐外国侨民、将他们的财产充公,相继而来,三十个人无耻地侵吞这些财产,甚至不和他们的同伙分赃就将之据为己有。然后三十个人煽动他们中的一个,特拉芒斯,公布一个三千人的名单,只有他们才有公民的权利,允许离开城邦。其他人甚至没有司法上的保障!

"但是他们从我这里学到了什么?"一天晚上苏格拉底叫道。

很显然,什么也没有。查米德斯甚至有一天早晨无礼地问他希望逮捕哪个人。哲学家装作很惊奇。他回答说不认识一个敌人。

"你错了,敌人是一直存在的。"

他们开始窃取或者变卖公共物品,雕像和家具都被他们私吞。暗杀清单上的人名不断扩大,苏格拉底担心儿子们的狂热和迷恋会招来这个盗匪一般的制度对他们的迫害,他送他们安顿在肖勒戈斯的菲利普家。特拉芒斯在四百人专制统治期间曾经相信通过节制可以勉强度日。他希望重新恢复索伦的宪法。但是没有人能够记得起这部宪法的内容;作为寡头政治的敌人,已经被毁掉了。"我没有见过讲话冠冕堂皇的人为人比他们的老师还要糟糕的!"他大声说。

克里底亚让别人将他的名字从三千人当中删除,然后一个晚上,他和特拉芒斯发生了争执,并把他当作敌人。特拉芒斯企图为自己辩护,但是克里底亚的怒气越来越大。

"特拉芒斯受到惊吓,跑到埃斯底亚的祭坛寻求庇护去了。"他给苏格拉底带来一个证据。

"克里底亚、撒底罗斯和他们一伙的人一直把他追赶到那

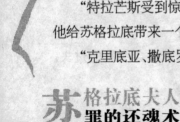

里! 他们敢无视神圣的禁忌! 撒底罗斯在女神祭坛抓住了他, 又把他送进了监狱。在监狱里,他们强迫他喝下毒芹汁!"

苏格拉底听着,一双睁大的眼睛里充满惊恐,不仅仅是渎神,仇恨的力量同样令他吃惊。后来他努力使自己不再听进任何东西。民主派逃跑了。他们天真地相信比雷埃夫斯可以成为他们的避难所;然而他们被追杀,有一大批人被抓捕,几个人被杀。他们于是就跑得更远,去了底比斯、迈加拉,最后是色雷斯。

抓住特拉芒斯的撒底罗斯一天对苏格拉底说,他的语气就像无知的人在无意中流露出的傲慢:"苏格拉底,克里底亚说你应该逮捕侨民雷昂和他的家属。今晚你要直接将他们送进监狱。"

苏格拉底目不转睛地看着他。这是一个普通的年轻人,脸色红润粗俗,一双小眼睛里充满着傲慢和自大。

"你听说的?"

"我听说的。"

克里底亚把他看作谁呢? 啊,一个信徒! 当撒底罗斯转过身时,苏格拉底撇撇嘴向雷昂家走去。很长时间没有人回应他的敲门声,终于一个仆人来开门了。

"我要和你的主人说话。"苏格拉底说。

雷昂颤抖地走出来,当他看到是苏格拉底一个人的时候,又很快恢复了平静。

"雷昂,"苏格拉底说,"整理好所有你的东西,立刻和你的家眷离开这里。你从马拉松出城门。那里的监控最少。"

第二天,还是撒底罗斯问他:"雷昂呢? 你没有去逮捕他吗? 监狱里面没有他。"

"我去过了,他不在家里。看样子他已经逃跑了。"

撒底罗斯狠狠地瞪了他一眼。

鬈发人的小酒吧，曾经见证过太多的嬉笑怒骂，最近几个月变得像船首一样，雅典人在那里监视着一场无名国内战争的看不见的硝烟。各种消息都在那里汇集。告密者在那里聚集，他们既注意说话人的词汇又留心他们的语法。一天晚上，苏格拉底和柏拉图在酒吧里，一个陌生人走过来说逃跑的民主派又重新集结起来了，他们已经占领了非勒——雅典北部帕尔纳山区的一个据点。

三十僭主次日出发夺取非勒。可是凭借什么呢？他们甚至没有足够的士兵去战斗，拥有的只是几支暗杀的队伍。他们捉襟见肘。为了对他们表示轻蔑，民主派向他们投掷鸡骨和变质的沙拉。出于对失败的恐惧，担心被包围，三十僭主跑到最近的城邦艾勒西斯去了。那里的民众不欢迎他们的到来。他们沉湎于谋杀，在神秘城中闭门不出，不敢再回到雅典。接着色拉西布洛斯，几年前他在萨摩斯发动过一场民主派起义，重新集结起一批流放者、外国侨民和奴隶，甚至还有贱民，他占领了比雷埃夫斯的一个小镇穆尼提亚。

几个身着宽松长裤的居民来到雅典通报一条消息，他们自然是来自鬈发人的小酒吧。人们请求报信者声音小一些，说得快一些——要是他们还想活命的话。如果三十僭主被监禁在艾勒西斯，雅典在事实上就是被他们死心塌地的效忠者三千人议会控制。三千人议会派一些代表从水路前往艾勒西斯，目的是恳求三十僭主。因为雅典的政权有重新落入民主派之手的危险，三千人议会届时将成为过去。

有人再一次地等在鬈发人的小酒吧里。在这期间，利桑德，权力的欲望极度膨胀，他和斯巴达的亲信到比雷埃夫斯赴宴，一

定忘记了曾经带给他们力量的节俭,他们甚至学会了挥霍。有人向他询问,他嘴巴和胡子上挂满油脂,回答说雅典人自己和自己打仗,太好了,雅典的势力会越来越弱!

第二天下午克里底亚和三十僭主的几个成员决定从艾勒西斯的牢房逃跑,去比雷埃夫斯重新夺回穆尼提亚。难道他们低估了民主派的实力? 或是低估了他们的愤怒? 贵族克里底亚被一个奴隶全身从上到下捅破,其他大多数人,其中有亚西比德的双亲和查米德斯,他们的结局是相似的。苏格拉底两个最有名气的信徒当天晚上充当鲨鱼晚餐。脱险的人聚集在利桑德在比雷埃夫斯的家中,请求他的介入。利桑德再一次地嘲笑他们。

在雅典,夜幕低沉时三千人议会就关起门来。几个胆大的冒险在门外偷听的人在门口不远处被杀掉了。

苏格拉底顺从了粘西比的恳求:他在天黑之前回到了家里。白天可以听到足够多的消息。

除了在比雷埃夫斯附近鲨鱼大量繁殖之外,几天之内没有其他消息,人们将大量的尸体投向海水中。三十僭主中曾经在穆尼提亚的屠杀中幸存的人逃到了斯巴达。

苏格拉底正嘴里嚼着一颗橄榄,这时他听到身旁有人在说:"是被长矛戳穿的。利桑德唆使别人干的……"

他转向正在说话的那几个人:"谁被长矛戳穿了?"

"啊! 苏格拉底,我刚才没有看见你。"一个人回答说,样子很尴尬。

"谁被长矛戳穿了?"

"亚西比德。"

他把橄榄从嘴里取出来。

"在哪儿?"

"在梅里沙,弗里吉亚。"

"什么时候?"

"两三个星期之前。"

"你们说是利桑德派人暗杀了他?"

"事实上,我们也不是特别清楚……是菲尔纳贝兹总督派他的兄弟巴戈奥斯和他的叔叔索撒米特斯,带着一群人……据说可能是利桑德的命令。"

他的目光停留在他的信使身上,他们继续说道:"他进行了自卫……他被远处的一支长矛击中了。"

"他是一个人?"

"不,和一个女人在一起,他的那些女人中的一个……第芒达。

那些女人中的一个!

"利桑德这样做是为了达到什么目的啊?"

"人们说他本来是企图将波斯和亚西比德同时了结的。"

就这样胜利者利桑德要求从此以后人们为他搭建祭坛,公开地为他唱赞歌,但他仍然担心那个金头发的人的放逐!

"那女人厚葬了他。"

厚葬……第芒达她清楚她埋葬的是什么吗?

苏格拉底感到全身无力。他喝下一口酒,漠然地听着其他人说着斯巴达的国王保桑尼亚来到了雅典。他希望他的心脏在这里停止跳动。但是事情总是不如人愿的。保桑尼亚结束了寡头政治,重新建立了民主制,但是他不想要严格的条例,他要的是温和的民主制。民主制,寡头政治,人们使用的这些词啊!严格的条例! 人们从没有在生活中尝试的,不正是严格的条例吗!

"苏格拉底,你不舒服吗?"

柏拉图扶住他。

"你的脸色苍白……"

"有一点累。"

巨大的疲劳，事实上。

"厚葬"

22 | 粘西比的叙述

粘西比坐在厨房的门口，雷多正在刮胡萝卜。粘西比甚至不看来访者一眼。她好像是瞎了；她只是不想看眼前的世界。

"是的，是那些民主派，或者温和民主派，可是我不知道这些词想表达什么意思，我可怜的菲利普。今天的人使用这些词为的是一个东西可以解释所有意思以及它的对立面……有一个年轻的诗人，一个自认为是诗人的侏儒，他叫墨勒图斯，他有一天清晨在总督府的回廊前向苏格拉底发难，你知道的，法官的首领，人们都叫他总督国王。简单说来，他指责苏格拉底讲授那些不灭的东西，比如不要相信神灵……25 年前阿里斯托芬曾经宣读过同样的蠢事……你记起来了吧，苏格拉底说我们不能用人的头脑理解众神，也不应该把我们的情感借给他们。曾经有一个吕孔，他是富有的皮革商安尼图斯的儿子，自诩为演讲家，因为他在公众面前演讲。吕孔向墨勒图斯提出控告，法院认真接受了他的控告并且选择陪审员（苏格拉底于公元前 399 年被执行死刑）。法院抽取了 501 人，那些人从没有听说过我丈夫，他们只知道他的名声。然后有一天，有人来到家里通知说，苏格拉底必须到庭而且他不能离开城邦。"

她擦擦眼睛，抿了抿嘴。

"事实是，有太多曾经是民主派政敌的人过去是他的朋友和信徒。其中有使人无法忍受的克里底亚，这位三十僭主的首领被人在比雷埃夫斯剖腹，他罪有应得。有柏拉图，又是一个贵族，是克里底亚和查米德斯的堂兄……有色诺芬，你知道，带着一群雇佣兵投奔了斯巴达。还有查米德斯，也是三十僭主，暗杀

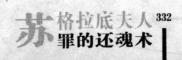

者,无赖的一分子,幸亏你那时不在……你无法想象那一段时期的恐怖! 查米德斯也被暗杀了。特别是还有亚西比德制造的灾难。亚西比德! 我想整个雅典城再没有第二个像他这样的流氓了! 你知道,他曾经卷入谋杀你父亲的阴谋当中,我不清楚具体是哪种方式。可是我不该让你又记起那些痛苦的回忆……苏格拉底仍然爱他。他开始迷恋上亚西比德,这也是为什么当你成年之后,我可怜的菲利普,我建议你去肖勒戈斯并且结婚的原因:远离那些把时间都消耗在无聊的情迷中的人……苏格拉底去了法庭,他们建议他聘请律师,他回答说:'我将会为我自己辩护。'你会说他懂得如何辩护的! 他不假思索地向他们宣称:'我就是我,你们别想在我这样的年龄改变我!'那时他70岁。他质问告密者墨勒图斯,这个告密者当庭又重复了他的无神论指控,苏格拉底令他恼羞成怒。怎么可以指控他既不相信天上的神,同时又信仰城邦规定的神灵呢? 他向陪审员们宣布可以任何罪行起诉他。他们无法在他过去的行为中找到一点犯罪的迹象,起诉仅仅建立在他所说过的话上面。然而没有任何一部法律禁止发表他所发表的言论……"

"他说了些什么呢?"菲利普问。

"准确地说,他们不能说清他的罪行!"粘西比强调说,"啊! 你不知道我有多恨这个城邦,我的小菲利普! 一个疯狂的、嫉妒的、男人爱吹牛的、记恨的城邦! 他们总是把'城邦'挂在嘴边,而他们考虑的只有他们自己的利益。"

她举起手臂,在大腿上重重地拍打两下。雷多停下手中的活,恳求她不要这样。

"他们指责他的行为不符合城邦的习俗!"粘西比马上继续说,"什么习俗? 也许他不符合那些该诅咒的习俗! 所有的阴谋家,像亚西比德和克里底亚、告密者、野心家、伪君子! 总之,他们十分恼火,因为他们认为起诉不重要,而且他们受制于拙劣诗人墨勒图斯和皮革商人安尼图斯,就像过去指控伯利克里偷窃时的情况类似! 他们本可以愉快地结束的。他也只需交付一小笔罚款,然后一切就可以恢复到正常秩序。”

“可是什么事情发生了?”菲利普问道。

“法官们问他认为哪一种刑罚最公正。他所有的朋友对他说:‘说100德拉克马,不要担心,我们会付款的!’我也曾对他这样说过! 所有人都这样说,陪审员本想以此结束询问。但是他心中充满了憎恶,我理解他。他把他们激怒了。他告诉他们像他这样的一个人余生应该在议会中度过。这如同一记事先有预谋的耳光,他们因此将他关押起来。那些话使他们勃然大怒。大多数陪审员,281人,投票判他死刑。”

雷多已经刮干净了胡萝卜;她把胡萝卜扔进脚下的平底锅里,接着她抓起两个洋葱,开始剥皮。

“他的朋友给他施加压力,他最终还是交付了罚款。但已经太晚了。侮辱他们的人必须要除掉。第二次投票绝大多数人同意死刑。现在,我问自己他们想要的是否真正是死亡⋯⋯一直都是这样,态度至关重要。他们想要表明他们是不可侵犯的。他的朋友建议他逃跑。他回答说:‘逃到哪里呢? 除了参加战争我从没有离开过雅典。我不知道在雅典以外的地方该如何生存。我不是一个像普罗泰戈拉那样头脑灵活的人。不,我不会离开,谢谢。’于是他就被投入大牢。那并不是一个真正的监狱⋯⋯人们出出进进;他的朋友告诉他,他们可以策划他的出逃,即使法庭也可以装作视而不见。只有昂提斯得纳没有建议他这样做:他似乎了解一些苏格拉底的事情,即使是我也不清楚

苏格拉底夫人
罪的还魂术

的事情。最后，苏格拉底对他说：'昂提斯得纳，你走吧，离开雅典。他们也会对你进行迫害的。'我记得昂提斯得纳回答说：'你啊，你要我选择顶端?'苏格拉底笑着说，'是。'笑声响彻监狱，又对他说，'你，你已经理解我了!'然后他们相拥在一起，像亲兄弟一般！他对他怀有一样的情感。我想他对雅典的感情也是一样的……"

她的双眼湿润了，声音有些颤抖。

"监狱看守眼含热泪地把一瓶毒芹汁递给他……我们全都在场，我、索夫洛尼斯克、伊昂……他就像喝下一杯酒一样一饮而尽。半个小时之后，他去了!"

她抽噎起来。雷多紧紧地抱住她。菲利普只知道说话。她用手背擦干眼中的泪水。"事情就是这样，菲利普。永远不要忘记这个故事。"

"我不会忘记的。可是，粘西比，你对我说的事情像是自杀。"他轻声说。

雷多又一次停下手中的活计，抬起忧郁的目光注视着来访者。

粘西比点点头。

"对，是像自杀。的确是自杀……几年前亚西比德曾经伤透了他的心。苏格拉底，说到底，还是一个孩子……一颗孩子的心灵。他有头脑，是天才，但他拥有一颗孩子一般的心灵。所以我才爱他。在阿埃戈斯帕特茅战败，三十僭主的恐怖专制，鲜血白白抛洒，这些事情断送了他的生命……他感觉被亚西比德抛弃，然后又被雅典抛弃。是的，我想这是自杀。"

她双手交叉放在膝盖上，神情十分沮丧。

"我从没有想象到他竟然那么爱亚西比德。我应该亲手杀死他的！可是我同样无法想象他对雅典竟是如此依恋！"

菲利普沉默了一会儿。雷多平静地凝视着她。

"你在看什么？"他问她。

"雷多，她的丈夫，厄梅尼斯，我的孩子们，几个朋友供我衣食。你认为我想要什么？"

他点点头，俯身和她拥抱。她紧紧地抱住他。他把一个钱包放在了这个曾是他的继母的女人的腿上。然后他就离开了。雷多陪伴着他。

他刚走到门口，粘西比叫住他。他转过身，往回走。

"菲利普，我总是向你提出很好的建议，是不是？"

他点点头。

"我还要再给你一个建议：永远不要卷入到雅典或者其他任何城邦的事务中去。发财致富吧。我给儿子们的建议也是这样的。"

他仔细地端详她片刻，微微一笑。

"我早就懂得这个道理，"他说，"我正是这样做的。现在我是银行家。"

终曲 罪在路上

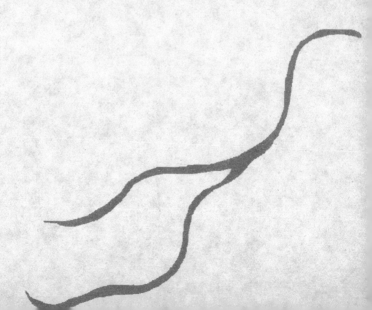

1 暮色中雅典人最后的谈话

"我们仍然在这里，"德米斯放下他的西西里酒杯，"40 年的痛苦经历，现在我们正在阿里斯提德的儿子家里饮酒，和从前没有什么两样。"

他背靠在椅背上。事实上，几个月以来，鬈发人几乎秃顶了，现在他在酒吧中添加了几张凳子和铜制靠背椅，专供贵宾和老主顾使用。

"为什么是'痛苦的经历'？"塔基问道。

"因为我们永远地放弃使用眼睛来判断一个人或一个政党，不管他做出过什么样的成绩。过去我们不曾是伯利克里的支持者，不是克雷昂、亚西比德、克里底亚的拥护者，也不是其他任何人的拥护者。如果我们显示一下自己的才华，我们恐怕就会被招入政府，并且被不自觉地卷进一场通常是结束在血泊当中的争斗中。然而我们装作平庸无能。我们从没有炫耀过自己的学识或是任何品德。结果就是我们依旧可以区分出今天酒的味道和四年前的不同。"

克雷昂提斯朝他们投来讥讽的目光。

"我认为你在嘲笑我，因为四年前我发表了同样的演讲。"

"人们通常是向其他人宣扬公民品德，"塔基用同样的语气回答他，"事实上，德米斯想说的是，我们身上有雅典人最惧怕的两种罪恶，托诺斯和余比斯（托诺斯是欲望或毒眼，余比斯是成功的狂热）。永远不要让别人嫉妒，永远不要吸引别人的注意力并且不要相信我们已经在某些方面取得了胜利。"

"说得对，"克雷昂提斯一边大笑着托诺斯和余比斯，一边同意地说道,"简言之,我们过去是十足的伪君子。"

"不是伪君子,是谨慎。"塔基纠正说,"只是我一直看不出来我们应该列举什么样的做坏事的例子。"

"那么,要是雅典的所有公民都像我们这样做,恐怕雅典在很久以前就被斯巴达占领了。"德米斯说。

"那又怎么样?不管怎么样,我们最终还是被占领了。战争中所有逝去的生命,城邦里的暗杀者,所有送死于屠杀或者溺水的年轻人,更不要说那些肢体残疾的人,成百上千的用于铸造战舰和锻制武器的匠人,人们的口水说尽了一切还有一切的对立面,所有的这一切牺牲没有任何用!"塔基叫道。

"十万人丧生。"克雷昂提斯说。

"什么?"

"我说,十万人死了,这是伯罗奔尼撒战争的代价。在法官那里,我尽力计算出死亡的人数,其中包括外国侨民和奴隶,我终于得到了这个数字。是雅典人口的两倍。"

"里面包括伯罗奔尼撒的死亡吗?"塔基怀疑地问。

"不,仅仅是死亡的雅典人。我们没有斯巴达人的数字和伯罗奔尼撒剩下的人数。"克雷昂提斯明确地说。

"十万人丧生!"塔基重复着,愣在那里。"是你们采取了永久的恐怖政策!"

"一千五百名市民死亡,也就是说在三十僭主统治下死亡人数比四百人统治之下要少……"

"其中不包括苏格拉底。"德米斯说。

"他,他为其他人付出了代价,"克雷昂提斯说,"特别是为亚西比德、克里底亚和查米德斯。"

"必须相信他的教育是非常邪恶的,要是他只教育出就关心面粉的人来……"德米斯同意他说的话。

和平又回到城邦中,鬈发人改善了日常的饭菜。提供的菜肴比往日更加精致,比如百里香油炸食品、青草白奶酪肉酱、绿橄榄油炖鸭块。三个食客沉默不语吃着饭,然后用餐巾擦擦嘴巴和手指,这是鬈发人介绍的另一个文雅礼节。克雷昂提斯喝完一壶酒,又要了一壶。

"我从没有听说过这件事,"他接着说,"但是我不认为苏格拉底的教育是邪恶的。依我看,他吸引了亚西比德和克里底亚这样的阴谋家,是因为他们想借此丰富他们夺取权力的计谋。"

"他的确吸引了那些阴谋家。"塔基分析说。

"听着,如果你去询问一位思想家,为了他能够丰富你的学识你向他付费。有的时候,你付的学费甚至很贵。普罗泰戈拉要求他的学生每人付一万德拉克马,这个数目是很可观的。你以为有很多人花费相同的钱只为了他们自身的完善或者在清晨醒来对自己说一句'啊! 多么幸福,今日又比昨日多知道了一些东西'? 不,他们会说:'今日又比昨日多知道了一些东西,我离实现夺取权力或是财富又近了一步。'事实上,这就是为什么那些以思想为职业的人通常吸引阴谋家的原因。"

"苏格拉底怎么就不是阴谋家呢?"塔基问。

"我的感觉是他不相信行动的力量。无论如何,我自问他是否相信一些什么东西……"

他捋捋胡须补充道。这胡须是由斯托阿最好的理发师修整的:"如果我们想看清这件事的话,必须要注意到这些阴谋家都是贵族。他们只蔑视平民,他们认为雅典开始受到公众的纠缠。伯利克里是贵族。亚西比德也是一个贵族。克里底亚和查米德斯是贵族,这是什么样的贵族! 他们声称受波塞冬的派遣! 巧合的是,他们两个是柏拉图和他哥哥将军阿得芒多斯的叔叔和表亲。这些人是一个世界的,他们有相同的观点:城邦必须由优秀的人来管理。我们不仅要打米堤亚战争,接着是伯罗奔尼撒战争,而且,伯利克里死后,我们还要继续一场内战,贵族和平民之间的战争。我们能够活着逃出来真是奇迹!"

三个人沉默了片刻,每个人继续着自己的思绪。

"这40年战争最显而易见的结果至少是荒谬的,"德米斯说,嘴里咀嚼着一块小杏仁蛋糕。"一千人为城邦和公民精神献出了生命,我们都成为了利己主义者。"

其他两个人点点头。

"从伯利克里时期起,"德米斯又说,"所有那些将我们卷入反对斯巴达的强权事件中的人都是阴谋家。"

"那些只关心他们自己的野心家。"克雷昂提斯说。

"我明白你们是在谴责苏格拉底,"塔基说,"他鼓励这些阴谋家。人们想杀一儆百。"

"我清楚他的死因。"克雷昂提斯补充道。

塔基和德米斯朝他投去疑惑的目光。

"他自己寻死。他把责任推给其他人,自杀了。"

"多么精彩的诡辩!"塔基说。

他凝视着笼罩在克里代勒山顶的最后一抹余晖,问道:"你的生意怎么样啊?"

"很好,"克雷昂提斯露出一丝微笑,"我在克菲罗斯买下了一些铁铺和锻造厂。别人继续制造武器,我生产家具。现在所有人都梦想拥有铜制家具。而且要镶嵌银饰。我甚至接到了斯巴达的订单!我想我有必要雇一个厨师了。"

"好,到时候一定要邀请我们啊!"塔基说。

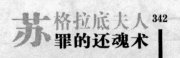

"表面看来，失败使我们更加明智。"德米斯分析说。

"多么幸福的失败！"克雷昂提斯开玩笑地说。

三个人大笑起来。

2 "苏格拉底变疯了"

旅行者大概是从狄比隆城门进入的。40 多岁,衣衫褴褛:外套不能蔽体;脚上的鞋破烂不堪。他身材矮小瘦弱,薄薄的嘴唇下是乱蓬蓬的胡子,目光炯炯有神。在学院的看门人那里,他要求见柏拉图。看门人打量着他,语气讥讽地回答他说:"这里没有澡堂,阿格拉附近有一家。一直向右,你会看到一栋科林斯式的高大建筑,那是埃菲斯特依昂。"

"我不是问你浴室在哪里,我问的是柏拉图在哪里。"

"你打算就这样肮脏不堪地进入学院?"

"请你尊重这个肮脏的人,想想这些人也是你祖先的后代!"

不等惊呆的看门人拦住他,旅行者走进大门。

德米斯、塔基和克雷昂提斯最后的谈话已经过去 10 年了。只有风能够卷起尘土。

记忆就如同大海:风起时,记忆平静,海浪摇摆着漂浮物渐渐沉入海底。

柏拉图又回到了雅典。他没有直接回到梅加拉;他首先向东游历了一番,他先后去了马其顿、色雷斯、爱奥尼亚,从那里他去了埃及。从埃及,他坐船来到了西西里,踏上了意大利的土地,他认为在雅典人们的情绪应该已经平静,也不会有任何死刑或者流放的判决等着他,最后他来到了比雷埃夫斯。在雅典,苏格拉底的死从今以后不过是 10 年骚乱事件中的一件而已。

有那么多的人死去,那么,一个哲学家的死又算得了什么!

在他哥哥阿得芒多斯的家中安顿下来之后,他出去体察城邦里的气氛,他发现政治无精打采而商业却空前繁荣。人们谈论的只有税收,因为帝国的衰落使得雅典失去了附属城邦的进贡,人们不得不寻找其他收入。而且雅典人已经找到了! 商品的进出税、销售税、市场管理税,牧场、鱼塘、剧场、外国侨民、外国人、奴隶的收入都要纳税……在雅典如果不交税几乎什么事情也做不了。对于那些没有找到谋生途径的人来说,就只有拿空气和海水充当惟一的食品了。

柏拉图来到了埃隆街。在那里他遇到一个陌生人,那个人告诉他说叫雷多,还说粘西比已经死了。那她的孩子呢? 她给了他索夫洛尼斯克和伊昂的地址。他去了他们的家里,他受到了几乎是接待一个雇主一般的礼遇:哲学家给他的孩子留下了苦果。他们做起了生意,一个卖陶瓷,一个打鱼。柏拉图决定忘掉他们。

政治? 它只是力求增加财富。人们不再讨论思想,而是讨论起经济和商业,农业的发展,洛里昂的银矿开采,鼓励发展金融和新的信贷分发者……诚然,雅典人没有忘记他们和斯巴达人的新仇旧恨,但是重新发动一场战争完全不可能,这个主题几乎像神话一般遥不可及。此外,斯巴达人也变化了。同样在战争中损失惨重,斯巴达人也开始重视商业甚至奢侈品! 一些游历者讲述在斯巴达人们的饮食十分讲究。一切都变了!

柏拉图在埃利坦外面,城邦的西北买下了大约三个运动场大一片空地,这一片地区被称做学园,为了纪念当地的一个英雄阿卡德穆。那里有一个体育学校和一座雅典娜神庙。在一片树林中间,12棵橄榄树为冥思和对话辟出一片树阴。他叫人修建了一座献给缪斯的神殿和一幢容纳信徒的建筑。议会批准修建这样一座建筑,这样一来阿格拉就可以摆脱那些在里面散布反动思想的演讲者了。

"苏格拉底变疯了"

另有两个学派在不远的地方出现了。第一个学派名叫依索卡特，一个没落贵族同时讲授哲学和修辞学。这个学派吸引了大量的贵族出身的学生，竞争出现在依索卡特和柏拉图之间。

"他搜刮苏格拉底的精神遗产，创建自己的，"柏拉图这样形容依索卡特，"至于他本人的天赋，那就是蔑视逻辑，更不要说听众的理解力了。如果能够找到一个真正懂得他的理论的人，我会非常高兴的。"

"依索卡特？他是一个有天赋的雄辩教师，只是他教授的内容不是严肃的！"柏拉图解释道。

他讲授植物学、药学、代数、几何、天文学，是一些严肃的学问。事实上，不是他亲自教授所有的内容，他不可能精通如此多的科目，但他邀请其他人教授这些科目，比如跟随他来到雅典的梅加拉的欧几里德。他的讲课方式是灵活的：他叫学生讨论一些题目并指导他们做出结论。他不停地写，在斯托阿出售，每一次他只出售20本，通常是对话录。

第二个学派并不是一个真正的学派，因为它都没有一栋建筑，甚至一幢破房子用来避雨。它有一个奇特的名字，西诺萨格或者犬儒学派。第一次柏拉图对它并不是很在意，因为听说这是由一个名叫第欧根尼的蛮横无理的人以奇怪的方式管理的学派。西诺普人（位于黑海岸边），他曾被人当作奴隶卖掉，被一个住在雅典的富有的科林斯人买下。由于天资聪颖，他被他的老师薛尼亚德解救，并任命他为自己孩子的家庭教师。人们说他严厉地对待那些孩子，强迫他们光脚走路，严禁他们去学校。

在学园的一群金发贵族中走来了一个灰头土脸的陌生人。他询问哪一位是本园的主人。柏拉图从头到脚地打量着来访者。

"你是谁？你想要什么？"

老实说，他对来访者的身份有强烈的预感。

"我是你的邻居第欧根尼，我什么也不想要，只是想来证实你的存在。"

柏拉图笑起来。

"你和人们向我描述的样子简直一模一样。你真的是昂提斯得纳的学生吗？"柏拉图说。

"是，我知道你不是。"

"昂提斯得纳和我是苏格拉底的学生。"

"这真是同一块地既产荨麻又产勿忘我。你笑什么？你认为自己水平高于我吗？"

"既然你已经证实了我的存在，第欧根尼，告诉我能为你做什么呢？"柏拉图答复道。

那人向他投去轻蔑的目光。

"这正是我要说的，你认为你可以为我做一些事情，这就是说明你自以为胜我一筹。我告诉过你了，我想看清楚你的样子。我看到了一个生活富足油头粉面的家伙，他从事着一项从来没有人向他要求的事业。"

"是什么呢？"柏拉图惊讶地问。

"我听说你正在撰写苏格拉底和其他人的对话录，有时候也包括和你。"

"正是。"

"苏格拉底恳求你这样做了？"

"没有。"

"那么是粘西比？"

"也不是。"

"苏格拉底变疯了"

"他的孩子?"

"也不是。你到底想要说什么?"

"你认为记录下一个死人的话是一件恰当的事情吗?"

"是不是苏格拉底并不重要。"

"他难道不会写吗?"

"当然会写。"

"如果我记录下一个男人和一个女人的对话,因为他们讲话的时候我恰巧在他们的床下,你认为这是恰当的吗?"

柏拉图没有笑出声。

"你是昂提斯得纳的学生,"他说,"我是苏格拉底的学生。记录下他的思想,这是在向他致敬,为的是使他的思想能够指引后人。"

第欧根尼点点头。

"你像那些公众作家。他们为了一点小钱写作,但是至少付钱给他们的人确定这正是他想要写的东西。再见。"

他转过身。

随后柏拉图得知他同样拜访了依索卡特,依索卡特错误地将他挡在了门外,第欧根尼就到处宣扬在学园的对面有一个依索卡特领导的生产空壶的工厂:"他教那些男孩子如何讲话,而他们却无话可讲。"这个第欧根尼自己就是一个醋罐子,他却傻到要寻找蜂蜜。

几个星期之后,柏拉图发现他在阿斯帕吉那里吃晚饭,他的好奇心促使他写下了第欧根尼的蛮横行为。一个刚死了丈夫的女人,一个拥有和自己财产等量遗产的继承人,伯利克里的旧情人成为他的座上宾。

"有人陪伴使我不那么悲伤,"她对柏拉图说,"但是我没有看见很多的政客。"

伯利克里的儿子，伯利克里二世的执政事实上抛弃了那些大权在握的人。她更欣赏诗人、哲学家和艺术家，这就是为什么她冒险邀请了第欧根尼。另外，第欧根尼的老师和柏拉图一样也是苏格拉底的学生，他是惟一一个反对判处他的儿子死刑的人。苏格拉底！只有他的名字可以照亮阿斯帕吉的脸庞。她曾经请一位认识苏格拉底的艺术家雕刻了一尊哲学家的全身像，在宙斯祭坛后面迎接着每一位走进内院的来访者。

柏拉图回想着他和第欧根尼的第一次会面，仔细观察着他的举止，判断他是不是行为得体。皮肤的色泽和一股强烈的薄荷油香气表明这个家伙刚刚去过澡堂。甚至胡须也洗过了。这证明他对外表的忽视，至少一部分忽视是装出来的，柏拉图自言自语道。

"去体育学校有什么坏处吗？"阿斯帕吉问第欧根尼，他被证实禁止他的学生去体育学校。

"我没有看到体育学校的一点好处。相反，我看到了一点不足，那就是增长学生的虚荣心。"

"但是体育有利于形成健美的体魄。难道你厌恶美丽吗？"

"如果这种美是他人赋予的，在我眼中就是一种残废，因为人们看到某个漂亮的人会说'看那个英俊的男子'，而不去考虑其他的优点。他因他的美而得到他人的认同，就像开屏的孔雀。但那是对残疾的追逐！人们为什么不锯断一条腿呢？"

阿斯帕吉笑了起来。柏拉图仔细地听着。

"第欧根尼简直朴素到了灵魂。"他分析道。

"感谢你替我说话，我嘴里塞满了东西，"第欧根尼反应道，"在雅典你难道不感到恶心吗？在所有邀请我的地方，总是有超

"苏格拉底变疯了"

过能够接待数目三倍的人在吃东西。"

"大概还缺少三倍应有的思考。"阿斯帕吉说。

"好聪明的阿斯帕吉，把这些全部卖掉！"第欧根尼叫道，指着他身边豪华的物品和家具。

"亲爱的第欧根尼，你知道的，阿斯帕吉的内心是丰富的。"柏拉图说。

"那么，柏拉图，我们在这里做什么呢？"第欧根尼问道，脸上流露出一丝伪装的坦率。

后来有一天晚上柏拉图在一间小客栈邀请他吃晚餐，借此机会了解他的为人：他究竟是一个滑稽的小丑、一个公众的笑柄，还是一位真正的哲学家、一个有道德的人呢？他们之间的谈话令他很困惑。首先，第欧根尼清楚地了解苏格拉底的格言，美德来自学识和人作恶是出于无知。他是怎么了解的呢？从他的老师昂提斯得纳那里听来的，而昂提斯得纳又是从苏格拉底那里学来的。然而，他将这些抛弃了。

"你用什么来反对他的话呢？"柏拉图问。

"这种对知识和无知的区分是浅薄的。你能否认我们自以为了解的东西仅仅和无知有关吗？"第欧根尼答复道，"我们了解的东西是属于我们自己的，来自我们的经历。但是，没有哪两种经历是相同的，所以也不存在共同的知识，这种你们定义为道德准则的知识。另外，不是你的老师自己说的吗，道德是不能教授的。既然如此他还能给亚西比德和克里底亚这些混账讲些什么呀？"他戏谑地问道。

柏拉图没有回答。他更希望引领第欧根尼思考世界的形态问题……

"是，是！"第欧根尼举起手叫道，"我明白了你在这一点上的

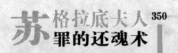

看法！你和你的学生,你们希望分辨出灵魂通过身体器官感知的形式和精神通过三段论构想的形式的不同。但是你能告诉我没有身体器官的灵魂是什么样子的吗?"

"你难道否认灵魂的存在吗?"

"当然不是,因为我不知道你通过这个词想说什么。如果我参考你教授的东西,我就必须向狗让步,因为一只狗能够分清对它友好的人和有敌意的人。它于是能够分清善恶,分出等级。"

"依你的看法,狗是有灵魂的了?"

第欧根尼笑着摇摇头。

"你不知道狗是我的榜样? 你知道我为什么给我的学派起这个名字? 狗是睿智的。比如,它不饿,就不会再吃东西。"

柏拉图陷入沉思。这个人打破了一切……

谈话一直持续到深夜。客栈主人要关门了。

柏拉图问:"你究竟相信什么呢?"

"我相信你信仰你的思想,而我,我相信我必须怀疑一切思想。"

"那么你是鼓吹无知?"

"不,"第欧根尼回答,"只揭露其他人的思想。"

他们一同从客栈里出来。不知为什么,夜空在柏拉图看来比平时更加辽阔。第欧根尼大概舌头被酒解开了,突然转向柏拉图并抛出一句话:"从今往后你要用你毕生的时间撰写苏格拉底的言论集,是吗? 你认为你了解苏格拉底。不,你只是以为了解你想要了解的事物! 你知道苏格拉底是怎样的人吗? 不,你不了解。他是一个有智慧的顽童,丑陋、贫穷,爱上了一个英俊、富有、出身贵族的男孩亚西比德,苏格拉底在他的身上建立了一

"苏格拉底变疯了"

个代表全世界的体系！由众神和所有这一切启示的爱情！他在他的身上建筑了一个迷恋的体系……"

柏拉图听得惊呆了。

"……是,迷恋的,"第欧根尼继续说,"他给人们一种印象,他们是智慧的！安提斯代纳了解他。安提斯代纳是我真正的老师。他也一样,也曾经被苏格拉底所迷惑。安提斯代纳是很好的人。他不是贵族:当你清晨背诵着伊利亚特和奥德塞,午后在体育学校强健体魄,傍晚回到你富有的父母家中的时候,一个男孩在15岁的时候独自一人打败十几个维奥蒂亚人。不是用言语,而是他快速的反应。一把利刃刺向对方的腿部,随后那人扔下盾牌,砰的一声,人头落地！我想他真正了解苏格拉底。有一天他曾对我说:'你知道吗,他是一个感情用事的诡辩者。'苏格拉底过于沉迷于他自己想象的超自然世界,在他看来地上的现实不过是对这个世界的模糊的反映……这正是你教给你的学生的知识吧？你的洞穴影子理论,你知道我想说的……后来他明白亚西比德是一个混蛋,他就任由他人处决他的性命……"

"住嘴！"柏拉图叫道。

第欧根尼发出一阵放纵的狂笑离开了,他人已远去笑声仍在寂静的夜空中回荡,恼人的喋喋不休从冥界降临。

柏拉图一个人呆了一会儿,平静了他的呼吸。不,第欧根尼的阐述不可能是真的。不,不,绝不！美,真,善,特别是,特别是,神灵,难以言表的神灵是存在的！它一定是存在的！秩序啊！秩序！他是雅典人！不像这个东方人是来自西诺普的！一个雅典人需要全世界的和睦。一个雅典人不会把狗当作榜样的！

然而,有时柏拉图不由自主地还是会想起第欧根尼。柏拉图给他送去了一坛酒和一口袋无花果干。当人们向他询问苏格拉底的时候,他回答说:"苏格拉底变疯了。"

"苏格拉底变疯了"

交代　希腊的迷梦幻影

　　为什么以古希腊作为小说的背景？总结起来有三个简单的原因。第一，我对古希腊很熟悉。第二，古希腊对我来说，同三个火枪手时期的法国和当代美国一起成为三个小说的发源地，并且它在政治心理学的研究上十分有成就。第三点原因，整个西方文明发源于希腊文明，所有的现代戏剧也是从中孕育而来。希腊不仅仅创造了哲学和几何学，同时创造的还有我们的过失。基于以上几点我们只有更加热爱古希腊。

　　我要补充说明的是，近来欧洲发生的一些事件，在我看来，和被称为伯利克里时代的时期发生的事件具有一种惊人相似的现实性。

　　下面要详细地说明小说中重要的情节。书中描绘的事件是忠实于历史的，在那时希腊还只是由一些城邦国家组成，斯巴达、阿尔戈斯、科林斯、雅典、底比斯、沙勒西斯，他们还没有认识到他们都是希腊人，像通常那样，在将他们的青春甚至幻觉奉献给愚蠢的爱国主义之后仍然没有明白。

　　书中大多数著名的历史人物，除了粘西比，苏格拉底的妻子，都是重新创造的。对于这一点，有两个原因促使我这样做。首先，我长期和他们生活在一起，我经常在一个想象中的世界里与他们进行交谈，甚至要多于和当代的著名人士的谈话，尽管他们当中有几个我也是经常接触的。我与他们经常会面，以至于他们对我而言如同大学里的同事，或者说我可以尊重一些人坚持的禁猎区，用挑剔的目光试图描绘所有和希腊有关的事情。

　　那么为什么要重新创造呢？是因为我们对他们的了解不够吗？不是。希腊人像重视文字一样不断地发展记录他们的历史，这也就是为什么我们能够对希腊人有如此多的了解。研究古希腊文化的学者对希腊文明的广博了解以及考古发现使我们得以确证柏拉图的对话录中哪怕最小的一点细节，并且了解一些希腊城邦，这些了解有时会比我们对于一些现代城市的了解还要多。然而，研究古希腊文化的学者和考古学，他们都不是招魂术的实践者。这也就是我们对希腊人的生活、他们的情感以及过去希腊社会生活的重要部分知之甚少的原因，这样一个过去即使在 25 个世纪之后仍然影响着我们当今的世界。

因此，我们同样对苏格拉底，这位希腊最著名的思想家之一，是以何种方式承受着对本书中非传统主人公之————他那个时代最大的背叛者亚西比德的失望。哲学家同时是这位政客的老师和情人；请想象一下帕斯卡尔成为路易十四的情人和思想导师，是怎样的情景！爱情和教学的苦痛和耻辱同样都是无比巨大的。如何相信人们不会改变关于人类自然和神灵意图的想法呢？事实上，亚西比德，雅典疼爱的孩子，背叛了他的母亲而投奔了雅典的死敌斯巴达，随后他又引起了雅典在阿埃戈斯帕特茅战役中灾难性的惨败，这一仗结束了雅典帝国的辉煌。漂亮、富有、聪慧，这个人成为摧毁他的城邦的工具，首先是用他卑鄙的行为，后来是荒唐野心、忘恩和复仇交织在一起的情绪。亚西比德丰富了那个时代最黑暗的耻辱历史。

由于有见证者和朋友，苏格拉底的思考得以无限地教导着后代作为思想导师的重大责任。没有人向我们传播他的那些思想。柏拉图，伟大的落伍于时代的人，完全自愿地讲述他既不了解又没经历过的人和事，他致力于塑造一位无所畏惧、睿智绝代，然而被不公正地处以死刑的哲学家形象。我们同样也不了解当他的老师兼朋友伯利克里耻辱地从将军的职位上辞职时，苏格拉底心中承受了怎样的痛苦。但是，他必然要分析雅典对这位伟大人物以及哲学和权力关系所表现出的无情的原因。

特别是对于这一点，只有推测。

这些已经足够激起一位作家的心和开启他的思绪了。除此之外还有另外一个动机：我们同样对于生活在一个时代光芒时至今日依旧光彩照人的时期的人们知之甚少，甚至可以说是一无所知：

让我们想想吧,在几十年期间,在雅典产生了像安那克萨哥拉、普罗泰戈拉、苏格拉底、第欧根尼、芝诺这样的哲学家,菲迪亚斯这样的艺术家,依克提诺斯(帕台农神庙)、西波达茅斯和内西克莱斯(雅典卫城山门)这样的建筑师,欧里庇得斯、索福克勒斯、阿里斯托芬这样的悲剧大师(埃斯库罗斯死于公元前456年之前),如阿斯帕吉一般令全世界梦想的高级妓女,修昔底德和色诺芬这样的历史学家……对于这些,今人完全不了解!的确在他们的作品中表述过。但是没有人能够给读者一个完整的框架。

苏格拉底的配偶粘西比这个人物,在大众的文化中她本身似乎就代表着整个哲学。我们只能通过色诺芬的一次提及得知她的名字:在一次宴会上,大哲学家不得不向众人告别,因为他的妻子在家里等他,他害怕她的责备。的确,在古希腊,女人除了做高级妓女,甚至普通妓女,她们扮演的角色只是看家护院和种族延续的工具,而不可能是其他什么。然而我们不能确定苏格拉底畏惧他的妻子的原因,尽管她的社会地位决定了她只是一种奴隶罢了。粘西比一定是具有性格的人,而且嫁给历史上思想最犀利的人,她一定同样拥有睿智。当她的丈夫喝下那罐著名的毒芹汁时她在想什么?

我们关注的还有日常生活,特别是犯罪活动。古代希腊城邦里同样存在着从事不法活动、谋杀、杀人、偷窃和其他一些犯罪行为。混蛋的犯罪和人类的历史一样悠久。他们不是都十分坚决的。这与认为市民是冷漠的或没有能力进行调查相比,是对他们的洞察力和权威的冒犯。

这部小说的主线是粘西比最初是一个临时的调查者,然后是一个控诉者,最后她成为那个以灿烂的文明而著称的时代的见证者。

一些严肃的读者可能会指责我拿真实的历史开玩笑。没有任何资料特别指出亚西比德曾经卷入一场屠杀中去,或者就像我在书中描写的那样,他曾经组织过一场虚假的招魂术。但是在我看来他激发起来的激情导致了血流成河的事实是不容置疑的;我认为相反的事实才是值得怀疑的,他的传记证明了这一点。还有,我想他的计谋在这样一群人中并不罕见,这些人和相信某种学科的人不同,他们不是由惟理论的民主派和专家组成,他们是一群迷信的人:雅典的统帅已经向他的士兵发放干粮,然后把他们派往敌人的营地在那里作乱。事实上,因为相信了幽灵的存在,敌人立刻就逃跑了。

还是不要向小学生和中学生讲述这些事情吧!

读者在阅读过程中还可以发现除了粘西比的复仇之外的另两条线索:这两条线索是隐蔽的,它们使人想起一个时代的风貌,这个时代被之后的每个世纪,特别是 19 世纪,理想化,直至尼采对古希腊文明的抨击出现。然而,这个现实包括它的里程和结果,生活其间的人也被着重描写。

线索之一,一个以智慧和道德而闻名的社会的奇特之处,以及它对于早期真理的不成熟的定义;还有一个处在雅典娜,一位女神的庇佑之下的城邦,那里的女人除了一些只限于女人参加的宗教仪式之外,却没有任何公民角色。这些昂贵的奴隶的顺从被看作是一种占有。于是一些人从中得出结论来,认为大多数的雅典男人是同性恋!没有比这更为不可靠的论断了。和其他人一样,雅典人喜欢女人的美丽、敏锐和智慧;无数雕塑家、画家和诗人的事例证明了这一点。

但是,我们还可以在阿里斯托芬的戏剧《利西斯塔特》中断定女人所谓的顺从,在剧中雅典的女人们冲破好战的大男子主义,夺取了雅典的金库,并且以拒绝与男人同床作为威胁。在我们现代人眼中,阿里斯托芬一定不是一位"政治方向正确"的作者;他对苏格拉底的挖苦和他对古代道德可疑的狂热,是初级反动者的有害典型,要求人们使用镊子观看,但是他的喜剧向我们提供了关于自然工会运动的第一手鲜活资料。

我不认为粘西比,一个极端恶劣的同性恋者的妻子,会对雅典妇女的愤怒无动于衷。《利西斯塔特》出现在公元前 411 年,也就是说苏格拉底被判死刑前的 12 年。苏格拉底和粘西比对她的事

希腊的迷梦幻影

迹不可能一无所知。为了证明相同的假设,阿里斯托芬在《鸟》中已经嘲笑够了苏格拉底。

第二条线索,是由民主制反复无常、时常处于危机之中的动乱构成,在这个时期公民没有言论自由,公众人物处于被城邦追杀或是判处死刑的强大压力之中。

因此,生活在古典时期的雅典是十分危险的。在第一个政治转折点,人们冒险将权力交给手中握有武器迅速发展的间谍,告密者和高级妓女等同于我们镶金衬衫和混蛋。

直到今天,我依然拿如此多的著名人物生活的谜团质问自己。因为这些疑团一直存在!究竟是哪一个确切的原因导致伯利克里屈辱地辞去将军职位,尽管他曾经连续 15 年被选中?这是雅典民主时期历史上十分重要的大事件,然而证据都已经隐去,令人为难。有一个奇怪的现象:即使是与他生活在同一时代的对手修昔底德对此也是闭口不谈,而柏拉图尽管一直暗中控诉伯利克里盗窃,却也只能从苏格拉底那里听说一些事情,因为那时他不过 13 岁。但是除了他性格上的某些东西促使他去这样做,伯利克里十分富有,不需要盗窃城邦的钱财。

读者在前面的文字中已经看到:人们谴责他挑起了一场并非出于他本意的战争,他的对手,寡头政治者因为他加强了民主制而对他怀恨在心。事实上,与他们的演讲正相反,寡头政治者是远远无法带给雅典安宁的。

同样,我们知道苏格拉底是伯利克里时期的议员,一直到他死,但是我们对于他的政治活动轨迹并不了解。我们知道的只有在公元前 406-405 年他被选为人民议会议员,他独自一人陈词激昂,同时也是徒劳无获地反对对在阿吉诺斯海战中表现不佳的将军处以死刑。第二年,公元前 404 年,在三十僭主专制统治的恐怖阴云之下,他拒绝去逮捕一名这群坏蛋的政敌,如果专制统治不是在第二年就被推翻,他就会因此付出生命的代价。这是一个有勇气的人,当他认为有必要的时候,他就会毫不犹豫地和权力作战。

但是由于对古希腊用防腐剂保存尸体的人的崇敬,人们忽略了一些十足的混账:在柏拉图对话录中提及的历史人物,克里底亚和查米德斯,特别是色诺芬曾记述的三十僭主专制的丑恶行径:心怀仇恨的谋杀和掠夺。人们不愿意他回忆这些事情。同样,柏拉图的哥哥,从阿埃戈斯帕特茅海战中死里逃生的将军阿得芒多斯,他将其夺取政权的计划透露给苏格拉底,这样一个计划是可以签署上任何一个现代独裁者的名字的。

这又带来了第二个问题:苏格拉底为什么被判处死刑? 没有人会出洋相地断定他的同性恋倾向会危害青年;事实似乎是他曾经和所有民主派的敌人都有关联,从亚西比德到克里底亚。人们认为这位哲学家显然是教授了十分邪恶的知识(其中也包括柏拉图,在老师去世之后他开始为令人生厌的叙拉古僭主狄奥尼西奥斯效力)。我们不要说苏格拉底是"法西斯主义者",但是他关于调解民主派和寡头派必要性的演讲是令人不安的。我们至少可以说这位被学院派视为一位非宗教圣人的思想家,的确不是一个无条件的民主派。而且人们应该自问将他作为一个理想的完人展现给年轻人和懒惰的成年人是否恰当。

我的假设来自伯利克里的例子,流放像安那克萨哥拉、普罗泰戈拉那样卓越的哲学家,像修昔底德和色诺芬一样智慧的人和如菲迪亚斯一般的艺术家,他惧怕这样一种政治制度,在这种制度下公众舆论可以像敌人的武器一样击败一个政客,而这个人,比如美国总统,几乎因为一两个女人失去他的位置。也许苏格拉底希望一个在时光倒退的未来中的民主制。但是他是不是民主制的捍卫者呢?

这个问题是具有现实性的,在这个世纪末人们总是从激情的方面而不是真正地从哲学的角度评价莫拉斯和海德格尔,人们回避他们的一些行为,避免识破他们理论上的缺陷,其中一个虽然厌恶德国人,却成为反犹太主义者,另一个默许了本世纪最为丑恶的政治制度。

另一个谜团:亚西比德的背叛。这个伯利克里庇佑的孩子先是到了敌人斯巴达那里,这一背叛招致了阿埃戈斯帕特茅战役的失败，这一败仗又完成了雅典帝国的衰落。亚西比德也是苏格拉底的信徒，他的老师宣称在世界上他只爱哲学和亚西比德。

以现代人的眼光看来，亚西比德不是一个讨人喜欢的人物：他是一个目空一切的贵族，无缘无故地鞭笞人民，他荒淫无度地消耗着他的财富，有着马厩、薪水不菲的厨子、昂贵的名犬。他和他的女人牵扯不断，自然地被指责为亵渎神灵，除了他们的轻浮，还有对于雅典宗教憎恶的例证：他们在一天夜里阉割了宗教的捍卫者赫尔墨斯雕像的生殖器。喜好追逐女人，除此之外他不爱其他的，对于权力有疯狂的野心。简单地说，这是一个讨厌的人，是纨绔子弟和阴谋家的混合者。

但是他既不是荒唐的也不是没有勇气；许多情节可以证明这一点。但是背叛民主制和伯利克里的精神遗产是他犯下的巨大错误，他投奔了敌人，指导拉栖第梦人打败雅典！为什么他无耻的背叛被定义为古代历史上最为惊人的背叛？

我的假设是雅典人施加给伯利克里的凌辱同样使亚西比德心灵蒙受伤害。和所有的寡头政治者一样，他是富有的地产所有者，他向往斯巴达贵族性质的集权政治制度，对于平民政府怀有无限的憎恶。他和他的老师苏格拉底，对于一个无效的民主制怀有相同的厌恶。

这和马尔罗在戴高乐失败后建立起极右政党的情形有些相似。

但是为什么苏格拉底如此迷恋这样一位有争议的人物呢？为了他的美貌？雅典到处都有漂亮的男孩，比如索福克勒斯也爱恋他，他是很清楚的。或者是因为亚西比德完成了他由于缺乏美貌、权力和胆量而无法完成的事情：一颗彗星的轨迹？他想成为他的保护神？或者更确切地说，由亚西比德间接地替他经历人生？当他的情人背叛了雅典首先投奔了敌人斯巴达继而转向波斯，作为一个雅典人，他心中经历了怎样的波澜？而 7 年后，对在人们的前呼后拥中他的回归，苏格拉底又有怎样的体验？

书中还有其他一些人物我尽力去展示。读者将会作出评判。

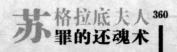

最后,为了不被温克曼式的理想化厌烦,我欠古希腊很多东西。我不认为伯利克里时期的雅典是一个人人身着白衣的天堂。战争不断地蹂躏着这片土地。仇恨交织,直到寡头派对民主派和民主派对寡头派的怨恨爆发,嫉恨散播,达到希腊人接收毒眼的恐惧的程度。还需要了解的是,雅典对于那些今天被人们无限崇敬的人物并没有表现出足够的感谢:雅典摒弃了哲学家安那克萨哥拉和普罗泰戈拉,他们的功就与苏格拉底齐名(他们的一生也同样值得回忆录作者的关注),普罗泰戈拉最终被判处死刑。雅典还摒弃了修昔底德和色诺芬,并在伯利克里从将军职位上下台之前就将他处以死刑。雅典还摒弃了设计出辉煌灿烂的雅典神殿的菲迪亚斯……

有时我试图从懊悔中摆脱:不是斯巴达,不是科林斯也不是梅加拉向我们奉献出如此多的财富。雅典人永远是我们的父亲:他们教会我们什么是自由什么是美。我们试图摆脱他们的影响是徒劳无功的,希腊的神灵一直都在望着我们的世界,宙斯和我们各自所信仰的神教的神一同分享着人类的朝拜。我相信他们属于那些不只将他们视为博物馆里展品更是用心体会的人们。

读者很容易就可以猜到我的题材来源:修昔底德撰写的《伯罗奔尼撒战争》,色诺芬的《爱伦尼克与宴会》,柏拉图,当然还有普卢塔克的《名人生活》。读者们,请允许我感谢一些人:杰奎琳·德·罗米利,驻希腊大使夫人,她对亚西比德的描述引起了我对这个令人生厌的人物的兴趣;I·F·斯通的《审判苏格拉底》,使我对审判苏格拉底的过程有了清楚全面的了解;安德列·贝尔纳的《古希腊战争与暴力》,去除了笼罩在希腊身上的完美面纱,以及玛利—克莱尔·阿姆勒蒂和弗朗索瓦兹·鲁兹的《古希腊世界》,可以作为一部清晰的样本。

编辑手记   借书还魂

内子丹苿想出"红木马"三个字的当儿,我们的丹朵儿刚刚开始酝酿。身周的女编们张罗着说,"咱侄儿叫丹布朗得了!"她们的意思是,丹布朗他爹是自己人,丹布朗的书还不尽收囊中? 这个主意不坏,只是我儿子温暖地住在羊水里,和他说话,他会乐得梆梆梆踢腿,我怎么猜得到他就会喜欢变脸扮老? 嗯,等他11月出生了我听听他怎么说。

我为"红木马"配了个洋名儿"Troy",美其名曰字字热烈,攻心于无形。这个创意说给老板潘燕听,她也热烈喜欢。"红木马"书法及 LOGO 整体创意是我的手笔,设计则出自张洁之手。她那时还是大学毕业班学生,如今已在一家大型国企独自撑持一家刊物了。她也为我设计过一两个封面。

说到封面,可能是"红木马"能够攻心陷阵的另一个筹码。我不得不感谢 Victory Argos 漫画工作室的王梆,她是地球这个村子里少数几个像我一样无私的主(匡匡也是,向我推荐过菊开、闪闪……),梆梆向我推荐棉棉等位,最重要的当然是推荐给我李超雄,这个踩在七〇年代的尾巴上的小伙得过东京国际特别奖和诺基亚设计金奖,拿到我一份后勒口、封底、书脊、封面、前勒口一路安插好文字的文案,他做出的设计总能让我惊喜。现在他的女友万珊又加入进来——在这之前,她的大作就排列在我对面的玻璃板上而我一直懵懂不知。有这一双可人儿做我"御用"画手,我生性单纯,也就心无旁骛。

"红木马"底下陈世迪、甘薇他们星聚。我以原创起家,窃望原创之火活泼泼热辣辣烧。我想,陈世迪《莫扎特的玫瑰》《人皮面具》,甘薇《爱是最冰冷杀人武器》已经初现波澜。许多名字我没说出口,其实一直惦记着的许多位要么神交已久要么冥冥中自会相交,"红木马"会因为你们的名字渐渐锋利渐渐热烈。

"红木马·万籁"改嫁到"红木马"家族之前其实另立门户为"万籁",洋名儿"one-up",心眼里意在也别多快,快人一步好了。"尺幅藏万籁",这个系列里各部应该都当得起这个名声。何况诸作家作品没几个不担着《纽约时报》头牌的名头:罗伯特·沃勒,尼古拉斯·斯巴克思,尼古拉斯·埃文斯,凯茜·莱克斯,尼尔·乔丹,朱丽叶·马里莱尔,金·

苏格拉底夫人
罪的还魂术

格里姆伍德。

此外，马龙·白兰度、伊奈斯、德纳芙入住"红木马·传说"书系，成长、韩剧两系列也希望在"红木马"家族里列队。各有大制作，各有大气象，这里不表。

再往下，"红木马·还魂术"网罗神神鬼鬼悬疑案宗，手头这部，名闻几千载的苏格拉底夫人这回过了趟探案窥淫的瘾头，指尖发颤，心尖发颤，容不得希腊不发抖。除了点题之作《苏格拉底夫人——罪的还魂术》，值得期待的还有法国（又是法国）文学谜案三章：《水晶球之吻》《欢娱花园爱恋》《拈花魅影》——罪案现场就安置在普鲁斯特等作家名作之中。我可不可以借机向普鲁斯特致敬？我的青春期，整个地献给了《追忆逝水年华》，我的想望是：幽闭的普鲁斯特，盛得下整个世界。随意往普鲁斯特的文字之井里舀一瓢，都是一座平静的海。

我手头这匹匹"红木马"，半数以上会与作家社发生干系。这半数之内，又有半数由启天任责编。我原以为自己敬业盖天，孰知在启天先生较真守业的镜子前一照，立时露出"袍子底下藏着的短"来。我想任谁都会承认，遇到这样的责编，对谁都是天大的福分。祈愿是书都大卖，不要辜负了我们的劳作：我们曾经寄寓了滚烫的一颗关心。"红木马"嘶鸣一声，声儿不大，却也震得一干纷扰喑哑得失了声。就这么一竿子插到底吧，我这么想，也在这么做。"掌心围拢灯火"，照你心纷乱，照亮你脸庞。

事关"还魂术"，我该多说两句——七月间我在贝塔斯曼书友会任"文学馆灵魂战栗恐怖地带"盟主，为推荐该板块图书说的那段话其实适合挪来安在"红木马·还魂术"书系头上。我被戴上"骷髅先生"的帽子，不知道亲爱的你透过"红木马·还魂术"书系，是否触摸到了这份狰狞？凑近来说，一本《苏格拉底夫人——罪的还魂术》，是否引得个、型杰出代表苏格拉底夫人借书还魂，甚至趁着夜色，偷偷钻进你的空调被里藏着掖着？

细数梦境，无奈地发现：萦绕在我们心头不绝的，是我们童年的梦魇——似曾相识的暗影，永无止境的坠落，绝望无助的飞行，面目模糊的鬼魅。就像手头最震撼人心的这片恐怖地带，之所以咬住了你我的视线不松口，是因为平静的湖面下，其实隐藏着真相无动于衷的表情，那样充满玄机，变数无穷，惊心动魄。你不敢追问一句"谁是真凶？"因为有时候你甚至担心纸面上跳出一纸末日判决："你是真凶！"

（京权）图字：01－2005－4519 号

图书在版编目（CIP）数据

苏格拉底夫人：罪的还魂术/（法）梅萨迪耶著；朱希
睿译.－北京：作家出版社，2005.8
ISBN 7－5063－3391－0

Ⅰ.苏… Ⅱ.①梅…②朱… Ⅲ.长篇小说－法国－现代
Ⅳ.I565.45

中国版本图书馆 CIP 数据核字（2005）第 091037 号

苏格拉底夫人：罪的还魂术

作者：（法）杰哈尔德·梅萨迪耶
译者：朱希睿
责任编辑：启　天
封面设计：李超雄
出版发行：作家出版社
社址：北京农展馆南里 10 号　　　邮码：100026
电话传真：86－10－65930756（出版发行部）
　　　　　　86－10－65004079（总编室）
E－mail：wrtspub@ public. bta. net. cn
http://www. zuojiachubanshe. com
印刷：北京明月印务有限责任公司
开本：880×1230　1/32
字数：250 千
印张：11.5　　　　　　　　　插页：2
版次：2005 年 9 月第 1 版
印次：2005 年 9 月第 1 次印刷
ISBN 7－5063－3391－0
定价：20.00 元